J. J. PREYER

Hassmord

MORDSPIEL Norbert Schlader, der pensionierte Magistratsdirektor und dessen Geliebte werden in seinem Wochenendhaus erschossen. Christian Wolf und Chefinspektor Viktor Grimm verdächtigen anfangs den Ehemann der Ermordeten, obwohl viele Menschen als Mörder des teuflischen Mannes in Frage kämen. Doch die Ermittlungen in Steyr, im österreichischen Alpenvorland, kommen ins Stocken. Wolf erkrankt lebensgefährlich an Wundstarrkrampf und überlebt nur knapp. Sein Denken und Fühlen verändern sich durch dieses Erlebnis und er sieht die Welt mit anderen Augen. Zunächst verdächtigt er Lucy, die Tochter Schladers, des Mordes an ihrem Vater, der sie missbraucht hat. Zudem kommt noch ein Detektiv ums Leben, den Lucys Mutter engagiert hat, um den Tod ihres Mannes zu klären. Der Verdacht verstärkt sich, als auch Evelyn Schlader ermordet wird und Lucy Haus und Vermögen erbt. Doch Wolf beginnt am scheinbar Offensichtlichen zu zweifeln und kann mit seinem Freund Grimm die entscheidenden Beweise finden, um den Täter zu überführen.

J. J. PREYER lebt und schreibt in Steyr, in Österreich. Er studierte in Wien Germanistik und Anglistik.

1982 initiierte er einen Marlen-Haushofer-Gedenkabend, der durch die Teilnahme des Wiener Kulturjournalisten Hans Weigel den Anstoß zur Wiederentdeckung der Autorin gab.

1996 gründete J. J. Preyer einen Verlag, in dem er vor allem Kriminalromane C. H. Guenters und literarische Texte Steyrer Autoren herausgab.

Er schrieb in den letzten Jahren eine Vielzahl von Kriminalromanen für deutsche und österreichische Verlage. ›Hassmord‹ ist nach ›Mörderseele‹ der zweite Roman, in dem Christian Wolf in Mordfällen ermittelt.

Bisherige Veröffentlichungen im Gmeiner-Verlag:
Mörderseele (2014)

J. J. PREYER

Hassmord

Kriminalroman

GMEINER SPANNUNG

Besuchen Sie uns im Internet:
www.gmeiner-verlag.de

Im Ehnried 5, 88605 Meßkirch
Telefon 07575/2095-0
info@gmeiner-verlag.de

1. Auflage 2015

Lektorat: Claudia Senghaas, Kirchardt
Herstellung: Mirjam Hecht
Umschlaggestaltung: U.O.R.G. Lutz Eberle, Stuttgart
unter Verwendung eines Fotos von: © XK/Fotolia.com
Druck: GGP Media GmbH, Pößneck
Printed in Germany
ISBN 978-3-8392-1681-1

Personen und Handlung sind frei erfunden.
Ähnlichkeiten mit lebenden oder toten Personen
sind rein zufällig und nicht beabsichtigt.

KAPITEL 1

Die Gesunden und die Kranken haben ungleiche Gedanken.

Dieser Spruch stimmte. Belinda Schwarz war seit der Operation ein anderer Mensch geworden, obwohl diese nur ihren Körper betroffen hatte. Um einigermaßen im Gleichgewicht zu bleiben, benötigte sie einen besänftigenden Serotonin-Wiederaufnahmehemmer am Abend, verbunden mit einem leichten Neuroleptikum sowie einen anregenden Serotonin-Wiederaufnahmehemmer am Morgen.

Diese Medikation, die sie sich als Apothekerin selbst verordnet hatte, verursachte relativ geringe Nebenwirkungen, von der leichten Übelkeit am Morgen abgesehen. Sie konnte unter dem Einfluss der Tabletten ungehindert Auto fahren, musste aber mit dem Konsum von Alkohol vorsichtig sein.

Die relativ geringe Dosierung jedoch hatte den Nachteil, dass die Medikamente unter Stress nicht ausreichend halfen. In aufregenden Situationen musste sie die Dosis erhöhen.

Belinda Schwarz kannte den Grund für ihre innere Unruhe an diesem Abend nicht. Vielleicht stand ein Wetterumschwung bevor. Sie war extrem wetterempfindlich, seitdem man aus ihrer linken Brust einen Tumor entfernt hatte. Die Ärzte meinten, sie sei geheilt, werde aber noch einige Zeit unter den Nachwirkungen der Operation und der anschließenden Bestrahlungen zu leiden haben.

Dass sich aber ihr ansonsten stabiles Wesen verändern würde, hatte sie nicht erwartet. Sie war ängstlich geworden, nahm äußere Reize stärker wahr, ließ sich von diesen so sehr beunruhigen, dass sie manches Mal sogar in Panik geriet.

Erst Selbstversuche mit verschiedenen Medikamenten hatten ihr das Leben nach der Krankheit erleichtert.

Dabei musste sie froh sein, dass man den Tumor rechtzeitig entdeckt hatte.

Ihr Leben hatte sich in dem knappen Jahr seit der Operation radikal verändert. Sie hatte sich von ihrem Mann getrennt, war in das Wochenendhaus am Ende des Trattenbachtals, eines Nebentals des Ennstals zwischen Ternberg und Losenstein, gezogen, um die Ruhe dieser heilen Landschaft auf sich wirken zu lassen.

Dennoch war sie schon, als sie von der Arbeit nach Hause gekommen war, beunruhigt gewesen. Irgendetwas war anders an diesem Abend, stimmte nicht, befand sich nicht im Lot.

Sie versuchte, sich zu beruhigen, indem sie sich auf die Gartenbank hinter dem Haus setzte. Es roch nach frischem Heu, die Vögel sangen. Im Haus der Schladers brannte Licht. Der ehemalige Steyrer Magistratsdirektor kam selten während der Woche hierher, obwohl er in der Pension Zeit dafür hätte.

Egal. Es kümmerte sie nicht, was der Mann tat oder ließ. Sie mochte ihn nicht. Beunruhigte sie seine ungewohnte Anwesenheit? Sie wusste es nicht, kehrte in das Haus zurück, nahm eine stärkere Dosis der beruhigenden Medikamente und studierte die Morgenzeitung, für deren Lektüre sie noch keine Zeit gefunden hatte. Der Postbote brachte sie erst gegen Mittag – zu einem Zeitpunkt, an dem sie längst nicht mehr zu Hause war. Andererseits musste sie froh sein, dass sie die Post nicht irgendwo im Tal abholen musste. Ein Umstand, den sie dem Steyrer Magistratsdirektor zu verdanken hatte, der sich dafür eingesetzt hatte, dass die Post ins Haus geliefert wurde. Ein dynamischer, sehr auf seinen Vorteil bedachter Mensch.

Die Tabletten halfen Belinda, sich zu entspannen, sie gähnte des Öfteren und zog sich gegen zehn Uhr in das im ersten Stock gelegene Schlafzimmer zurück, dessen Fenster sie auch des Nachts offen lassen konnte.

Sie musste schon eine Zeit lang geschlafen haben, als sie durch einen Knall geweckt wurde. Beunruhigt setzte sie sich im Bett auf und hörte drei weitere Schüsse.

Kurz darauf wurde beim Haus des Magistratsdirektors ein Auto gestartet, das ohne Licht die Straße nach unten fuhr.

Belinda Schwarz schlüpfte in ihren Schlafrock und begab sich in das Erdgeschoss des Blockhauses, von wo sie die Straße beobachtete, die bei ihr vorbeiführte.

Das Fahrzeug war extrem langsam unterwegs, wohl, um nicht vom Weg abzukommen. Gleich nach ihrem Haus, vor der engen Kurve, schaltete der Fahrer kurz das Licht ein, um sich zu orientieren.

Sie konnte das Kennzeichen des Wagens erkennen und notierte es auf dem Rand ihrer Zeitung. SR 754 BA. Ein Wagen mit Steyrer Zulassung, vermutlich ein Mercedes.

Belinda Schwarz fand den Umstand, dass Schüsse gefallen waren und dass der Wagen ohne Beleuchtung ins Tal fuhr, beunruhigend und dachte daran, die Polizei zu rufen.

Andererseits musste sie vorsichtig sein, gerade in ihrem Beruf. Sie durfte sich den labilen Zustand ihrer Psyche nicht anmerken lassen. Eine Apothekerin musste Stabilität und Verlässlichkeit verkörpern. Die Kunden würden ausbleiben, wenn sie ahnten, wie es wirklich um sie stand.

Sie entschloss sich, selbst herauszufinden, ob im Haus der Schladers alles in Ordnung war.

Belinda Schwarz kleidete sich an, griff zu ihrer Taschenlampe und marschierte den geschotterten Weg nach oben, zum letzten Haus im Tal, in dem noch immer Licht brannte.

Sie schwitzte, obwohl es ziemlich abgekühlt hatte, als sie am Garten der Schladers ankam. Die Gartentür stand offen. Belinda ging zur Haustür, klopfte ohne Erfolg und bewegte sich zu einem der beleuchteten Fenster.

Durch die zerbrochene Scheibe konnte sie in das Innere schauen. In diesem Moment fuhr ein stechender Schmerz wie ein Blitz durch ihren Oberkörper. Als ob sie selbst erschossen worden wäre. Ihre Beine gaben nach, sie ließ sich nach unten gleiten, bis sie auf den Steinen an der Holzwand saß. Dort drückte sie beide Hände schützend auf ihre linke Brust.

Im Haus lagen zwei Menschen auf dem Boden. Ob tot oder verletzt, wusste sie nicht.

Als der Schmerz nachließ, erhob sie sich und ging

zurück zu ihrem Haus. Laufen konnte sie nicht. Sie zitterte vor Anstrengung.

Im Haus holte sie einen Sessel aus der Küche und platzierte ihn vor dem Festnetztelefon im Flur. Sie atmete tief durch und probte den Text ihres Anrufs: »Im Haus Trattenbach 136 ist ein Unglück geschehen. Zwei Menschen liegen auf dem Boden, vermutlich erschossen.«

Noch war ihre Stimme ohne Ton, noch konnte sie den Notruf nicht tätigen. Sie versuchte, regelmäßig zu atmen, um sich zu beruhigen.

Sie probierte es ein weiteres Mal: »Ein Mann und eine Frau liegen reglos auf dem Boden des Nachbarhauses. Die beiden sind nur dürftig bekleidet. Sie sind einem Schussattentat zum Opfer gefallen.«

Das festzustellen, war Aufgabe der Polizei. Sie musste nur sagen: »Im Haus des Steyrer Magistratsdirektors sind heute Abend – nein – heute Nacht Schüsse gefallen. Zwei Menschen sind verletzt oder tot.«

Sie konnte nicht länger zuwarten, sie musste anrufen, auch wenn ihre Stimme unsicher war.

Belinda Schwarz wählte 133, die Notrufnummer der Polizei.

Der Mann auf dem heißen Felsen war froh über die leichte Brise, die von den Felswänden, die den Schwarzen See im Tavignanotal säumten, herunterwehte.

Im Juni den ganzen Tag in der Sonne Korsikas zu liegen, konnte anstrengend werden, wenn auch das Süßwasser erfrischende Abkühlung bot. Die Kiefern an den steinigen Ufern der besonders schönen und tiefen Gumpe warfen kaum Schatten.

Christian Wolf ließ die heiße Sonne auf seine Haut brennen, hin und wieder las er in einem Kriminalroman, dann wieder legte er ihn beiseite und schlief. Wenn ihm zu heiß wurde, sprang er in den Fluss und schwamm einige Runden.

Doch länger als zwei Stunden hielt er es nicht aus, es zog ihn zurück zu seinem Wohnmobil, das er in Corte, der alten Stadt am Zusammenfluss des Tavignano und der Restonica, geparkt hatte.

Er hatte seine fahrbare Unterkunft auf einem Parkplatz mit Blick auf die Zitadelle abgestellt, die auf einem Felssporn über der Stadt und ihren engen Gassen thronte.

Christian Wolf fand den Kontrast von unverfälschter Natur und malerischer Altstadt reizvoll, beinahe paradiesisch, und doch fühlte er sich hier und auf der gesamten Insel nicht heimisch.

Immer wieder dachte er an seine Heimatstadt, an Steyr in Österreich, die er kurz nach seiner Pensionierung angeödet hinter sich gelassen hatte, um zunächst den Winter auf Mallorca zu verbringen.

Steyr war zwar eine langweilige Stadt, doch die dortigen Sommer hatten etwas Besonderes. Im Juli und August, also den Monaten, in denen die Steyrer irgendwo auf Urlaub waren, lag himmlische Ruhe über der Stadt und dem umgebenden Land. Und es war nicht so heiß, oft regnete es, und man konnte in der Nacht gut schlafen. Im Gegensatz zu hier und zu seinem an sich komfortablen Wohnmobil, das jedoch keine Klimaanlage hatte und dessen Inneres auch des Nachts stickig heiß blieb, denn die Fenster wollte er aus Sicherheitsgründen nicht öffnen.

Als Wolf den Wagen erreichte, trank er ein Bier aus

dem Kühlschrank und legte sich auf das Bett, um etwas auszuruhen. Schlafen konnte er seit ein paar Nächten kaum mehr, dennoch schreckte er auf, als sich der Signalton seines Handys meldete.

»Hier ist Viktor. Wie geht es dir?«, meldete sich sein alter Freund, der Chefinspektor der Steyrer Polizei, Viktor Grimm.

»An sich gut, danke. Und du? Wie geht es dir?«

»Ebenso. Bis auf den Grund, warum ich dich anrufe.«

»Ich höre …«

»Mach es mir nicht so schwer, Chris!«

»Inwiefern schwer?«

»Du interessierst dich nicht wirklich dafür, was ich dir sagen will.«

»Sag es, dann weiß ich, ob es mich interessiert«, gab sich Christian Wolf zurückhaltend, obwohl seine Neugier geweckt war.

Viktor Grimm, der Leiter der Sicherheits- und kriminalpolizeilichen Abteilung des Stadtpolizeikommandos Steyr, würde ihn nur in einer sehr wichtigen Angelegenheit anrufen. Er wusste, dass Wolf weit von Steyr entfernt war und nicht persönlich eingreifen konnte.

»Also«, begann Grimm in der bedächtigen Art, die dem 59 Jahre alten, korpulenten Mann eigen war, »wir haben einen brisanten Fall hier in Steyr, das heißt, eigentlich in Trattenbach. Zwei Menschen wurden in einem Wochenendhaus erschossen. Eine Nachbarin beobachtete einen Wagen, der unbeleuchtet ins Tal fuhr.«

»So etwas soll vorkommen. Sei froh, dass es dich nicht betrifft, immerhin liegt Trattenbach mindestens eine halbe Autostunde von Steyr entfernt.«

»So einfach ist es leider nicht. Einer der Toten ist Steyrer. Ein prominenter Mann.«

»Welche prominente Steyrer gibt es schon außer dir?«

»Dich und einige andere«, konterte Grimm. »Im konkreten Fall handelt es sich um Doktor Norbert Schlader, den ehemaligen Magistratsdirektor.«

»Ich kenne, oder besser gesagt, kannte ihn. Nun verstehe ich dein Problem. Bei Schlader lässt sich die Zahl der Täter nicht eingrenzen, weil letztlich jeder Steyrer dafür infrage kommt. Und hat nicht Steyr an die 50.000 Einwohner …«

»Zu hoch gegriffen. Im Moment unter 40.000.«

»Trotzdem.«

»Du kannst dir vorstellen, wie heikel der Fall ist. Schlader ist nicht allein ums Leben gekommen. An seiner Seite starb, kaum bekleidet, die Frau des jetzigen Magistratsdirektors, des Nachfolgers von Schla…«

»Ich verstehe.«

»Ich weiß«, ließ Grimm nicht locker, »es ist eine unverschämte Bitte, aber ich spreche sie dennoch aus: Ich bitte dich, lieber Chris, heimzukommen und mir, wie in alten Zeiten, bei der Lösung dieses Falles zur Seite zu stehen. Allein schaffe ich es nicht. Und ein Versagen würde dazu führen, dass man mich zwangspensioniert.«

»Was ja auch etwas für sich hätte«, bemerkte Wolf. »Du könntest mich auf meinen Reisen begleiten.«

»Ich bin kein reisefreudiger Mensch«, wehrte Grimm ab. »Und ich liebe meinen Beruf. Das heißt, wenn er nicht so fordernd ist wie gerade jetzt.«

»Ich werde es mir überlegen.«

»Das heißt …«

»Das heißt, dass ich mir Bedenkzeit nehme und dich am Abend zurückrufe.«

»Ich hoffe sehr, du entscheidest in meinem Sinn.«

»Wir werden sehen.«

Wolf war froh über diese Gelegenheit zur Heimkehr nach Steyr und der Mordfall Schlader hatte sein Interesse geweckt. Auch Wolf hatte Begegnungen mit dem Mann gehabt, die durchaus nicht angenehm gewesen waren. Schlader war eine dunkle Figur gewesen, die fast überall mitgemischt hatte, wo es Intrigen und zumindest fragwürdige Geschäfte in der Heimatstadt gegeben hatte. Sogar am Sturz eines beliebten Bürgermeisters war der ehemalige Magistratsdirektor beteiligt gewesen.

Wolf hatte sich schon entschieden. Er würde nach Steyr zurückkehren und den Fall mit Grimm lösen. Zusammen waren sie ein nahezu unschlagbares Team. Der schweigsame Wolf mit seiner wölfischen Spürnase, wie Grimm das formulierte, mit seinem vorsichtigen Umgang mit Informationen und Grimm mit dem Auge für Details, die er eifrig sammelte, aber nicht gewichten konnte.

Sie würden es wieder einmal schaffen, wie kompliziert auch immer die Ermittlungen sich gestalten würden.

Aber er wollte Grimm nicht den Eindruck vermitteln, dass er den Anruf beinahe herbeigesehnt hatte und beschloss, in Ruhe durch die Altstadt zu flanieren und sich einen Kaffee zu gönnen, am besten mit Gâteaux Corse, jenen süßen Keksen, die ebenfalls an die Heimat erinnerten.

Wolf überlegte, während er an einem Tischchen im Freien saß und noch einen milchig weißen Pastis genoss, wie lange er wohl für die Rückfahrt brauchen würde. Er würde die Fähre von Calvi nach Vado Ligure in Italien nehmen, dann nach Norden, Richtung Genua, fahren. Ab Alessandria würde er sich nach Osten, in Richtung Verona, wenden, in Südtirol eine Rast einlegen, übernachten und dann über den Brenner, Innsbruck und Salzburg nach Steyr fahren. Also zwei, drei Tage. Das Wohnmobil war nicht besonders schnell.

Als er die Rechnung für seine Konsumation zahlte, nahm er sich noch eine Flasche Pastis mit ins Wohnmobil, nicht als Souvenir, sondern als Desinfektionsmittel. Er hatte eine Wunde am rechten Knie, die etwas schmerzte. Er musste sich im Gestrüpp der Macchien an einem Dorn verletzt haben.

Nachdem er die entzündete Stelle mit dem Anisschnaps gereinigt hatte, rief er Grimm an und teilte ihm mit, dass er in drei Tagen in Steyr eintreffen werde.

Am nächsten Morgen begab er sich auf die etwa 1100 Kilometer lange Strecke.

Wolf hatte eine schlaflose Nacht hinter sich, nicht nur wegen der Hitze. Das Knie schmerzte noch immer und der Tod Schladers bewegte ihn. Jemand hatte es tatsächlich geschafft, den scheinbar Unantastbaren für immer zu Fall zu bringen. Wolf hatte in seinen Jahren als Journalist für die *Tagespost* keine Chance gehabt. Immer wenn er gut recherchiertes Material gegen den korrupten Mann in Händen gehalten hatte, waren ihm eben diese gebunden worden, durch einen Anruf der Tochter des Herausgebers, die ihm mitgeteilt hatte, die Veröffentlichung des Artikels sei nicht opportun. Nicht opportun! Die alte Wut ließ Wolf die Hände zu Fäusten ballen.

Nachdenklich trank er seinen Frühstückskaffee.

Schlader hatte doch tatsächlich ein ausgedehntes Industriegelände im Steyrer Stadtteil Tabor billigst aufgekauft, weil nur er gewusst hatte, dass es zu haben war und wollte es für teures Geld an seinen Dienstgeber, die Stadtgemeinde, weiterverkaufen. Der damalige Bürgermeister, ein allseits beliebter Mann, sprach sich dagegen aus. Die Fläche, die direkt an das Altenheim grenzte und dringend zu dessen Erweiterung gebraucht wurde, lag ein Jahr brach, bis es Schlader gelang, das Stadtoberhaupt durch Intrigen in der Beamtenschaft zu Fall zu bringen. Sein Nachfolger kaufte das Grundstück von Schlader.

Und Wolf durfte über diesen Coup des Magistratsdirektors, der damit seinen Dienstgeber und die Steuerzahler geschädigt hatte, nicht berichten, auf Wunsch von Linz.

Aber nun war es jemandem gelungen, diesen Mann unschädlich zu machen, und Grimm wollte, dass er ihm half, den Mutigen, Erfolgreichen zur Strecke zu bringen.

Wolf überlegte. Hatte er zu früh zugesagt, seinen Freund bei den Ermittlungen zu unterstützen? Immerhin hatte der Täter oder die Täterin eine längst fällige Aufgabe erledigt.

Nein, das stimmte nicht, fand Wolf und startete das Wohnmobil. Erstens brannte er geradezu darauf, Schladers Mörder kennenzulernen und er wollte endlich all die Schweinereien, die der Mann Steyr und seinen Bewohnern angetan hatte, aufklären und darüber schreiben. Entweder in der Zeitung, für die er früher gearbeitet hatte, oder in einem Buch, das er im Notfall im Selbstverlag herausbringen würde.

Wolf war klar, dass Mord kein gangbarer Weg war, dass man einen Mordfall aufklären müsse und dennoch … sein Wunsch nach Rache bewegte ihn so sehr, dass er viel zu schnell unterwegs war. Er mahnte sich zu Geduld und fuhr langsamer.

Die Überfahrt mit der Fähre vom französischen Korsika nach Italien bot ihm Gelegenheit, etwas Abstand zu den stürmischen Gefühlen zu finden.

Auf der Weiterfahrt war er so tief in Gedanken, dass er die Landschaft kaum beachtete, die entlang der Autobahn nicht besonders attraktiv war.

Am frühen Nachmittag entschloss er sich, in Voghera in der Poebene haltzumachen. Er wollte ein Hotelzimmer nehmen, um endlich wieder richtig duschen und gut schlafen zu können. Da er nichts Passendes fand, fuhr er weiter nach Salice Terme. Das dortige Parkhotel bot geräumige Zimmer um 45 Euro, mit Frühstück.

Grimm stellte sich unter die Dusche, dann schlüpfte er ins Bett und erwachte gegen 16 Uhr. Er entschloss sich zu einem Spaziergang in dem weitläufigen Kurpark, der angeblich 20 Hektar umfasste. Jedenfalls glich er in seinem üppigen Wachstum einem botanischen Garten und bot genügend Schutz gegen die Sonnenhitze.

Wolf setzte sich auf eine Parkbank unter einer mächtigen Pinie und beobachtete, wie die Kurgäste die Kieswege entlangflanierten. Seine Gedanken bewegten sich zurück zu Grimms Ermittlungen, er schloss die Augen und stellte sich vor, in Steyr zu sein. Im Steyr seiner Fantasie schien die Sommersonne vom wolkenlosen Himmel. Es war heiß, aber frischer als hier. Die Flüsse Enns und Steyr brachten mit dem klaren Wasser auch kühle Luft aus den Bergen. Die Menschen in Steyr waren nicht so elegant gekleidet wie die wohlhabenden Italiener in dieser Kurstadt, auch der Haarstil der Frauen ließ zu wünschen übrig. Viele der Steyrerinnen trugen ihr Haar so streng und kurz wie Terrier, die eben dem Hundefriseur zum Opfer gefallen waren.

Wolf schmunzelte bei dieser Vorstellung, dann konzentrierte er sich auf das Mordopfer und auf einen möglichen Täter.

Wieder spürte er die aufgestaute Wut gegen Schlader als Unruhe in sich. Wie so oft, wenn er wütend war, fiel ihm sein jüngerer Bruder Klaus ein. Er erinnerte sich daran, wie dieser ihm in der Kindheit nach einer Auseinandersetzung einen Stein an den Kopf geworfen hatte und er hatte das *Rabenaas*, wie er Klaus damals geschimpft hatte, versohlt. Die Mutter hatte nicht eingegriffen, jedoch dem Vater am Abend von dem Vorfall berichtet – außerdem war die Beule auf Christian Wolfs Stirn nicht zu übersehen gewesen. Jedenfalls hatte der Vater seine Söhne zum Gespräch gebeten und ihnen weitere Streitereien verboten. Alle Einwände vonseiten Christians hatte er mit einem strengen *Nie wieder* unterbrochen. Und weil der Vater so ernst gewesen war und auch die Mutter ihn nicht unterstützt hatte, hatte sich Christian Wolf entschlossen, dem Wunsch, nein, dem Befehl des Vaters nachzukommen.

Als ihm der Bruder jedoch am nächsten Tag erneut einen Stein nachgeworfen und ihn am Hinterkopf getroffen hatte, hatte er regelrecht durchgedreht.

Aber das war lange her und er hatte seither gelernt, sich zu beherrschen. Während es in seinem Inneren tobte, blieb er nach außen hin unbewegt.

Dieses Gefühl der äußeren Starre hatte sich in den letzten zwei, drei Jahren verstärkt, sodass Wolf fürchtete, wie sein Vater an Parkinson zu erkranken. Er erinnerte sich an dessen angespannten Körper, der scheinbar zum Sprung auf einen Gegner ansetzte. Eine Andeutung von Aggression, die er sich jedoch nicht gestattete. Er hatte damals immer wieder die Körperhaltung seines Vaters eingenommen, seine kleinen schlurfenden Schritte, das Maskenhafte seines Gesichtsausdruckes nachgeahmt, um zu begreifen, wie sich der Vater fühlen mochte.

Und nun, in der Erinnerung an Norbert Schlader, spürte er wieder dieses Gefühl der Hilflosigkeit.

Als sich Wolf von der Parkbank erhob, hatte er Probleme beim Gehen. Sein rechtes Knie schmerzte.

Im Hotel wusch er die entzündete Stelle und betupfte sie mit einem Papiertaschentuch, das er in Pastis getränkt hatte. 45 Prozent Alkoholgehalt las er auf der Flasche. Das sollte reichen.

Um sich von dem unbehaglichen Gefühl abzulenken, das ihn während seines Aufenthaltes im Kurpark überfallen hatte, startete er sein Notebook, checkte die letzten Nachrichten deutscher und österreichischer Zeitungen, dann gab er auf der Seite des Suchdienstes Google den Namen *Norbert Schlader* ein und fand einen einzigen Eintrag, der auf den Online-Auftritt der *Tagespost* verwies, und zwar auf einen Artikel, den sein Nachfolger verfasst hatte. Joachim Waidinger, der Lebensgefährte von Wolfs Tochter, der als Redakteur in der Steyrer Lokalredaktion der *Tagespost* arbeitete.

Wolf las den an sich gut geschriebenen, doch sehr harmlosen Text, der der komplexen Persönlichkeit des ehemaligen Magistratsdirektors in keiner Weise gerecht wurde. Waidinger hatte sich entweder von dem Mann einlullen lassen oder wollte jeden kritischen Ton vermeiden. Oder beides. Denn auch Waidinger wusste von den problematischen Seiten dieses Mannes.

ZEIT FÜR WESENTLICHES

Dr. Norbert Schlader, der jahrzehntelang die Geschicke Steyrs an der Spitze der Stadtverwaltung geprägt hat, befindet sich seit einem Jahr im Ruhestand. Zeit also, den Mann zu befragen, wie ihm der Wechsel von seiner beruflich anspruchsvollen und anstrengenden Tätigkeit in den sogenannten Ruhestand gelungen ist.

Aus diesem Grund stattet die Tagespost *dem ehemaligen Magistratsdirektor der Stadt Steyr einen Besuch in seinem Zweithaus im Trattenbachtal ab, zu dem nur eine schmale Straße führt, die vor dem Domizil endet. Ein Platz, der Geborgenheit und Ruhe verspricht. Und die Möglichkeit zu musizieren, denn Norbert Schlader kann nun endlich wieder dem Hobby seiner Studentenjahre nachgehen, dem Trompetenspiel. Aus Rücksicht auf die umliegenden Häuser hält der sympathische Pensionist die Fenster geschlossen, wenn er sein Blechblasinstrument an die Lippen setzt und zu improvisieren beginnt. Dr. Schlader bewahrt auch in der Wahl sei-*

ner Melodien die Eigenständigkeit, die sein berufliches Leben ausgezeichnet hat. Er unterwirft sich keinen äußeren Beschränkungen, wie sie das Spiel nach vorgegebenen Tönen und Rhythmen verlangen würde.

Frei wie seine musikalischen Übungen gestaltet Dr. Schlader auch sein übriges Leben im Ferienhaus, das er jedoch immer wieder verlässt, um sich in Steyr seiner Familie und seinen zahlreichen Freunden zu widmen.

Fragt man den früheren Magistratsdirektor nach dem stärksten Eindruck seiner beruflichen Tätigkeit, erwähnt der sonnengebräunte Zweiundsechzigjährige mit dem vollen weißen Haar die Errichtung eines neuen Einkaufszentrums auf dem Steyrer Tabor, die Fertigstellung des Alten- und Pflegeheims auf der Ennsleiten sowie eine Verbesserung der komplexen Verkehrssituation Steyrs.

Seinem Nachfolger im Amt des Magistratsdirektors wünscht er allen erdenklichen Erfolg und langen Atem, den man in dieser Position wie beim Spiel auf der Trompete unbedingt braucht.

Zu seinen Zukunftsplänen befragt, gibt sich der agile Mann bescheiden. Er wünscht sich nichts als Ruhe in seinem Ferienhaus in einer wunderschönen Landschaft.

Wolf fand, dass sich Waidinger ganz gut geschlagen hatte mit diesem Artikel, zu dem er vermutlich von der Tochter des Herausgebers animiert worden war. Nur das Wort *sympathisch* in Verbindung mit Schlader schien ihm absolut deplatziert zu sein. Sympathisch war dieses groß und alt gewordene Kind mit seinem brav gescheitelten Haar wirklich nicht gewesen. Schlader war ihm als böser, boshafter, viel zu groß gewachsener Zwerg erschienen.

Bei diesen Gedanken presste Wolf die Zähne so fest aufeinander, dass es schmerzte. Als er sich dessen bewusst wurde, fiel ihm sein nächtliches Zähneknirschen in der Kindheit, in den Wochen vor der Geburt seines Bruders Klaus ein. Die Mutter hatte darüber in einem ihrer Romane geschrieben.

Das Wohnmobil ließ sich am nächsten Morgen nur schwer starten. Wolf hatte den Eindruck, dass es die Rückfahrt nach Steyr hinauszögern, dass es im Süden verweilen wolle, wenn schon nicht auf Korsika, so wenigstens in Italien.

Bis zur Autobahn lief der Motor wieder rund. Doch als Wolf sich auf der E70 Richtung Piacenza befand, setzte der Motor gänzlich aus. Er konnte das Fahrzeug nur mehr auf den Pannenstreifen rollen lassen, schaltete das Warnlicht ein, stellte ein Pannendreieck auf und schlüpfte in die orangefarbene Warnweste. Dann stellte er sich hinter das Wohnmobil, wo er sich einigermaßen sicher fühlte und wählte 800 116 800, die Nummer des ACI, des italienischen Automobilclubs.

Etwa 20 Minuten später traf das gelbe Einsatzfahrzeug des Soccorso Stradale ein.

Wolf, der sich zur Not auf Italienisch verständigen konnte, begrüßte den jungen Fahrer, der nach Zigaretten und Morgenkaffee roch, mit den Worten: »Buon giorno. Ho problemi con il motore del mio camper.«

Daraufhin ergoss sich ein Schwall italienischer Worte

über ihn, die er bedächtig nickend entgegennahm, um dann die Motorhaube seines Hymer Cars zu entriegeln.

Der ACI-Mann bat Wolf, den Motor zu starten, der dann tatsächlich nach einigem Orgeln ansprang, aber kurz darauf wieder abstarb.

Der Servicemann erwähnte etwas von eingeschränkter Kompression und einem verklebten Kolbenring. Er begab sich zurück zu seinem Einsatzfahrzeug und entnahm ihm eine Flasche mit Motorreiniger, die er in den Dieseltank entleerte.

Nun sprang der Motor schon leichter an. Der ACI-Mann empfahl, ihn einige Zeit laufen zu lassen. »Für die Heimreise wird das genügen. Aber dann bringen Sie das Fahrzeug in die Werkstatt.«

Den nächsten Halt legte Wolf nach dreieinhalb Stunden in Südtirol ein, wo er auf der Brennerautobahn die Ausfahrt Auer nahm. Dort fuhr er die Staatsstraße 48 in Richtung Fleims- und Fassatal entlang bis zum Zentrum von Pozza di Fassa. Schließlich steuerte er den Campingplatz Vidor an, der einen guten Ausblick auf die beinahe schneefreien Dolomiten bot.

Der Platz, obwohl sehr gut belegt, war angenehm ruhig und Wolf hatte die Absicht, nach kurzer Rast im Bett seines Fahrzeuges eine Wanderung über die blühenden Almwiesen zu unternehmen.

Doch daraus wurde nichts. Er war so erschöpft, dass er augenblicklich einschlief.

Im Traum fand er sich mit seinem Freund Grimm in einer der Sandsteinhöhlen in der Steyrer Lauberleiten. Grimm und er waren sehr jung. Neben ihnen saß ein weiterer Junge, der etwas älter als sie sein musste, so an die vierzehn, fünfzehn Jahre, schätzte Wolf. Sie rauchten und ließen eine Flasche Schnaps kreisen. Der Zigarettenrauch und der Alkohol brannten im Mund. Grimm verschwand wankend. Wolf hörte ihn in der Ferne erbrechen. Auch ihm war übel geworden.

Der ältere Junge nahm einen tiefen Schluck aus der Flasche, blähte die Wangen und sprühte die Flüssigkeit in die Luft. Mit der Zigarette, die er daran hielt, entzündete er den Alkohol, sodass eine bläuliche Flamme die Höhle erhellte.

Das Gesicht des dritten Jungen veränderte sich zum Maul eines bösen Hundes, aus dessen Lefzen Speichel troff. Die Gesichtshaut spannte sich, wurde rot, dann bläulich, eine Ader zeichnete sich auf der Stirn ab. Wolf erwartete, dass das Ungeheuer, als das ihm der fremde Junge nun erschien, jeden Augenblick der Schlag treffen würde, doch dann entwich dem Mund ein Feuerstrahl, der ihm und Grimm die Haare versengte. Der ältere Junge sprang auf, riss den vor Schreck starren Grimm an sich und lief mit ihm aus der Höhle.

Wolf blieb sitzen und wartete, ohne zu wissen, worauf. Doch, natürlich. Er wartete auf Grimms Rückkehr.

Dann musste er eingeschlafen sein, jedenfalls weckte ihn das Weinen seines Freundes. Grimm saß an seiner Seite und weinte hoch und durchdringend wie ein kleines Kind.

Wolf wusste, dass der fremde Junge Grimm wehgetan hatte und eine tiefe Wut erfasste ihn. Wut auf den Jungen und auf sich selbst, weil er Viktor nicht beigestanden war.

Er verließ die Höhle und rannte zu seinem Wohnmobil, das er auf dem Weg zur Höhle geparkt hatte. Der

Motor sprang erst nach einiger Zeit an und drohte abzusterben, doch Wolf gab Vollgas, raste den engen Weg entlang, bis er den fremden Jungen sah. Er trat mit voller Wucht auf das Gaspedal, das Wohnmobil sprang nach vorn, auf den flüchtenden Jungen zu, erfasste ihn mit einem dumpfen Schlag und überrollte ihn.

Wolf fühlte sich frei und glücklich, atmete tief durch und schrie und heulte vor wilder Lust.

Dann stieg er aus und betrachtete das Wesen, das seinem Freund Böses angetan hatte. Der leblose Körper war der eines jungen Mannes, doch das Gesicht war alt und böse. Es trug die Züge von Norbert Schlader.

KAPITEL 2

Wolf erwachte, als es schon dunkel war. Seine Armbanduhr zeigte halb zwölf. Er war noch immer müde, sein Kopf, nein, sein ganzer Körper schmerzte, die Haut fühlte sich an, als ob sie verbrüht worden wäre. Ein Sonnenbrand oder der Beginn einer Grippe? Nein, Wolf war seit Jahren nicht mehr krank gewesen, von der Schlaflosigkeit vor einem Jahr abgesehen. Er stellte zur Sicherheit den Wecker auf fünf Uhr und versuchte, sich zu entspannen.

Um fünf war er noch immer müde, doch er stand auf, frühstückte, bezahlte an der Ausfahrt des Campingplatzes und fuhr los.

Als er am frühen Nachmittag, von Kremsmünster her kommend, die westliche Stadtgrenze von Steyr erreichte, konnte er sich an keine Details der Fahrt erinnern. Der Motor hatte gut durchgehalten. Grenzkontrollen am Brenner gab es nicht mehr. Innsbruck? Er musste an Innsbruck und Salzburg vorbeigefahren sein, hatte das aber vergessen. Dafür war er nun hellwach und aufnahmebereit. Er freute sich, wieder zu Hause zu sein. Er fuhr die Sierninger Straße entlang, rechts floss die Steyr, links stand das Landeskrankenhaus. An der Ampel musste er halten. Dann kam die Privatschule St. Anna zur Rechten. In der sogenannten Seifentruhe gab es ausnahmsweise keinen Stau. Viele Einwohner waren schon auf

Urlaub. Touristen kamen höchstens einen Tag in das an sich attraktive Steyr, dessen Stadtteile auf verschiedenen Ebenen auf Sandsteinterrassen lagen. Die Altstadt zwischen den Flüssen Enns und Steyr ganz unten, das Schloss, in dem die Polizeidienststelle seines Freundes Grimm untergebracht war, etwas höher und auf gleichem Niveau wie Ennsdorf und Steyrdorf. Bedeutend höher und vor dem Hochwasser völlig sicher waren die Ennsleiten und der Tabor positioniert.

Wolf passierte die Ennser Straße auf dem Tabor, mit dem gleichnamigen Großkaufhaus, und überlegte, ob er den Campingplatz in Münichholz oder das Haus seiner Tochter im Stadtteil Schlüsselhof ansteuern sollte. Er entschied sich für die Ufergasse, obwohl weder Lotte noch ihr Lebensgefährte zu Hause waren. Sie arbeiteten. Lotte, die bei der Lebenshilfe beschäftigt war, absolvierte gerade eine Ausbildung als Spieltherapeutin in Linz, wie sie Wolf am Telefon verraten hatte, Joachim Waidinger arbeitete in der Redaktion der *Tagespost*.

Wolf wollte in dem Haus, in dem er mit seinen Eltern und dem Bruder gelebt hatte, etwas zur Ruhe kommen, bevor er die Tochter und Waidinger wiedersah.

Am Ennser Knoten nahm er die rechte Fahrspur den Posthofberg hinunter. Vor der Ennsbrücke bog er wieder rechts ab, dann links, und schon war er auf derselben Höhe wie der Fluss Enns, der nun auch das Wasser der Steyr mit sich führte. Dies war die einzige Zufahrt zum Stadtteil Schlüsselhof, einer der ruhigsten Gegenden der Stadt.

Als er am Sportplatz vorbeifuhr, erinnerte er sich, dass dieser früher Rennbahn geheißen hatte und dass, als er ein ganz kleines Kind gewesen war, hier die Jahrmärkte und Zirkusse ihre Buden und Zelte aufgeschlagen hatten, ein Umstand, der ihn fasziniert hatte.

Der Platz war nun ausgestorben, auch die Tennisplätze waren leer. Es war zu heiß zum Spielen an diesem sonnigen Tag im Juni.

Etwas weiter vorne, bei dem alten Bauernhaus, der dem Schlüsselhof den Namen gegeben hatte und später Bauhof genannt worden war, lag der Badeplatz der Kindheit am dort mit Schotter, aber auch feinem Sand bedeckten Ufer der Enns.

Wolf hielt an und ging einige Schritte hinunter zum Fluss. Dabei wankte er wie ein Betrunkener. Es war höchste Zeit, aus dem Wohnmobil herauszukommen und sich zu bewegen.

Im feinen Ufersand lagen Halbnackte und Nackte. Einige lasen im Schatten der Weiden, die im Wasser gekühlten Bierflaschen in Reichweite.

Zwei neugierige kleine Hunde eilten auf Wolf zu, der den Blick auf die Nackten vermied, um nicht als Voyeur verdächtigt zu werden. Er blickte hinüber auf die Felswand des Stadtteils Münichholz am anderen Ufer.

Der würzige Geruch eines Lagerfeuers, an dem Männer Fleisch grillten, stieg ihm in die Nase.

Wolf fühlte sich an die Gumpen auf Korsika erinnert, die er vor drei Tagen hinter sich gelassen hatte, und er beschloss, seinen Urlaub hier, am Ufer der Enns, fortzusetzen.

Dann fuhr er die enge Röselfeldstraße entlang bis zur Gürtlerstraße, die schließlich in die Ufergasse mündete, in der das Haus stand, in dem Wolfs Familie in späteren Jahren gewohnt hatte. Ein renoviertes, einstöckiges Siedlungshaus mit Mansarden, hinter einem alten Holzzaun, den noch sein Vater und er errichtet hatten. Rechts neben der Straße, vor dem Hang zum Fluss, parkte er das Wohnmobil und schaute über den Zaun in den Garten.

Da öffnete sich die Eingangstür zum Haus und ein ihm völlig unbekannter junger Mann kam ihm lächelnd entgegen. Er wirkte mit seinem dunklen Haar und Teint, den fast schwarzen Augen und leuchtend weißen Zähnen wie ein Korse.

»Hallo! Ich bin Fidi«, begrüßte er Wolf, der noch immer nicht wusste, mit wem er es zu tun hatte.

In der Küche, bei einigen belegten Broten, die Lotte vorbereitet hatte und einer Flasche Bier, die Fidi mit ihm teilte, erfuhr er, dass der junge Mann eigentlich Gottfried Gonodis hieß und der Sohn von Waidingers Schwester Ursula war. Sein Vater, ein Grieche, war mit einem griechischen Restaurant in Mödling gescheitert und Richtung Heimat entschwunden.

»Ich komme zum Ärger meiner Mutter ganz nach Iordánis, meinem Vater, auch was das Scheitern betrifft. Darum bin ich hier in Steyr.«

Bevor Wolf nach dem tieferen Sinn dieser Aussage fragen konnte, setzte Fidi, der etwas streng roch, wie Wolf fand, zu einer wortreichen Erklärung an, die er mit heftigen Gesten unterstützte. Wolf fühlte sich an einen arglosen jungen Hund erinnert, der sein sorgenfreies Leben genoss.

»Ich bin am Gymnasium gescheitert«, erklärte Fidi. »In Mödling. Und jetzt muss ich die Matura am Abendgymnasium nachholen, in Linz. Onkel Joachim soll sicherstellen, dass das gelingt.«

»Ich verstehe«, sagte Wolf.

»Aber du brauchst keine Angst zu haben, das Gästezimmer ist frei. Du kannst dort wohnen. Sie haben mich in die Mansarden gesteckt, wo es zurzeit mörderisch heiß ist. Ich schlafe in der Gartenhütte. Dort habe ich auch mein Büro eingerichtet. Du weißt schon, zum Lernen und zur Arbeit am Notebook. Wenn du Lust hast, zeige ich es dir.«

Wolf hatte Lust, er wollte in die frische Luft, in den Garten, den Lotte und Waidinger zwar mähten, aber nicht besonders pflegten. Sie hatten offenbar wegen ihrer Berufstätigkeit wenig Zeit dafür.

In der Gartenhütte, die Wolf von den Tagen seiner eigenen Jugend her kannte, standen eine gepolsterte Eckbank, ein Tisch, der mit einem Wachstuch mit Rosenmuster abgedeckt war, zwei Sessel und ein alter Schrank mit Unterhaltungsromanen. Auf dem Boden lag ein Fleckerlteppich. Zur Beleuchtung am Abend dienten eine elektrische Lampe und ein Windlicht.

Vom Tisch leuchtete das Display von Fidis Notebook, auf dem sich merkwürdige Wesen tummelten. Eine Hyäne mit Fledermausflügeln schwebte über einer felsigen Landschaft, durch die ein Tiger auf den Scheren eines Hummers humpelte.

Als Fidi Wolfs überraschten Blick bemerkte, begann er sofort mit Erklärungen: »*Impossible Creatures* ist ein Echtzeitstrategiespiel, bei dem es um die Erschaffung neuer, genmanipulierter Tiere geht. Dabei stehen auf der einen Seite korrupte und wahnsinnige Wissenschaftler, auf der anderen Seite die Guten, die das Ärgste verhindern sollen. Ich spiele das Game mit Tom. Einmal ist er der Gute, dann wieder ich. Wir bestimmen das durch das Los. Es ist eine echte Herausforderung, entweder eine Armee von ganz neuen Kreaturen zusammenzustellen, andererseits deren Fähigkeiten richtig einzuschätzen und zu kontern.«

»Das heißt …«, versuchte es Wolf mit einem Einwand.

»Das heißt, dass man die Eigenschaften zweier Tiere kombiniert und einigermaßen abschätzen muss, wie das neue Wesen funktioniert. Willst du es versuchen?«

Wolf nickte stumm, um nicht erneut einen Wortschwall des jungen Mannes auszulösen.

»Du hast hier eine Reihe von Tieren, vom Löwen über das Zebra und das Krokodil zur Kobra. Du kannst ein Wesen mit dem anderen kreuzen, musst dir aber überlegen, welche Körperteile du kombinierst, denn es ist ein Unterschied, ob du vom Krokodil die Beine, den Schwanz oder das Maul nimmst.«

»Das leuchtet ein«, bemerkte Wolf und setzte sich an die Tastatur des Notebooks.

Er dachte an Schlader und setzte den Kopf einer Kobra auf den Körper eines Warzenschweins.

Das neu geschaffene Wesen tänzelte unruhig hin und her und entblößte seine Giftzähne.

»Der Gegner muss sich nun überlegen, wen aus seiner Armee er gegen diese Kreatur antreten lässt«, erklärte Fidi. »Ich würde es mit einem Soldaten versuchen, der sich mit einem Schild gegen den Kopf schützt, der eine Lanze besitzt, mit der er aus einiger Distanz zustechen kann, und der dennoch schnell und wendig ist. Wenn es sich um den Kopf einer Speikobra handelt, müsste man besonders vorsichtig sein. Die kann ihr Gift meterweit in die Augen des Gegners spritzen und ihn damit erblinden lassen. Und ein blinder Held hat kaum Chancen zu siegen.«

»Ich verstehe«, sagte Wolf, wandte dann aber ein: »Wäre es nicht interessanter, das alles nicht zu spielen, sondern die Abenteuer im tatsächlichen Leben zu suchen?«

»Du meinst Detektivspiele, wie du und dein Freund von der Polizei sie spielen? Tante Lotte hat davon erzählt.«

»So ähnlich«, bestätigte Wolf.

»Das ist erst der nächste Schritt. Die Strategiespiele auf dem Computer bereiten darauf vor. Mit ihnen lernst du logisches Denken und kannst Verschiedenes ausprobieren, ohne irgendwelche Konsequenzen befürchten zu müssen. Es ist ja nur ein Spiel. Tom und ich müssen also nicht wirklich um unser Leben fürchten.«

»Alles klar«, sagte Wolf, wurde aber sogleich wieder von Fidi unterbrochen: »Als nächsten Schritt plane ich, selbst solche Spiele zu entwerfen. Tom wird die Grafik machen, ich entwickle die Grundidee. Man nimmt dazu irgendein altes Abenteuerbuch her und macht ein Spiel daraus. *Impossible Creatures* hat einen Roman von Jules Verne verarbeitet. *Die Insel des Doktor Moreau*.«

»H. G. Wells«, korrigierte ihn Wolf. »Das Buch muss hier irgendwo im Schrank stehen, in einer englischen Fassung.«

»Ich verstehe«, sagte dieses Mal Fidi, klang aber gar nicht begeistert. Die Lektüre von Büchern schien nicht zu seinen favorisierten Tätigkeiten zu gehören, also ließ Wolf das Thema fallen.

»Du kannst das Spiel ausprobieren, ich muss dich nämlich jetzt allein lassen. Tom erwartet mich bei den Germanen.«

Bei den Germanen! Also kannte auch Fidi die alte Bezeichnung des Badestrandes an der Enns, der von einem Ruderclub dieses Namens herrührte, der seine Blüte in der ersten Hälfte des vorigen Jahrhunderts gehabt hatte. Jetzt standen nur mehr einige Holzbaracken hinter einem Maschendrahtzaun.

»Und dann«, fuhr Fidi fort, »muss ich zum Autobus nach Linz, in die Schule. Ich hoffe, ich bekomme bald ein Auto. Für den Führerschein lerne ich schon.«

»Gibt es dafür auch Strategiespiele?«

»Daran habe ich noch gar nicht gedacht. Das wäre eine Möglichkeit«, zeigte sich Fidi interessiert und entschwand.

Hoffentlich geht er schwimmen, dachte Wolf. *Etwas Wasser würde seinen strengen Geruch mildern.*

Nach Fidis Abgang schuf Wolf ein Tier, das den Hals einer Giraffe und den Leib eines Mistkäfers hatte. Gar nicht zufrieden mit dem Ergebnis, versuchte er, das neue Wesen mit einem dritten Tier zu klonen, doch das widersprach den Regeln des Spiels und überforderte das Notebook. Das Bild erstarrte, der Mauszeiger ließ sich nicht mehr bewegen.

Wolf hoffte, dass er sich mit der unerlaubten Aktion nicht Fidis Unmut zugezogen hatte, wandte sich vom Notebook ab, legte sich auf die Eckbank und hüllte sich in eine Wolldecke, deren Geruch ebenfalls ziemlich heftig war.

Er dachte noch an Tom Sawyer und Huckleberry Finn und an Mark Twains Buch, das irgendwo in dem alten Kasten stehen musste. Er fühlte sich erschöpft und abgespannt und hatte starke Kopfschmerzen.

Kurz vor 17 Uhr strich ihm jemand über die Stirn. Seine Tochter Lotte war heimgekehrt.

»Du hast Fieber, Papa«, sagte sie. »Ich hole das Thermometer.«

»Warte, Lotte, das ist nur die Hitze«, sagte Wolf und erhob sich von der Bank. Er wankte dabei. »Ich freue mich, dich zu sehen. Lass dich drücken!« Wolf umarmte seine Tochter und küsste sie auf die runden Wangen. »Wie geht es dir?«

»Mir geht es blendend. Du siehst ja, ich habe leider weiter zugenommen.«

»Und Waidinger, ich meine Joachim?«

»Auch er ist guter Dinge. Kein Wunder bei einer Freundin wie mir. Er kommt in einer Stunde. Ich koche etwas Gutes. Du isst doch einen Schweinsbraten? Mit Knödeln und Kraut?«

»Besonders gern.«

»Aber du solltest Fieber messen.«

»Später«, sagte Wolf. »Ich begleite dich in die Küche und schau dir beim Kochen zu.«

»Fidi ist schon unterwegs nach Linz«, erklärte sie. »Du hast ihn kennengelernt.«

»Ja. Er gefällt mir, vom … äh … Duft einmal abgesehen.«

»Wir versuchen, ihn zu Körperpflege zu animieren. Immerhin würde das seine Chancen beim anderen Geschlecht etwas erhöhen«, sagte Lotte.

»Er hat keine Freundin?«

Lotte bestätigte das.

»Er ist ein Spätentwickler. Joachim hat ihn einmal im Gartenhaus mit seinem Freund erwischt. Fidi behauptet, nicht schwul zu sein. Er übe nur, sagte er.«

»Fidi übt viel«, stellte Wolf fest und dachte an die virtuelle Welt der Computerspiele.

»Das ist das Problem«, bemerkte Lotte. »Aber was soll's. Es ist sein Leben.«

»Eben«, meinte Wolf. »Gut, dass du das so siehst.«

»Du hast Verständnis für ihn?«

»Ich weiß nicht. Mir gefällt die spielerische Art, wie er mit … mit der Welt umgeht. Da ist genügend Raum, neu zu beginnen, nicht alles hat Konsequenzen …«

»Du hast dazugelernt auf deinen Reisen.«

Einige Minuten nach sechs Uhr kam Joachim Waidinger, Wolfs ehemaliger Journalistenkollege, in die Küche. Die beiden Männer schüttelten einander die Hände.

Wolf betrachtete sein Gegenüber eingehend. Es schien ihm, als ob der magere, zierliche Mann, der noch kleiner als Lotte war, etwas zugenommen hatte. Kein Wunder bei Lottes Kochkünsten.

Wolf wollte sich freuen über das Wiedersehen mit ihm, mit seiner Tochter, über den knusprigen Schweinsbraten, die flaumigen Semmelknödel, den fruchtigen Weißwein, doch gelang es ihm nicht. All das drang nicht wirklich in sein Inneres vor, es erschien ihm flach, ohne Konturen, wie das Videospiel auf dem Bildschirm von Fidis Notebook. Die Bewegungen der Figuren um ihn drohten zu erstarren wie das Geschehen auf dem Monitor, als er den

Fehler gemacht hatte, mehr als zwei Kreaturen miteinander zu kombinieren. Diesen Fehler musste er vermeiden und er musste sich bemühen, sich seinen Zustand nicht anmerken zu lassen, also strengte er sich an, zu reden und zu lächeln, als ob alles in Ordnung wäre.

»Du bist sehr müde, Papa«, sagte Lotte. »Möchtest du dich niederlegen?«

Wolf nickte. Zu mehr war er nicht fähig und wollte sich auf dem Fußboden der Küche niederlassen, in der sie das Nachtmahl einnahmen. Er spürte, wie ihm Schweiß von der Stirn tropfte, wie sein Hemd an seinem Oberkörper klebte.

Dann hörte er noch, wie seine Tochter mit jemandem telefonierte.

Er lag still auf der Couch im Wohnzimmer, als ein ihm unbekannter Mann auf ihn einredete. Er hörte Worte ohne Sinn.

Als jemand einen kalten Gegenstand gegen seinen entblößten Oberkörper presste, zuckte er zusammen. Der Schmerz an seinem Knie, an dem er sich verletzt hatte, wurde unerträglich. Er fuhr mit der Rechten an die Stelle, wo es besonders wehtat.

Sein Mund schmerzte. Als man ihn auf eine Trage hob, meinte er, sein Kopf werde ihm vom Hals gerissen und er stöhnte.

»Können Sie mich hören, Herr Wolf?«, fragte ein Mann.

Wolf wollte nicken, konnte aber seinen Kopf nicht bewegen.

Er bejahte und wunderte sich über seine schwache, heisere Stimme.

Wolf lag in einem hellgrünen Zimmer auf einem Metallbett. Vor ihm stand ein Mann in weißer Kleidung, offenbar ein Arzt.

»Ich bin Doktor Samhaber. Friedrich Samhaber. Sie befinden sich auf der neurologischen Abteilung des Steyrer Krankenhauses.«

Wolf fragte nach dem Grund seines Spitalaufenthaltes.

»Tetanus«, erklärte der Arzt. »Sie leiden an Tetanus.«

»Wundstarrkrampf«, sagte Wolf und dachte an die Verletzung an seinem rechten Bein.

»Versuchen Sie den Kopf zu bewegen, aber vorsichtig«, bat der Arzt.

Wolf, der schon wusste, dass er nicht nicken konnte, wollte den Kopf zur Seite drehen, doch das erwies sich als unmöglich. Er hatte das Gefühl, in einem Schraubstock zu stecken.

Die Hände konnte er bewegen, also zog er sie unter der Bettdecke hervor, zu seinem Kopf hinauf, legte die Handflächen an seine Wangen und versuchte den Kopf zu drehen. Unmöglich, völlig unmöglich. Der Kopf fühlte sich an wie ein Stück Metall. Als er über seine Lippen fuhr, spürte er, dass sein Mund weit offen stand.

»Es geht nicht«, sagte er. »Das ist wohl das Ende.«

»Wir haben das Gift – den Anteil des Tetanusgiftes – das noch nicht in das Zentralnervensystem vorgedrungen ist, mit Serum neutralisiert, mit dem Rest muss Ihr Körper fertigwerden und das wird nicht leicht werden.«

»Ich muss sterben«, stellte Wolf fest.

»Nicht notwendigerweise. Die Krankheit befindet sich im Anfangsstadium. Ich denke, wir können das

Ärgste verhindern. Sie atmen selbstständig und sind ansprechbar. Das ist schon eine ganze Menge.«

»Und wenn ich überlebe, bin ich geschädigt.«

»Das lassen wir an uns herankommen.«

»An mich.«

Das Gespräch mit dem Arzt hatte ihn so angestrengt, dass das Nachthemd, das er trug, schweißnass war.

»Sie bekommen Medikamente, damit sie sich entspannen und schlafen können. Ihr Zimmer ist abgedunkelt, wir halten, soweit es geht, störende Geräusche von Ihnen fern, um keine Krämpfe auszulösen.«

»Ich bin total erstarrt.«

»Bis zu einem gewissen Grad, ja. Sie bekommen muskelentspannende Mittel.«

»Mein Hemd. Es ist ganz nass.«

»Ich werde einen Pfleger rufen.«

Wolf lag einigermaßen entspannt im dunklen Zimmer, als die Tür aufflog und ihn der helle Tag blendete. Unerträglicher Lärm ließ ihn zusammenzucken. Sein Körper bäumte sich auf.

Wie eine Brücke, dachte er, konnte jedoch nichts dagegen tun. Er hoffte, dass seine Wirbelsäule stark genug war.

»Er grinst wie der Teufel«, sagte eine weibliche Stimme.

»Wie der Teufel«, wiederholte eine andere Frau, dann ließen sie einen Gegenstand auf den Boden fallen und liefen aus dem Zimmer. Er hörte noch das Schimpfen einer Dritten, bevor es still wurde.

Ein Arzt eilte an sein Bett und verabreichte ihm eine

Injektion durch den Venenkatheter an seiner rechten Hand.

Die Spannung seines Rückens löste sich, er sank ermattet auf das Bett. Als er mit der Linken an seinen Mund fuhr, spürte er, dass sich die Lippen geschlossen hatten.

»Sie haben mich als Teufel bezeichnet«, sagte er.

»Risus sardonicus«, erklärte Dr. Samhaber. »Eine Verkrampfung der Gesichtsmuskulatur. Wenigstens eine Warnung an unsere Putztruppe, Ihr Zimmer vorderhand zu verschonen. Ich entschuldige mich für den Vorfall. Wir hätten einen Hinweis an der Tür anbringen müssen. Geht es schon besser?«

Wolf bejahte.

»Der Primar kommt gegen elf auf Visite. Er muss etwas mit Ihnen besprechen«, kündigte der Arzt mit einem verlegenen Lächeln an, das Wolf verriet, dass es um seine Genesung schlecht stand.

Wahrscheinlich wollte seine Zusatzversicherung nicht mehr zahlen und er würde in ein Mehrbettzimmer übersiedeln müssen. Aber das war ihm egal.

Umso überraschter war er, als ihm Herr Primarius O. Niederwieser, wie das Namensschild auf dem weißen Kittel verriet, ein mehrseitiges Konvolut mit Text und Illustrationen auf die Bettdecke legte und zu erklären begann, dass man bei der Amputation des rechten Beines den Oberschenkelbereich im Wesentlichen erhalten könne. Ein Umstand, der sich auf das Anpassen einer Prothese sehr günstig auswirke.

»Amputation?«, fragte Wolf. »Warum Amputation?«

»Sie sind doch ein intelligenter Mensch, Herr äh ...« Der Primararzt suchte nach dem Namen am unteren Ende des Bettes. »Wolf. Sie spüren doch, dass mit Ihrem Körper etwas nicht stimmt.«

»Was genau nicht stimmt, müssen Sie mir erklären.«

»Die Wunde an Ihrem linken Bein produziert weiterhin Tetanustoxin, und das ist nicht gut. Um das zu unterbinden, müssen wir eingreifen.«

»Davon abgesehen, Herr Primar«, sagte Wolf, »dass es sich um mein rechtes Bein handelt, werde ich einer solchen Operation nicht zustimmen.«

»Überlegen Sie sich das gut, Herr äh ...«

»Fuchs.«

»Nein. So heißen Sie nicht. Überlegen Sie es sich gut. Auch die Amputation gibt keine hundertprozentige Sicherheit, dass Sie überleben, aber sie erhöht die Chancen. Ohne diesen Eingriff werden Sie äh ...«

»Sterben.«

»Nicht überleben. Ich lasse Ihnen das Informationsmaterial auf Ihrem Nachttisch. Wenn Sie sich gegen meinen Vorschlag entscheiden, müssen wir die Behandlung leider beenden und können Sie nicht länger hier betreuen. Sie werden dann intensiver Pflege bedürfen, wie sie nur ein äh ... Altersheim oder ein Hospiz anbieten. Wir könnten in diesem Fall Ihren Angehörigen Adressen geben. Aber das machen unsere Schwestern und Pfleger. Also?«

»Ich habe mich entschieden. Ich werde mich nicht operieren lassen.«

Und sterben will ich auch nicht, dachte Wolf. Man muss nicht alles glauben, was einem erzählt wird.

Kaum hatte der Primar mit seinem Tross von ihn ehrfürchtig begleitenden Ärztinnen und Ärzten den Raum verlassen, als Schwester Sybille, die zurückgeblieben war, sich an sein Bett setzte.

»Es gibt eine gute Möglichkeit, den weiteren Verlauf der Krankheit abzuwarten und dabei bestens betreut zu werden. Allerdings ist es ziemlich teuer.«

»Ihr Vorschlag, Schwester?«, bat Wolf.

»Das St. Kamillus Wohn- und Pflegeheim in Losensteinleiten. Sie erhalten dort medizinische Betreuung und die nötige Hilfe. Und wenn es besser wird, auch Therapie.«

»Ich werde meine Tochter bitten, das in die Wege zu leiten. Danke Schwester …«

»Sybille.«

»Tetanus. Wundstarrkrampf«, erklärte Lotte dem Chefinspektor, der bei einem Glas Bier in ihrer Küche saß.

»Ich möchte mit ihm reden«, sagte Grimm. »Wo liegt er?«

»Im Pflegeheim Losensteinleiten. Er hat eine Amputation seines Beines verweigert, also musste ich ihn vom Krankenhaus ins Heim bringen. Auf seinen eigenen Wunsch. Er hat ein ruhiges, abgedunkeltes Zimmer. Jede akustische oder optische Störung könnte einen Krampfanfall auslösen. Besuche sind derzeit nicht möglich.«

Viktor Grimm schwieg enttäuscht. Er hatte sosehr auf die Hilfe seines Freundes Christian gehofft, außerdem hatte er sich auf das Wiedersehen gefreut.

»Ich hätte auch gern ein Glas Bier«, sagte Fidi, als er

Grimm sah und lächelte seine Tante mit leuchtend weißen Zähnen an.

Lotte erinnerte ihn, dass er am Abend in die Schule müsse.

»Der Direktor hat auch immer eine Fahne«, verteidigte sich Fidi und stellte ein Glas auf den Tisch.

Grimm betrachtete den jungen Mann. Er wunderte sich, dass ein von der Körperpflege her derart verwahrlostes Wesen wie Fidi so schöne Zähne haben konnte. Schließlich füllte er das Glas, Lotte nickte zustimmend und entnahm dem Kühlschrank eine weitere Flasche. Sie schloss sich den trinkenden Männern an.

»Wir müssen uns gedulden«, meinte sie. »Es besteht Lebensgefahr. Sollte sich seine Lage bessern, verständige ich dich.«

»Heißt das, er wird sterben?«, fragte Grimm erschrocken.

»Wir alle hoffen, nicht. Nach der Auskunft des Primars im Krankenhaus wäre die Amputation seines rechten Beins die einzige Chance gewesen.«

»Alles klar«, sagte Grimm und kämpfte gegen Tränen an.

»Ich könnte seine Rolle übernehmen«, bot sich Fidi an, der das bemerkte, doch Grimm lehnte ab.

»Chris ist unersetzlich«, sagte er.

»Dann müssen Sie ihn virtuell gesunden lassen«, ließ der junge Mann nicht locker. »Wir dürfen ihn nicht aufgeben.«

»Du mit deinen Computerspielen!«, sagte Lotte und fügte hinzu: »Nein, nur ein Glas«, als Fidi nach der halbvollen Flasche greifen wollte.

»Ah, geh! Ich bin schon neunzehn.«

»Eben«, konterte Lotte, und Grimm fragte: »Wie ist das zu verstehen, dieses *virtuell*?«

»Ein simples Rollenspiel.«, erklärte Fidi. »Sie kennen doch Ihren Freund in- und auswendig.«

»Ich kenne ihn seit Kindertagen«, bestätigte Grimm.

»Dann schreiben Sie doch die Fragen, die Sie an ihn haben, auf, handschriftlich oder am Computer, denken sich in ihn hinein und lassen ihn antworten. So einfach ist das, wie bei Stan Laurel und Oliver Hardy oder Don Quijote und …«

»Such dir eine Dulcinea und verschone uns mit deinen Weisheiten!«, unterbrach Lotte den Redefluss Fidis.

»Kein schlechter Vorschlag«, meinte Grimm. »Abgesehen davon, dass ich zwar dick bin, aber Christian nicht doof ist.«

»Das wollte ich nicht sagen«, verteidigte sich Fidi. »Ich meinte nur …«

»Ich sagte schon, dass es kein schlechter Vorschlag ist«, wiederholte Grimm und erhob sich. »Wir bleiben in Kontakt, Lotte. Sobald ich ihn sehen kann, verständige mich bitte! Und lass ihn grüßen!«

»Du hast ihn vertrieben mit deiner großen Klappe«, sagte Lotte zu Fidi nach Grimms Abgang.

»Das glaube ich nicht. Er will möglichst schnell mit seinem Fantasie-Wolf in Kontakt treten. Eine wirklich geniale Idee meinerseits.«

»Du wirst langsam unerträglich, Fidi. Weißt du das?«

»Und ob.«

Grimm machte vorsichtig Platz auf dem Küchentisch, indem er einen Stapel Zeitungen auf dem Fußboden ablegte. Er musste irgendwann sein Haus entrümpeln. Aber nur, wenn er viel Zeit hatte, um nicht irrtümlich Wichtiges auszusondern. Alles hatte seine Bedeutung, nichts sollte verloren gehen.

Wolf meinte, er sei ein Messie. Okay, so mochte es bei oberflächlicher Betrachtung erscheinen. In Wahrheit war Grimm der penible Sammler von Indizien, die Wolf dann prüfte und gewichtete und schließlich kamen sie stets zu einem gemeinsamen Ergebnis.

Grimm öffnete sein Notizbuch und zog einen senkrechten Strich durch die Mitte einer Seite. Über die linke Spalte schrieb er *Grimm*, über die rechte *Wolf*.

Dann begann er mit den Aufzeichnungen.

»Ich bin kein Messie«, ließ er Grimm sagen.

»Die Uneinsichtigkeit gehört zu den Merkmalen einer psychischen Störung«, antwortete der virtuelle Wolf. »Aber das führt zu nichts. Wenden wir uns doch dem Fall zu!«

»Du meinst den Mord an Schlader«, sagte Grimm.

»Die Frau nicht zu vergessen. Du hast doch von einer erschossenen Frau gesprochen.«

»Hab ich das?«

Wolf schwieg auf diese überflüssige Frage, schrieb Grimm in die rechte Spalte und lächelte dabei. Er sah seinen Freund vor sich, wie dieser ungeduldig seine graugrünen Augen zur Zimmerdecke verdrehte.

»Gut, ich gestehe«, schrieb Grimm in seine Spalte. »Was du sagst, trifft zu.«

»Und du hast gesagt, dass es sich um eine ganz

bestimmte Frau handelt, nämlich um Elisabeth Hintermayr, die Frau des jetzigen Magistratsdirektors, mit der Schlader ein Verhältnis gehabt hat.«

»Und was nun?«, fragte Grimm.

»Du sammelst Material, dann sehen wir weiter.«

»Gern.«

»Ich weiß.«

»Ich werde mich der Frau und der Tochter Schladers widmen und Doktor Hintermayr verhören«, sagte Grimm. »Immerhin gehört der Mercedes ihm, der am Tatort gesichtet wurde. Außerdem verbrachte seine Frau die Nacht mit Schlader.«

»Nicht schlecht, Viktor. Und vergiss nicht Schlader selbst! Befass dich mit seiner Person, seinem Charakter, seinen beruflichen und privaten Taten!«

»Die sind mir bekannt«, erwiderte Grimm knapp.

Das Haus, in dem Norbert Schladers Witwe Evelyn wohnte, wirkte auf Chefinspektor Grimm düster und geradezu bedrohlich. Eine viereckige Schachtel aus Holz in einem lieblos angelegten Garten, der nur aus einem kurz gehaltenen Rasen bestand, im Stadtteil Münichholz am Rande einer Schrebergartensiedlung gelegen. Gegen die Enns war ein meterhoher Wall aus Schotter aufgeschüttet worden, der die Gegend regelrecht verschandelte.

Evelyn Schlader war eine an sich schöne, große, schlanke Frau Mitte vierzig. Blond, blauäugig, aber leblos wirkend, wie tot. Eine lebende Tote, ein Zombie, fiel dem Chefinspektor ein. Die Augen vermittelten keine Emotionen. Weder Trauer noch Angst. Nichts, gar nichts. Die Hände, die der Chefinspektor drückte, waren gepflegt, trocken und kalt.

Grimm sprach der Frau sein Beileid aus und bat sie um ein Gespräch, das nötig sei, um die Hintergründe des Todes ihres Mannes zu klären.

Evelyn Schlader führte ihn in das dumpf riechende Niedrigenergiehaus, das offenbar nicht gelüftet werden konnte.

Eine muffige Hundehütte, innen wie außen, fand Grimm. Da war ihm sein Siedlungshaus lieber, trotz des durch seinen Sammlertrieb beschränkten Raumangebots.

Es war zum Ersticken.

»Sie trinken Kaffee?«, fragte Frau Schlader.

»Lieber etwas Kühles, Alkoholfreies«, erwiderte Grimm, der spürte, wie sein Körper in der schwül-feuchten Atmosphäre Schweiß abzusondern begann. Er fühlte sich in ein Gewächshaus versetzt und wunderte sich, dass nirgendwo Pflanzen standen.

Keine Blumen, kein Haustier. In diesem Haus gab es nichts Lebendiges.

»Darf ich Ihnen meine Tochter vorstellen?«, sagte Frau Schlader und öffnete eine kleine Flasche Tonic für Grimm. »Lucy studiert in Wien. Sie ist heimgekommen, um mir bei den Vorbereitungen zur Bestattung zu helfen.«

Grimm erhob sich von den grauen Ledermöbeln und schüttelte der jungen Frau, die die Treppe vom Obergeschoss heruntergekommen war, die angenehm warme Hand. Lucy Schlader, um die zwanzig Jahre alt, war eine jüngere Ausgabe ihrer Mutter. Blond, groß, schlank, aber voll Lebenskraft, wie Grimm fand. Besonders ihre großen, dunklen Augen strahlten vor Energie.

»Apropos Begräbnis«, sagte die Tochter. »Wann wird der Leichnam meines Vaters freigegeben?«

»Ich schätze am Beginn der nächsten Woche. Ich werde Sie verständigen«, antwortete Grimm und schrieb die Telefonnummer der Familie in das Notizbuch, das er für den Fall Schlader angelegt hatte.

»Ich schlage vor«, meldete sich Lucy Schlader erneut zu Wort, »wir erzählen Ihnen alles, was uns wichtig ist, meinen Vater betreffend. Wenn Fragen offen bleiben, sagen Sie das.«

Grimm nickte stumm und wartete.

»Also«, begann Lucy, »meine Mutter ist 42 Jahre alt. Sie ist oder war seit 21 Jahren mit meinem Vater verheiratet. Für ihn war es die zweite Ehe.«

»Eine Scheidung?«, fragte Grimm.

»Die erste Ehe meines Vaters endete mit dem Tod seiner Frau.«

»Unfall, Krebs?«, fragte Grimm.

»Selbstmord. Mit Tabletten«, antwortete die Tochter knapp.

»Was studieren Sie?«, erkundigte sich Grimm.

»Hardware-Software-Design.«

»Hat das mit Computerspielen zu tun?«, fragte Grimm, der an Wolfs Neffen Fidi dachte und diesen mit der etwa gleichaltrigen Lucy verglich.

Welch ein Unterschied, fand Grimm. Eine selbstständige, selbstbewusste, gepflegte junge Frau, auf der anderen Seite ein zu groß gewachsenes Kind, das an der Schule gescheitert war und selbst mit seiner Körperpflege Probleme hatte.

»Doch, natürlich. Auch das Entwerfen von Computerspielen zählt zu den Aufgabenbereichen, mit denen wir uns beschäftigen«, bestätigte Lucy.

»Meine Tochter ist sehr tüchtig«, meldete sich erstmals auch Frau Schlader zu Wort. »Das hat sie von ihrem Vater.«

»Ich hoffe nicht«, wehrte diese ab.

»Wie kann ich das verstehen?«, hakte Grimm ein.

»Vater war zu tüchtig«, erklärte Lucy. »Ein Umstand, der ihm viele Feinde schuf. Ich denke, die halbe Stadt ist verdächtig, ihn getötet zu haben.«

»Ich verstehe«, sagte Grimm und fragte, ob sich Norbert Schlader oft allein in dem Gebäude im Trattenbachtal aufgehalten habe.

»Er wollte dort allein sein«, erklärte Frau Schlader, »seine Ruhe finden nach all den Anstrengungen seines Berufs.«

»Das heißt, Sie waren selten in diesem Haus«, versuchte Grimm Klarheit zu schaffen.

»Nie. Es war sein Haus, zu dem wir keinen Zutritt hatten«, stellte die Tochter fest. »Wir mussten uns mit diesem Niedrigenergiestall begnügen, in dem man nicht einmal vernünftig atmen kann, weil sich die Fenster nicht öffnen lassen. Aber das wird sich ändern. Wir werden es entweder umbauen lassen oder verkaufen«, erzählte die Tochter.

»Wir werden sehen, wie sich alles entwickelt«, beschwichtigte Frau Schlader.

»Sie sind Steyrer, Herr Chefinspektor?«, fragte Lucy dann.

Grimm bestätigte das.

»Dann müssen Sie ja meinen Vater gekannt haben.«

»Ja, das trifft zu«, sagte Grimm und errötete.

KAPITEL 3

Grimm musste mit Wolf reden. Nicht dass er ihm über seine unglückselige Beziehung zu Schlader erzählen wollte. Das war ein Thema, das er auch von seinem besten Freund fernhalten wollte. Ganz allgemein wollte er mit ihm über die vielen Menschen in der Stadt reden, die Gründe gehabt hatten, diesen Mann zu töten, und seinen Widerwillen, den Mörder zu jagen. Wie gut konnte er den Menschen verstehen, der Schlader endlich gestoppt hatte.

Wie wäre Grimms Leben verlaufen ohne den Vorfall in der Kindheit, der ihn körperlich und seelisch verletzt hatte, dieses unglückselige erste Zusammentreffen mit Schlader, das in einem Luftschutzstollen in der Lauberleiten seinen Anfang genommen und in einer Gartenhütte in Münichholz, auf eben demselben Grundstück, auf dem nun Schladers Haus stand, eine beschämende Fortsetzung gefunden hatte.

Grimm betrat sein Haus und stolperte über einen Stapel Werbeprospekte. Unwillig packte er das Papier und beförderte es vor die Eingangstür.

Grimm wusste, dass das Haus durch seine Sammelwut beinahe unbrauchbar geworden war, und er beschloss, wenigstens das Wohnzimmer freizuräumen. Die Zeitungen, die alten Bücher, das Geschirr vom Flohmarkt würde er in seinem ganzen Leben nicht mehr brauchen. Immerhin hatte er die statistische Lebensmitte seit Langem überschritten. Die Zeit wurde knapp.

Wieder fiel ihm Wolf ein.

Mein Gott, dachte der sonst gar nicht religiöse Grimm, wenn Wolf starb, dann war er ganz allein.

Wolf war zwar jetzt fast ein Jahr weg gewesen, aber sie hatten telefoniert. Und er hatte gewusst oder zumindest Hoffnung gehabt, dass sie einander wiedersehen würden.

Und jetzt?

Grimm betrat zögernd das Wohnzimmer. Irgendwie hatte er das Gefühl, dass die Tätigkeit des Aufräumens dazu beitragen würde, Wolf am Leben zu halten. Das Unmögliche möglich machen, sagte er sich und arbeitete bis spät in die Nacht hinein, bis das Zimmer von unbrauchbarem Gerümpel befreit war. Was blieb, war wenig erfreulich. Die alten, verstaubten Polstersessel und die Couch luden keineswegs zum Verweilen ein. Die Vorhänge waren schmutzig, die Fenster verschmiert. In was für einer Müllhalde lebte er denn! War das ein Symbol für sein ganzes Leben?

Nein. Grimm war an sich zufrieden mit seinem Dasein. Aber er wollte mehr Raum für sich und seine Interessen schaffen, ein bewohnbares Zuhause haben, in das er auch Freunde einladen konnte.

Denn was sollte er tun, wenn er in Pension geschickt wurde, wenn er seinen besten Freund verlor?

Den Rest der Nacht widmete Grimm Reinigungsarbeiten. Gegen sechs Uhr am Morgen war das Wohnzimmer sauber. Schön und gemütlich war es nicht. Aber er würde weitermachen, vielleicht neue Möbel kaufen.

Grimm fühlte sich überraschend frisch, als er zu seiner Dienststelle in den Nordtrakt des Steyrer Schlosses fuhr.

Frau Beranek, die Sekretärin, ließ bei seinem Eintreffen rasch ihre Morgenzigarette verschwinden und nippte an einer Tasse Kaffee.

»Bringen Sie mir auch eine Tasse und irgendetwas zum Knabbern«, sagte er.

Frau Beranek tat, als ob sie es überhört hätte. Schließlich war sie Sekretärin und keine Kellnerin.

Dennoch erschien sie kurze Zeit danach mit einem warmen Croissant und der Kaffeekanne.

»Sie sind eine Perle, Frau Beranek«, sagte Grimm.

»Ich weiß«, antwortete diese und murmelte, als sie den Raum verließ, etwas von *vor die Säue werfen*. Doch da hatte sich ihr Chef schon seinem Notizbuch zugewandt.

Die Umstände schienen sonnenklar. Eine breite Autobahn führte vom Tatort zum Täter.

Schlader hatte die Nacht mit Elisabeth Hintermayr im Ferienhaus verbracht. Ihr Mann war ihr mit seinem Mercedes gefolgt, hatte die beiden durch das Fenster in dem beleuchteten Gebäude beobachtet und sie dann erschossen. Dann war er zurück nach Steyr geflüchtet.

Das Autokennzeichen, das die Nachbarin notiert hatte, gehörte Dr. Gerald Hintermayr, dem Nachfolger Schladers im Amt des Magistratsdirektors. Sein Auto war bei der Polizei als gestohlen gemeldet. Ein mehr als durchsichtiges Manöver.

Der 49-jährige Jurist war vom neuen Bürgermeister zum Magistratsdirektor ernannt worden, gegen den Wunsch und Willen Norbert Schladers, der seinen Mitarbeiter Volker Neudeck für diesen Posten vorgesehen hatte.

Grimm blätterte in den Zeitungsausschnitten, die Frau Beranek für ihn zusammengestellt hatte. Sie stammten aus der *Tagespost* und waren von Wolf geschrieben worden, als er noch für die Lokalredaktion dieser Zeitung gearbeitet hatte.

Wolf hatte sich zu Grimms Bedauern wie immer in seinen Artikeln um zurückhaltende Objektivität bemüht, also verrieten sie kaum etwas über Konflikte zwischen Schlader und Hintermayr, die es aber gegeben haben musste, denn Dr. Hintermayr war vom Magistrat Steyr in die Verwaltung der Stadt Enns gewechselt, bevor ihn der jetzige Bürgermeister zurückgeholt hatte.

Er musste mit Wolf darüber reden, es zumindest versuchen.

Grimm erhob sich, teilte Frau Beranek mit, dass er gegen Mittag zurück sein werde und man ihn über sein Diensthandy erreichen könne.

Die Fahrt vom Büro zum Schloss Losensteinleiten dauerte wegen des morgendlichen Verkehrsstaus fast 45 Minuten.

Grimm stellte seinen Wagen in den Hof der mächtigen ehemaligen Wasserburg und meldete sich über die Gegensprechanlage an.

Eine junge Frau kam ihm entgegen und entschuldigte sich, dass die Türen verschlossen gehalten werden mussten.

»Wir beherbergen einige Demenzkranke mit Wandertrieb. Zu deren Sicherheit ist es nötig, den Ausgang unter Kontrolle zu halten.«

Grimm fragte die Frau, ob ein Besuch bei seinem

Freund möglich wäre, als sich die Lifttür öffnete und Joachim Waidinger herauskam.

»Wie geht es ihm? Ist er ansprechbar?«, erkundigte sich Grimm.

»Eine schwere Krise. Sie haben ihn in künstlichen Tiefschlaf versetzt.«

»Ich will ihn nur sehen. Ganz kurz.«

»Das müsste sich schon machen lassen«, intervenierte nun die junge Frau, »wenn die Angehörigen keinen Einwand haben.«

»Nein, natürlich nicht«, sagte Waidinger. »Ich muss mich allerdings beeilen. Ich muss in die Redaktion.«

Grimm saß am Bett seines schlafenden Freundes, der eigentlich wie immer aussah, abgesehen von der ungesund-gelblichen Gesichtsfarbe und dem gelegentlichen Zucken im Gesicht.

Obwohl der Chefinspektor wusste, dass ihn Christian Wolf nicht hören konnte, begann er vom Fall Schlader zu erzählen, von den beiden Toten im Wochenendhaus, dem Mercedes mit der Steyrer Nummer, der dem gegenwärtigen Magistratsdirektor Dr. Hintermayr gehörte.

»Der Wagen wurde gestohlen gemeldet und keine 500 Meter von Hintermayrs Haus aufgefunden. Er wird nach DNA-Spuren untersucht. Die tote Frau in Schladers Haus war Elisabeth Hintermayr.«

»Elisabeth. Ein ziemlich reizloser Vorname«, sagte Wolf.

Grimm stimmte ihm zu und fuhr fort: »Hintermayr verließ den Steyrer Magistrat vermutlich wegen Schlader.

Erst der neue Bürgermeister hat ihn zurückgeholt. Dann hat Schlader ihn auch noch mit seiner Frau betrogen.«

»Obwohl er um einiges älter war.«

»Ja, das ist merkwürdig. Ich habe Hintermayr noch nicht verhört.«

»Mir ist das zu offensichtlich«, meinte Wolf. »Dieser Hintermayr müsste ein Vollidiot sein, eine solch breite Spur zu sich zu legen.«

Grimm zuckte zusammen. Jetzt erst wurde ihm bewusst, dass sein Freund, obwohl er sich in einer Langzeitnarkose befand, mit ihm redete.

Als er ihn anblickte, hatte Wolf weiterhin die Augen geschlossen, den Mund leicht geöffnet und schien regelmäßig und tief zu atmen.

Hatte er sich das Gespräch mit Wolf eingebildet?

Grimm entschloss sich, den Dialog mit seinem Freund fortzusetzen und meinte: »Wenn man nach Motiven für einen Mord sucht, müsste man fast die ganze Stadt verdächtigen, inklusive mir.«

Grimm beobachtete angespannt die Reaktion seines Freundes.

Dieser lag still und reglos in seinem Bett, bis er schließlich sagte: »Dann stimmt es also. Ich war mir nicht ganz sicher, ob ich mir die Szenen damals im Luftschutzbunker in der Lauberleiten nicht nur eingebildet habe.«

Grimm vergaß, was sein Freund gesagt hatte. Er ergriff Wolfs linke Hand, die unter der Bettdecke hervorragte, mit beiden Händen und drückte sie.

»Wie geht es dir, Chris?«

»Besser, seit du hier bist«, erwiderte dieser.

Grimm konnte vor Rührung nichts sagen.

»Und wie geht es dir, Viktor?«

»Ich habe begonnen, mein Haus aufzuräumen. Aber das ist unwichtig. Wichtig ist, dass ich mit dir reden kann. Ich bin so froh darüber.«

»Ich hoffe, es ist ein gutes Zeichen«, meinte Wolf. »Ich würde gerne den Fall mit dir lösen.«

»Das wäre natürlich wunderbar. Was soll ich als Nächstes tun?«

»Du bist wie immer auf dem direkten Weg zum Ziel. Ich kann dir nichts raten. Du weißt es selbst am besten. Wenn du mir erzählst, was du machst, genügt das.«

»Ich werde Hintermayr verhören und wenn er kein eindeutiges Alibi hat, nehme ich ihn in Untersuchungshaft. Obwohl natürlich, wie du sagst, die ganze Stadt infrage käme. Außer uns beiden.«

»Da bin ich mir nicht so sicher.«

»Du hättest auch einen Grund gehabt?«, fragte Grimm.

»Und ob. Er hat in Linz bei der Tochter des Herausgebers gegen mich interveniert. Ein Artikel hat ihn gestört, daraufhin wollte er mich zuerst bestechen, dann vernichten.«

»Als du dich nicht bestechen hast lassen.«

»So ähnlich ist es gelaufen. Obwohl ich nie heldenhaft war. Ich möchte nicht im Nachhinein die Legende vom tugendhaften Journalisten konstruieren.«

»Mir wäre es am liebsten, wenn wir denjenigen, der den Mann endlich erledigt hat, laufen lassen könnten«, stellte Grimm fest. »Er hat der Stadt einen Gefallen getan, einen Fluch von Steyr genommen.«

»So dramatisch siehst du das?«

Grimm nickte. Als er bemerkte, dass sein Freund die Augen geschlossen hatte, sagte er: »Ja, so sehe ich es.«

»Du könntest dich beurlauben und jemand anderen diesen Fall lösen lassen. Wobei ich natürlich hoffe, dass du nicht kneifst. Ich hoffe, wir können dabei zusammenarbeiten. Das wäre ein Grund, rasch einigermaßen gesund zu werden. Wir sind zwei Profis, die Privates von Beruflichem trennen können.«

Grimm schwieg.

»Soviel zu diesem Thema«, sagte Wolf. »Und du wirst dein Haus in Schuss bringen.«

»Ich habe es vor. Und du? Wirst du in Steyr bleiben?«

»Im Moment ja. Wohin meine Seele sich begeben wird, weiß ich noch nicht. Ich würde gerne hier bleiben.«

»Du meinst ...«

»Man weiß noch nicht, wie mein Körper den Wundstarrkrampf verkraftet. Wenn du mich begleitest, fällt mir der Weg leichter.«

»Versprochen.«

»Danke. Du wirst also die Verdächtigen verhören und dir überlegen, was für ein Mensch Schlacher ...«

»Schlader.«

»... Schlader wirklich war. Immerhin war er beruflich erfolgreich, hatte eine Frau, eine Geliebte, Männer, die mit ihm eng verbunden waren ...«

»Ich werde deinen Auftrag erledigen.«

»So war es nicht gedacht.«

»Trotzdem«, sagte Grimm.

Viktor Grimm ging in seinem Dienstzimmer auf und ab. Es war groß genug, um ihm genügend Bewegung zu verschaffen. Durch die geöffneten Fenster drang das Rauschen des Flusses Steyr. Die Luft war noch angenehm kühl, obwohl es auf Mittag zuging.

Grimm dachte über den Ermordeten nach. Ein furchtbarer Vergleich fiel ihm ein. Schlader hielt sich Menschen wie Nutzvieh. Er widmete ihnen Zeit und Pflege, um … nein, nicht um sie eines Tages zu schlachten. Schlader war kein Mörder gewesen. Er brauchte lebende Menschen für seine Zwecke.

Schlader war von jemandem getötet worden, der einen Grund dafür hatte, und dieser Grund musste Rache sein. Rache für das, was Schlader ihm angetan hatte.

Grimm musste alle Leute erfassen, die ein Motiv hatten, Schlader zu töten und dann nach Indizien suchen.

Er öffnete sein Notizbuch und schrieb: *Kreis der Verdächtigen erfassen, Alibis für die Tatnacht prüfen.* Das war die Nacht vom 16. auf den 17. Juni.

Als Verdächtige standen bisher fest: Dr. Gerald Hintermayr, dessen Frau ebenfalls im Ferienhaus Schladers ums Leben gekommen war. Weiters musste er klären, wie sehr Schladers Frau von seinem Tod profitierte, was sie und die Tochter erbten.

Grimm hielt den Namen Evelyn Schlader fest.

Es klopfte an der Tür zu Grimms Dienstzimmer. Bevor Frau Beranek etwas sagen konnte, gestattete ihr Grimm, die Mittagspause anzutreten.

»Dafür danke ich, Chef. Es ist ja erst halb zwölf. Zuvor möchte Sie aber noch Inspektor Kögl sprechen. Er wartet im Vorzimmer.«

»Lassen Sie ihn herein!«

Markus Kögl, ein engagierter junger Polizist von der

Polizeiinspektion Ennser Straße, betrat Grimms Zimmer in Begleitung einer Kollegin.

»Ich denke, es wird Sie interessieren, was Inspektor Lindner und ich herausgefunden haben.«

Der junge Mann schätzte die Kollegin über das beruflich erforderliche Maß hinaus, so viel war Grimm klar. Inspektor Kögl betrachtete die Frau an seiner Seite mit liebevollen Blicken, während sie starr vor sich hin stierte.

»Berichten Sie, Inspektor!«, ließ Grimm bewusst offen, an wen er diese Aufforderung richtete.

Sofort ergriff die junge Polizistin das Wort: »Es handelt sich um einen Selbstmord am Kronbergweg im Stadtteil Gleink. Ein Gernot Habeler, 47 Jahre alt, Bauunternehmer, erhängte sich im Keller seiner Villa. Seine Frau entdeckte ihn, schnitt ihn vom Seil und alarmierte die Rettung, die wiederum uns als zuständige Dienststelle verständigte. Der Mann konnte nicht reanimiert werden. Am Tatort fand sich ein sogenannter Abschiedsbrief.«

Der junge Polizist stand schweigend neben seiner Kollegin und lächelte selig vor sich hin. Er schien stolz auf sie zu sein.

»Und ihr meint, es bestehe ein Zusammenhang zu einem der Fälle, die wir bearbeiten, Kollegen?«

»Zum Fall Norbert Schlader«, antwortete Inspektor Kögl, wurde jedoch von seiner Kollegin unterbrochen, die ein Schriftstück, das von einer Folie geschützt wurde, aus ihrem Aktenkoffer nahm. »Der Mann«, erklärte sie, »macht den ermordeten Doktor Norbert Schlader für seine Verzweiflungstat verantwortlich. Er schreibt: *Schladers Tod kommt leider zu spät. Sein Plan, mich zu vernichten, ist aufgegangen.*«

Grimm streckte die rechte Hand aus, um den Brief an sich zu nehmen. Die junge Polizistin reichte ihm die Folie nur widerstrebend.

»Ich werde Ihre dankenswerte Initiative schriftlich festhalten und gegenüber Ihrem Vorgesetzten …«

»Herrn Revierinspektor Günther Rummesberger«, sagte die Polizistin und salutierte, ihr Kollege strahlte die junge Frau an, die ihn völlig ignorierte.

Eine einseitige Beziehung, stellte Grimm für sich fest.

»Ich werde Günther gegenüber Ihre aufmerksame Haltung hervorheben, Herr Inspektor.«

Grimm wollte ganz bewusst auch die Leistung des männlichen Kollegen hervorheben, der sofort klarstellte, dass seine Kollegin einen erheblichen Anteil an den Ermittlungen gehabt hatte.

»Natürlich. Ich werde auch darauf hinweisen«, sagte Grimm und wartete auf den Abgang der beiden, der etwas zögerlich erfolgte, dann wählte er die Nummer von Kontrollinspektor Albert Eigner und bat ihn zu sich, um ihn über die neuesten Erkenntnisse im Fall Schlader zu unterrichten.

»Ich habe vor, noch einmal mit der Frau des Ermordeten zu reden«, erklärte er seinem Kollegen. »Dann statten wir Frau Habeler in Gleink einen Besuch ab und wenn das geklärt ist, unterhalten wir uns mit dem neuen Magistratsdirektor, für den wir, wenn nötig, die Untersuchungshaft beantragen.«

»Das wird heikel«, wandte der Kontrollinspektor ein, der um zwölf Jahre jünger war als Grimm.

Grimm hielt ihn für einen kontaktscheuen Menschen,

der zufrieden war, in der zweiten Reihe zu stehen, um sich seinem Hobby, dem Fischen in der Enns, widmen zu können, wann immer es möglich war. Er war um einen Kopf kleiner als Grimm und trug sein dunkles Haar extrem kurz.

»Wie geht es deinem Freund?«, erkundigte sich der Beamte.

»Er fällt leider aus für die Ermittlungen. Wundstarrkrampf. Darum beauftrage … bitte ich dich, mir zur Seite zu stehen.«

»Sehr gern«, sagte der Mann und verzog seinen Mund, als ob er etwas Bitteres gegessen hätte.

»Ich gebe dir die Namen und Adressen der Herrschaften, die wir am Nachmittag aufsuchen. Du verständigst sie telefonisch und fixierst die Termine. Dann machen wir Mittag. Vor zwei fangen wir nicht an, dafür kann es am Abend später werden.«

»Ich sollte um 17 Uhr am Stausee sein«, sagte Eigner.

»Das mit dem Fischen geht in Ordnung. Den Rest erledige ich allein.«

Kontrollinspektor Eigner bedankte sich bei seinem Chef und suchte sein Büro auf.

»Ich hätte ihn retten können – und vielleicht auch die Firma«, sagte die Frau und fuhr mit der Linken durch ihr langes glattes Haar.

»Erzählen Sie, Frau Habeler«, forderte Grimm sie freundlich auf.

»Schlader hatte meinem Mann eine Falle gestellt, in der er sich verfing und letztlich umkam.«

»Sie glauben also«, vergewisserte sich der Chefinspektor, »dass Norbert Schlader schuld am Selbstmord Ihres Mannes ist.«

»Das weiß ich.«

»Und wie«, schaltete sich nun Grimms Kollege Eigner in das Gespräch ein, das auf der Terrasse eines schlossartigen Hauses stattfand, »schaut in Ihren Augen diese Falle aus?«

»Schlader vermittelte meinem Mann ein Grundstück, das der Stadt gehörte. Gernot nahm dafür einen hohen Kredit auf und wollte dort Reihenhäuser errichten. Weil der Tipp vom Magistratsdirektor kam, vertraute mein Mann den mündlichen Versprechungen und Abmachungen, um schließlich herauszufinden, dass es für das Grundstück keine Baugenehmigung gab. Mein Mann hatte nun ein für ihn wertloses Grundstück und Schulden.«

»Dann hat Schlader Sie ins Spiel gebracht«, sagte Grimm mehr zu sich selbst.

»Wenn ich mich umgänglich gezeigt hätte, hätte er sich bemüht, das Grundstück in Bauland umzuwidmen.«

»Umgänglich«, wiederholte Grimm.

»Und weil ich aus falschem Stolz nicht dazu bereit war, habe ich meinen Mann verloren.«

»Haben Sie Kinder?«

»Zwei Buben. Sie sind bei meinen Eltern. Auch ich werde vorläufig bei ihnen wohnen. Das Haus fällt an die Bank, die Firma ist am Ende. Die Lebensversicherung verfällt, weil mein Mann sich selbst getötet hat. Sie lief erst ein Jahr. Gernot hätte das nicht tun müssen. Wir hätten auf dieses verdammt hässliche Haus verzichten können. Ich hätte früher stopp sagen müssen. Mein

Mann war zu weich, zu dumm für dieses Gewerbe. Er fehlt mir wahnsinnig.«

»Der Blick auf Steyr ist grandios«, sagte Grimm.

»Aber sonst herrscht hier Wüste. Menschlich, kulturell. Alles Neureiche, die nicht miteinander reden. Eine tote Umgebung ohne … Ach, was. Ich bin selbst schuld.«

»Ihr Mann, Frau Habeler«, wandte sich Grimm wieder an die Witwe, »nimmt in seinem Abschiedsbrief Bezug auf Schlader. Dessen Tod, schrieb Ihr Mann, kam zu spät für ihn. Halten Sie es für möglich, dass Ihr Mann sich an Schlader rächen wollte? Sie können offen zu uns sein. Es hat ja keine Konsequenzen mehr.«

»Nein, mein Mann hat ihn nicht getötet. Er ist kein Mörder. Er ist Opfer, nicht Täter.«

»Können Sie uns sagen, wo er die Nacht vom 16. auf den 17. Juni verbrachte?«

»Gernot war jede Nacht bei mir, hier im Haus. Er konnte oft nicht schlafen und lag still neben mir, um mich nicht zu stören. Ich spürte seine Anspannung und täuschte meinerseits vor zu schlafen. Eine furchtbare Stille, die letztlich mit seinem Tod endete.«

»Das heißt, dass auch Sie nicht als Rächerin infrage kommen«, stellte Grimm fest.

»Gernot kann mein Alibi nicht bestätigen. Sie müssen mir entweder glauben oder Sie verdächtigen mich.«

»Haben Sie es getan?«

»Nein. Natürlich nicht.«

»Sie sind sehr gefasst«, stellte Grimm fest.

»Ich bin auch erleichtert, dass das, wovor ich mich lange Zeit gefürchtet habe, nun eingetroffen und überstanden ist. Jetzt muss ich versuchen, für die Kinder da zu sein, einen Job finden.«

»Sie hatten Angst, dass Ihr Mann im Beruf scheitert?«

»So ist es. Er wäre ein guter Angestellter gewesen, der ideale Mitarbeiter eines verantwortungsvollen Chefs, aber er war kein Unternehmer. Der Crash war unausweichlich. Ich hätte es nicht zulassen dürfen.«

»Welche Möglichkeiten hätten Sie gehabt?«

»Scheidung, obwohl ich ihn liebte. Vielleicht hätte ihn das gebremst.«

»Und Schlader nutzte die Situation gnadenlos aus.«

»Er hatte den Instinkt eines Raubtieres«, bestätigte die Frau. »Es ging ihm darum, seine Macht über andere Menschen auszukosten, weniger um Geld, Besitz oder gar Sexualität. Der Stärkere nimmt dem Schwächeren alles weg und demütigt ihn.«

»So gesehen war es richtig, sich nicht mit Schlader einzulassen«, sagte Grimms Kollege nachdenklich.

»Es wäre eine letzte Chance gewesen«, beharrte die Frau.

Der Chefinspektor und sein Begleiter saßen einige Zeit still im Dienstwagen, bevor Grimm den Motor startete.

»Was für ein schrecklicher Mensch, dieser Schlader«, sagte der Kontrollinspektor schließlich. »Man beginnt seinen Mörder, wenn schon nicht zu mögen, so wenigstens zu verstehen.« Grimm schwieg auf diese Aussage und Albert Eigner fuhr fort: »Der Mann hat doch in irgendeiner Weise mit jedem von uns zu tun gehabt.«

»Du hattest auch mit ihm zu tun?«, fragte Grimm.

»Du nicht?«, kam die Gegenfrage des Kontrollinspektors.

»Ich auch. Trotzdem. Wir machen weiter. Schlader wird nicht siegen.«

»Aber wir sollen seinen Mörder finden und ins Gefängnis bringen.«

»Mit diesem klaren Auftrag findet die Schlader'sche Korruption ein Ende. Wir wissen, was wir zu tun haben.«

Bevor Eigner auf diese Feststellung reagieren konnte, meldete sich Grimms Mobiltelefon. Ein Mann, dessen Stimme ihm bekannt vorkam, bat Grimm dringend um ein Treffen. Dieser fragte, mit wem er spreche.

»Richard. Richard Sturmberger. Entschuldige, ich habe nicht bedacht, dass ich schon vier Jahr in Pension bin«, erwiderte der Mann.

»Trotzdem hätte ich deine Stimme erkennen müssen, Richard. Ich muss noch einige Leute aufsuchen und hätte ab 19 Uhr Zeit.«

»Alles klar. 19 Uhr, im Schwechater?«

»Das passt gut. Worum geht es?«

»Evelyn Schlader hat mich gebeten, für sie zu arbeiten.«

»Es handelt sich doch nicht um die Klärung des Mordanschlages auf ihren Mann?«

»Ich soll Licht in die seltsamen Umstände seines Todes bringen und bin tatsächlich auf etwas sehr Beunruhigendes gestoßen, das ich mit dir besprechen will.«

»Du weißt, wer der Täter ist.«

»Möglicherweise.«

»Da bin ich gespannt. 19 Uhr, Schwechater.«

»Bis dann.«

Grimm beendete das Gespräch und gestattete seinem Kollegen, früher Schluss zu machen. »Den Rest erledige ich allein. Du kannst zu deinen Fischen fahren.«

Eigner bedankte sich und bat Grimm, ihn vor dem Steyrer Schloss, wo er seinen Wagen geparkt hatte, abzusetzen.

»Ich werde mich revanchieren«, verabschiedete er sich.

Richard Sturmberger, der pensionierte Kollege Grimms, stellte seinen roten Ford Focus vor die zweite Garagentür des Hauses von Evelyn Schlader.

»Kaffee, Tee oder etwas Schärferes?«, begrüßte ihn die Witwe.

»Ein Bier könnte nicht schaden, wenn Sie sich anschließen.«

»Ich werde ein Glas Wein trinken«, sagte die Frau und bat ihren Gast in das Wohnzimmer.

»Ich kann mich nicht an die Atmosphäre dieses Hauses gewöhnen. Wäre es möglich, ein Fenster zu öffnen?«, bat der pensionierte Polizist.

Frau Schlader öffnete die Tür zum Garten und atmete selbst tief durch. »Ich werde das Haus verkaufen. Es ist sein Haus und hat mit uns nichts zu tun.«

»Sie meinen sich und …«

»Und meine Tochter Lucy, die zumindest in den Ferien bei mir wohnt.«

»Wie schaut Ihre finanzielle Lage aus?«, erkundigte sich Richard Sturmberger.

»Was Lucy bekommt, muss erst geklärt werden. Es gibt kein Testament, nur eine Lebensversicherung, die er zu meinen Gunsten abgeschlossen hat.«

»Womit auch Sie zu den zahlreichen Verdächtigen zählen.«

»Ich weiß, dass ich es nicht war«, sagte die Frau trocken und fuhr fort: »Haben Sie schon etwas herausgefunden?«

»Ich bin auf etwas gestoßen, das mich selbst einigermaßen überrascht hat.«

»Es hat mit dem Täter zu tun?«

»Möglicherweise.«

»Und was ist das?«

»Ich muss es erst abklären. Sie erfahren davon, sobald ich mich mit einem ehemaligen Kollegen beraten habe.«

»Es ist etwas Ernstes?«

»Es sieht so aus«, sagte der Mann nachdenklich und fragte: »Hat sich bei Ihnen etwas Neues ergeben, Frau Schlader?«

»Die üblichen Drohanrufe, die jetzt in Triumphgeheul über den Tod Norberts übergehen. Er hatte viele Feinde.«

»Haben Sie selbst einen Verdacht?«

»Nicht wirklich. Auch wenn viel gegen Hintermayr spricht, glaub ich es nicht. Hintermayr ist ein leidenschaftsloser Mensch, dem es im Grunde seines Wesens egal ist, wenn seine Frau ihn betrügt.«

»Sie kennen ihn?«

»Er war bei mir, um mir zu versichern, dass er mit dem Tod meines Mannes nichts zu tun hat.«

»Wann?«

»Heute Morgen.«

»Das überrascht mich.«

»Noch ein Bier?«

Sturmberger lehnte dankend ab. »Ich muss noch einiges klären, bevor ich mich am Abend mit Grimm treffe.«
»Sie halten mich auf dem Laufenden.«

Als Sturmberger seine Autotür öffnete, war ihm, als ob er vergessen hätte, den Wagen abzuschließen. Das Klicken, das die Fernbedienung auslöste, klang anders als sonst. Aber es fehlte nichts. Auch die Aktentasche mit der unvermeidlichen Thermosflasche mit dem starken Kaffee stand unversehrt auf dem Beifahrersitz.

Nach dem Alkoholgenuss wäre ein Schluck Kaffee nicht schlecht, um frisch zu bleiben bis zum Abend, bis er mit Grimm über seinen Verdacht reden konnte, fand Sturmberger.

Er füllte die Verschlusskappe bis zum Rand mit der dampfenden Flüssigkeit und leerte sie. In diesem Moment wurde ihm klar, dass etwas nicht stimmte. Der Kaffee schmeckte fürchterlich bitter.

Ein heftiger Krampf aller Muskeln ließ den Mann erstarren, die Thermoskanne entglitt seiner Hand. Ihr Inhalt ergoss sich über den Beifahrersitz.

KAPITEL 4

»Cyanidvergiftung«, stellte der Polizeiarzt fest. »Das hat sich Richard wirklich nicht verdient. Er muss sehr gelitten haben.«

Frau Schlader, die den im Todeskampf erstarrten Sturmberger vor ihrem Haus entdeckt hatte, wirkte selbst erstarrt. Mit beiden Händen knetete sie unaufhörlich ein weißes Taschentuch, mit dem sie bisweilen ihre tränenlosen Augen betupfte.

Grimm begrüßte seinen Kollegen Eigner, den er per Handy an den Tatort gebeten hatte. »Es tut mir leid, aber ich brauch dich.«

»Das ist selbstverständlich«, erwiderte der Kontrollinspektor.

»Du untersuchst den Wagen«, verteilte Grimm die Aufgaben, »ich unterhalte mich mit Evelyn Schlader.«

»Alles klar«, erwiderte Eigner. »Sie haben heute sowieso nicht gebissen. Zu warm, zu hell.«

»Sie werden mich in ein Zweibettzimmer verlegen«, berichtete Christian Wolf. »Es ist billiger. Ich hoffe sehr auf einen einigermaßen angenehmen Nachbarn.«

Wolfs Tochter Lotte, die auf dem Besuchersessel zur Rechten des Bettes saß, meinte: »Ein gutes Zeichen. Es geht dir offenbar viel besser.«

»Das stimmt. Ich habe sogar wieder Appetit, das Zimmer wird nicht mehr verdunkelt.«

»Das habe ich bemerkt.«

»Und ich höre Radio.«

»Alles klar.«

»Und ich freue mich auf die Zeitungslektüre.«

»Fein.«

Wolf, dem bewusst wurde, dass er nur von sich sprach, wandte sich mit einer Frage an seine Tochter: »Und wie geht es euch? Dir und Joachim und Fidi?«

»Bei Fidi bahnt sich eine neue Entwicklung an«, sagte Lotte und lächelte. »Er widmet sich der Pflege seines Körpers.«

Wolf erinnerte sich an den intensiven Geruch, der von dem jungen Mann ausgegangen war, als er ihm das Computerspiel erklärt hatte. »Das ist erfreulich. Steckt eine Frau dahinter?«

»Er hat ein Mädchen kennengelernt, mit dem er ein neues Spiel entwickeln möchte, ein neues Computerspiel.«

»Ist sie fesch?«, erkundigte sich Wolf neugierig.

»Keine Ahnung. Sie treffen sich bei ihr oder in der Gartenhütte. Ich möchte mich nicht einmischen. Er ist alt genug, seine eigenen Entscheidungen zu treffen. Und ich bin nicht seine Mutter. Jedenfalls freut es mich, dass er sein Leben in die Hand nimmt.«

»Du meinst die Beziehung.«

»Und die Entwicklung eines eigenen Computerspiels. Er konsumiert nicht mehr, sondern beginnt zu gestalten. Zumindest in diesem Bereich seines Lebens.«

»Aus dir spricht die Fachfrau.«

»Du meinst die neunmalkluge Betreuerin behinderter Menschen.«

Nachdem Lotte gegangen war, genoss Wolf noch die Ruhe des geräumigen Einbettzimmers. Die sedierenden Medikamente, die man ihm zur Krampflösung verabreichte, hüllten die Umgebung in eine rosarote Wolke. Er war mit sich und der Welt zufrieden und schlief immer wieder ein.

Als er erwachte, spürte er wieder Starrheit in seinem Körper. Er hatte die Hände zu Fäusten geballt, von seinen Rückenmuskeln ging ein stechender Schmerz aus.

Er wusste nicht, ob und was er geträumt hatte. Jedenfalls dachte er an Norbert Schlader. Ein Ereignis aus der Schulzeit, das er fast vergessen hatte, war ihm eingefallen.

Wolf mochte elf, zwölf Jahre alt gewesen sein. Jedenfalls trug er seine Schultasche noch auf dem Rücken, als er vom Gymnasium auf dem Michaelerplatz nach Hause unterwegs war, die Enns entlang, die damals, es musste im Frühjahr gewesen sein, viel Wasser führte. Ihr Rauschen war so stark, dass er nicht bemerkte, wie sich ein großer Junge an ihn herangeschlichen hatte, ihn beim Henkel seiner Schultasche ergriff und zu Boden drückte. Als Wolf wie ein strampelnder Käfer auf dem Uferweg lag, trat der Bursche mit den Füßen auf ihn ein. Wolf gelang es, sich von seiner Tasche zu befreien. Er sprang auf, stürzte sich auf den viel größeren Gegner und verkrallte sich in ihm.

Jetzt erst sah er den zweiten Jungen, der das Geschehen in einigem Abstand beobachtete und mit Händen und Füßen in die Luft schlug, wobei er immer wieder schrie: »Gib's ihm, dem Schwein!«

Der sich wie Rumpelstilzchen gebärdende Junge war Norbert Schlader, der seinen Mitschüler auf Wolf gehetzt hatte.

Der große Junge trat Wolf gegen das rechte Schienbein, dann boxte er ihn in den Magen, dass ihm die Luft wegblieb. Wolf ging zu Boden und rührte sich nicht mehr. Zum Teil wegen der Schmerzen, aber auch, um nicht einen neuerlichen Angriff seines Gegners auszulösen.

»Und jetzt her mit dem Geld, sonst kommst du auch dran«, wandte sich der Junge an Schlader, der ihn offenbar für die Attacke bezahlte.

Als Wolf schmutzig und zerschunden zu Hause ankam, fragte ihn seine Mutter, was passiert war.

»Nichts. Ich bin gestolpert«, sagte er.

Von den Eltern war keine Hilfe zu erwarten. Er musste mit seinen Problemen allein fertig werden.

Die Mutter interessierte sich nur für ihre Romane, an denen sie am Vormittag so lange schrieb, dass das Mittagessen nur ausnahmsweise fertig war, wenn sein Bruder Klaus und er von der Schule nach Hause kamen. Meist aßen sie erst gegen drei Uhr.

Der Vater hörte ihm nicht einmal zu, wenn er von Ungerechtigkeiten sprach. Er riet Klaus und ihm, bis zwanzig zu zählen, wenn die Wut am stärksten war, und dabei den Atem anzuhalten, als ob man im Stadtbad tauchte.

»Stellt euch vor, ihr seid unter Wasser. Wenn ihr da den Mund aufmacht und einatmet, müsst ihr ertrinken. Es ist lebensnotwendig, Beherrschung und Disziplin zu erlernen.«

Und es half tatsächlich. Die ohnmächtige Wut, die er nicht so sehr auf den Jungen hatte, der ihn geschlagen hatte, sondern auf den Täter im Hinterhalt, auf Schlader, schwand tatsächlich, als er die Luft anhielt, die Muskeln anspannte, bis es schmerzte und dabei bis, nein nicht bis zwanzig, sondern bis dreißig zählte.

Wolf hatte auch jetzt, in Erinnerung an dieses Ereignis, die Luft angehalten und ließ sie zischend aus seinem Mund entweichen. Der Muskelkrampf blieb und schmerzte.

Die Beschäftigung mit dem Mord an Schlader bot Gelegenheit, sich mit Menschen auseinanderzusetzen, die fähig waren, ihre Starrheit zu überwinden und Taten setzen konnten, auch wenn diese negativ waren. Das traf, überlegte Wolf, sowohl auf Schlader selbst als auch auf dessen Mörder zu.

Beide hatten nicht impulsiv gehandelt, sondern nach Plan. Sie dachten nach, wägten ab und verwirklichten ihre Gedanken in der Welt. Sie waren Täter, nicht Opfer.

Nein, das stimmte nicht. Schlader war Mordopfer und der Täter hatte einen triftigen Grund, zum Mörder zu werden. Er war vermutlich ein Opfer Schladers gewesen.

Der Mörder Schladers war offenbar imstande, seine Wut auszuleben, ohne sich selbst zu schaden. Er plante strategisch und war ans Ziel gelangt, ohne dass man seine Identität kannte. Sturmberger, der ihn verdächtigte, musste sterben.

Und Schlader selbst. Lebenslanges Planen und Intrigieren hatten ihn zum bösen Magier auf diesem Gebiet gemacht. Er war in der Lage, strategisch zu kämpfen und zu handeln.

Wolf wiederum konnte die Absichten anderer erkennen, sie durchschauen, wenn er sich in andere hineindachte. Diese Fähigkeit hatte sich bei seiner Arbeit als

Journalist und als Helfer des Chefinspektors bewährt. Was ihm fehlte, war die Gabe, selbst komplexe Pläne zu entwerfen, von einer Verwirklichung dieser Ideen ganz zu schweigen. Das hatten ihm die Eltern in der Kindheit verboten und diese Grenze hatte er auch in seinem Erwachsenenleben nur selten überwinden können.

Seine Flucht aus Steyr, im Wohnmobil, war so eine Ausnahme gewesen, die in schwerer Krankheit, die beinahe zum Tod geführt hätte, geendet hatte. Selbstbestrafung? Vermutlich. Immerhin hätte er die Tetanusimpfung auffrischen lassen oder zumindest die Wunde am Knie ausreichend versorgen müssen.

Seine Fähigkeit, im Leben Aktivitäten zu entwickeln, beschränkte sich also hauptsächlich auf Analysieren und Reagieren.

Grimm wiederum blieb noch mehr an der Oberfläche. Wolfs Freund konnte exakt beobachten, mehr nicht.

Um ein perfektes Team zu bilden, hätten sie einen Dritten gebraucht. Einen, der Handlungen setzt.

»Wir transportieren Sie in ein anderes Zimmer. Das Leben kehrt zurück zu Ihnen, Herr Wolf. Mit Licht und einem Zimmerkollegen«, sagten die zwei Schwestern, die ihn mitsamt seinem Bett auf den Gang hinausrollten.

Das helle Sonnenlicht, das ungehindert in den Flur drang, schmerzte in Wolfs Augen und Kopf. Auch die menschlichen Stimmen hin- und herwandernder Heimbewohner waren unangenehm für ihn. Er sehnte sich zurück in sein dämmriges, ruhiges Zimmer.

In dem neuen Pflegezimmer lag ein schlafender Mann im Bett neben der Tür. Wolf schob man an das große Fenster, das halb geöffnet war und einen schönen Blick auf die dichten Laubbäume des Schlossparks bot.

Die Schwestern brachten auch seinen Koffer sowie die Toilettenartikel in das Zimmer und verstauten die Gegenstände in Schrank und Badezimmer. Sein Handy und sein Notebook legten sie auf das Beistelltischchen neben dem Bett, auf dem auch der Tablettenspender lag.

An den Wänden hingen die gleichen Bilder wie im vorherigen Zimmer. Nichtssagende Landschaften, die eine Illusion von Ruhe und Beruhigung vermitteln sollten.

Der Mann im Nachbarbett röchelte im Schlaf. Er trug eine Art Turban. Wolf schloss auf eine Schädelverletzung. Vermutlich ein Häuselbauer, dem ein Gegenstand auf den Kopf gefallen war. Wie oft hatte Wolf als Journalist über Vorfälle dieser Art geschrieben.

»Guten Tag, Herr Wolf«, hörte er jemanden sagen und begriff erst allmählich, dass sein Zimmernachbar aufgewacht war.

Er setzte sich auf und betrachtete ihn genauer. Unter dem Kopfverband vermutete er einen relativ jungen Mann, der ihm irgendwie bekannt vorkam.

»Ich bin der Sohn«, sagte sein Gegenüber und lächelte schmerzhaft.

»Der Sohn von …«, wollte Wolf das Gespräch voranbringen.

»Der Sohn von Erich Keplinger. Der Architekt, der …«

»Keplinger, natürlich. Sie waren dabei, als wir das Haus für Lotte … meine Tochter … adaptierten.«

»Ich war dabei«, wiederholte der junge Mann nachdenklich.

»Sie arbeiten für Ihren Vater?«

»Ich habe mein Studium abgeschlossen und weiß jetzt, dass ich den falschen Beruf gewählt habe.«

»Entschuldigen Sie, dass ich ablenke. Was ist Ihnen passiert? Warum liegen Sie hier?«

»Ein Dachziegel, eine Verletzung, die eine Behandlung erfordert.«

Wolf wunderte sich, warum man den jungen Mann nicht im Krankenhaus gelassen hatte und schwieg.

Als auch sein Zimmernachbar nicht weitersprach, fragte er ihn: »Und warum der falsche Beruf?«

»Falscher Beruf? Ich weiß nicht. Ich habe wahnsinnige Kopfschmerzen.«

Der junge Architekt begann übergangslos zu schnarchen und Wolf war über die Gesprächspause froh, weil er sich wieder seinen Gedanken widmen konnte.

Der junge Keplinger, was für ein merkwürdiger Mensch! War sein seltsames Verhalten auf die Kopfverletzung zurückzuführen? Wolf kannte nicht einmal seinen Vornamen. Sobald er wieder ansprechbar war, würde er ihn danach fragen.

Ein Dachziegel. Bedeutete das einen Unfall oder einen Anschlag? Auch danach hatte er nicht gefragt.

Egal. *Ein* Kriminalfall genügte im Moment. Und doch. Das Schicksal dieses jungen Menschen, der sofort von seinem Vater gesprochen hatte, begann ihn zu interessieren.

Lag die Lösung zu der rätselhaften Persönlichkeit Norbert Schladers auch bei dessen Eltern? So wie ihn selbst die Eigenheiten seiner Eltern bis in die Gegenwart prägten.

Er würde Grimm bitten, nach Material zu suchen.

Viktor Grimm hatte sich entschlossen, Ordnung zu machen, nicht nur in seinem Haus. Nein, das konnte warten. Er wollte den Fall Schlader voranbringen und dafür war es notwendig, Ordnung zu schaffen, zuerst einmal im Ermittlerteam, obwohl diese Bezeichnung etwas hoch gegriffen war. Tatsächlich handelte es sich um drei Männer. Um Grimm selbst, der sich überwand, neben seinem Notizbuch ein handschriftlich geführtes *Mordbuch* anzulegen. Dieses bestand aus einem Aktenordner, in den er Kopien des Obduktionsbefundes seines vergifteten Kollegen, die Tatortberichte sowie leere Blätter heftete, auf denen er alle Details der Verhöre festhalten wollte. Da ihm Wolf nur bedingt helfen konnte, nahm er sich vor, selbst Prioritäten zu setzen, Wichtiges von Unwichtigem zu trennen.

Aber war er nicht schon wieder ausgewichen, hatte er durch das Anlegen des *Mordbuches* nicht erneut eine wichtige Entscheidung aufgeschoben? Damit musste es ein Ende haben!

Grimm legte den Aktenordner beiseite und bat Frau Beranek, seinen Kollegen Eigner zu einem Gespräch mit ihm zu bitten.

»Mit oder ohne Kaffee?«, fragte die Sekretärin misstrauisch.

»Wie Sie wollen, geschätzte Frau Beranek«, erwiderte Grimm und war stolz auf diesen Schachzug, der dem üblichen Geplänkel mit der Sekretärin, wie er fand, geschickt auswich.

Keine zehn Minuten später erschien Kontrollinspektor Albert Eigner, dessen Arbeitszimmer ein Stockwerk unter dem Büro Grimms lag.

Frau Beranek stellte wortlos zwei Tassen Kaffee auf den Konferenztisch und entschwand. Grimm, der ihr den Tag verdorben hatte, beschloss, diesen Weg weiter zu gehen. Man musste aus dem Alltagstrott ausbrechen und schon veränderte sich die Welt.

Solchermaßen motiviert wandte sich der Chefinspektor an seinen Kollegen: »Du wirst das elektronische *Mordbuch* führen. Ich stelle dir dazu Papierkopien aller wichtigen Untersuchungen, Verhöre und Überlegungen zur Verfügung.«

»Das heißt …«

»Das heißt, dass du dir die Zeit selbst einteilen und dich auch anderen Aufgaben widmen kannst.«

»Du willst mich von den Verhören fernhalten?«, fragte Eigner etwas enttäuscht und Grimm konterte mit dem abgedroschenen Bild eines halb vollen und halb leeren Wasserglases, als Frau Beranek erneut erschien und jedem von ihnen ein Glas kühlen Wassers zum Kaffee servierte. Schweigend, mit leidender Miene.

Nachdem sie gegangen war, rief Grimm in der Gärtnerei Muhr an und bestellte einen Strauß weißer Nelken für die Sekretärin.

»Und ein Billett mit folgendem Text: *Der unermüdlichen Yvonne, für ihre treuen Dienste*«, beendete Grimm das Gespräch, dann wandte er sich lächelnd an seinen

Kollegen: »Jeder soll das tun, was er am besten kann und du bist mir eindeutig am Computer überlegen.«

»Wie du meinst«, erwiderte Eigner knapp.

»Nimm bitte den Aktenordner und erfasse das Material elektronisch! Sobald du fertig bist, bring ihn zurück zur Beranek, mit einem Ausdruck deiner Aufzeichnungen.«

»Alles klar.«

Nachdem Eigner gegangen war, bat Grimm seine Sekretärin, Abteilungsinspektor Fiala zu verständigen.

»Du wirst mit mir die Beinarbeit leisten müssen im Fall Schlader«, teilte er dem jungen Kollegen mit. »Deine Beine sind noch jung.« Dann gab er ihm den Schlüssel zu seinem Dienstwagen.

»Wir fahren um halb elf zum Hauptverdächtigen. Du wirst über das Gespräch mit ihm Buch führen.«

Alexander Fiala salutierte und gab ein schneidiges *Jawohl, Herr Chefinspektor* von sich.

»Ich bin der Viktor. Es wäre mir recht, wenn du mich so nennst. Zumindest wenn wir unter uns sind.«

»Vielen Dank, Herr … Vielen Dank, Viktor.«

»Ich danke dir, Alexander.«

Grimm war froh, sich zu diesem Schritt überwunden zu haben, von dem er hoffte, dass er zur Beschleunigung der Ermittlungen beitragen würde.

Mit dem jungen Fiala fühlte er sich wohler als mit Eigner, der den Eindruck vermittelte, an nichts als an Fischen interessiert zu sein.

Jetzt musste er nur mehr Dr. Haberfellner davon unterrichten und …

»Verbinden Sie mich bitte mit dem Chef, Frau Beranek.«

Es dauerte zehn Minuten, bis das Telefon klingelte und Frau Beranek sich meldete.

»Der General«, sagte sie ehrfurchtsvoll.

»Sie wollen mich sprechen, Grimm?«

»Eine Routinesache. Mein Team für den Fall Schlader besteht aus Kontrollinspektor Eigner, aus Abteilungsinspektor Fiala und …«

»Und natürlich Ihnen. Gut dass Sie mich verständigen. Es ist eine ziemlich heikle Angelegenheit. Sie sind ein erfahrener Mann, Grimm. Überstürzen Sie nichts. Lassen Sie die Sache reifen. Voreiliges Handeln hat noch nie zum Erfolg geführt. Sind Sie noch dran, Grimm? Nicht dass ich den Eindruck erwecken will, Ihnen etwas vorschreiben zu wollen. Aber Schlader war ein mächtiger Mann mit vielfältigen Verbindungen. Wenn man nun zu operieren beginnt – ich denke an einen Chirurgen – weiß man nicht, ob man nicht den Patienten tötet, anstatt ihm zu helfen.«

»Welchen Patienten, Herr General?«

»Wieso kommen Sie auf einen Patienten, Grimm? Ach, ich verstehe. Eine allgemeine Formulierung. Wie man so sagt. Ich muss jetzt Schluss machen. Sie halten mich auf dem Laufenden.«

Kaum hatte Grimm das Telefonat beendet, kam schon die Beranek in sein Büro gestürmt, mit weißen Nelken in der Rechten, ein geöffnetes Grußbillett in der Linken und Tränen in den Augen. »Sie wollen mich loswerden, Herr Chefinspektor. Was hab ich denn getan? Sind Sie nicht mehr mit mir zufrieden? Der Ton, in dem Sie neuerdings mit mir reden, jetzt diese Grabblumen. Morgen vielleicht legen Sie mir ein Mon Cheri auf den Schreibtisch.«

»Wenn, dann natürlich giftfrei, ganz zu Ihrer einnehmenden Persönlichkeit passend.«

»Sie waren noch nie so zynisch … so … so boshaft. Ich brauche diesen Job. Sie können mich nicht so einfach abschieben, nur weil Sie eine Jüngere und Schönere …«

»Sie sind unersetzlich, Frau Beranek. Und die Blumen sollten ein Zeichen meiner Anerkennung sein«, stellte Grimm klar.

»Wenn ich Ihnen nur glauben könnte«, sagte die Beranek.

»Kann ich neben ihm sprechen?«, fragte Grimm und beäugte misstrauisch den schlafenden Lukas Keplinger im Bett neben Christian Wolf.

Wolf bejahte. »Er ist leider ziemlich bedient nach einem Unfall oder Anschlag mit einem Dachziegel. Der Sohn des Architekten Keplinger.«

»Sagt mir nichts.«

»Er hat mich auf einen Gedanken gebracht. Ich fände es hilfreich, mehr über Schladers Vergangenheit zu wissen, seine Eltern, Geschwister.«

»Das ist nicht mehr nötig«, unterbrach ihn Grimm. »Der Fall ist so gut wie gelöst. Ich habe den Mörder verhaftet.«

»Meine Gratulation. Du übertriffst dich wieder einmal selbst, Viktor.«

»Und du glaubst mir nicht. Könnte es nicht sein, dass ein alter Hund wie ich im Alter doch noch neue Tricks erlernt?«

»Man nennt das Euphorie. Wenn jemand kurz vor dem Tod meint, alles werde wieder gut.«

»Danke. Mit dir als Freund …«

»Braucht man keine Feinde.«

»So ist es.«

»Erzähl! Wen hast du verhaftet, welche Indizien liegen gegen ihn oder sie vor?«

»Sie?«, fragte Grimm verblüfft.

»Es könnte auch eine Frau sein.«

»Der Hauptverdächtige«, stellte Grimm fest, »im Fall Schlader ist ein Mann. Doktor Gerald Hintermayr. Magistratsdirektor, 49 Jahre. Er hat seine ihn betrügende Frau und den Nebenbuhler Schlader erschossen. Auch beruflich war ihm von Schlader übel mitgespielt worden.«

»Die Indizien!«, forderte Wolf.

»Erdrückend. Sein Wagen wurde kurz nach dem Mord am Tatort gesehen. Das anschließend als gestohlen gemeldete Auto stand in der Straße, in der Hintermayr wohnt. Und er hat kein Alibi für die Tatnacht. Er behauptet, allein in seinem Haus geschlafen zu haben, unter dem Einfluss eines schweren Schlafmittels.«

»Das hat genügt, den Staatsanwalt zu überzeugen, dass …«

»Es gab kein Problem mit der Verhängung der Untersuchungshaft«, bestätigte Grimm.

»Ich verstehe. Du konntest den Staatsanwalt vom Tatverdacht überzeugen und von einer Fluchtgefahr.«

»Der Staatsanwalt ist eine Frau. Rikki Mairhofer.«

»Rikki Mairhofer«, wiederholte Wolf versonnen. »Und wenn Rikki sich überlegt, warum ein an sich gescheiter Mensch bei einem Doppelmord so ungeschickt vorgegangen ist, wird sie dich fragen, warum der Mann nicht sein Autokennzeichen wenigstens abmontiert hat, als er den Rivalen ausschaltete, warum, wenn schon Fluchtgefahr besteht, er nicht geflüchtet ist, als es noch möglich war.«

Viktor Grimm schwieg. Sein Gesicht hatte sich leicht gerötet.

»Siehst du, jetzt bedauerst du es, dass du mich gebeten hast, dich bei den Ermittlungen zu unterstützen.«

»Egal. Das alles wird sich noch ergeben. Ich bin mir absolut sicher, dass er der Täter ist.«

»Auch ich kann das nicht ausschließen. Ich halte es aber für falsch, allen anderen Möglichkeiten nicht mehr nachzugehen. Du bist doch sonst ein Mensch, der Details sammelt. Du kannst kein Puzzle zusammensetzen, wenn du dich mit der Hälfte der Teile begnügst. Was sage ich, mit einem Viertel.«

»Was soll ich deiner Ansicht nach tun?«, fragte Grimm leicht gereizt.

»Lass den Mann in Untersuchungshaft. Vielleicht ist er wirklich der Täter. Wenn nicht, ist er wenigstens in Sicherheit.«

»Du meinst, es könnte weitere Morde geben?«

»Der Täter wollte Schlader beseitigen und wird sich all jener entledigen, die die Spur zu ihm aufnehmen.«

»Meinst du? Ich werde deinen Rat befolgen, die Ermittlungen weiterzuführen, als ob wir den Täter noch nicht gefasst hätten.«

»So vernünftig, plötzlich. Allmählich glaube auch ich daran, dass alte Hunde …«

»… Brei fressen, weil sie keine Zähne mehr haben.«

»Oder so ähnlich. Wenn du etwas über den familiären Hintergrund Schladers in Erfahrung bringst, verständigst du mich.«

Kaum war der Chefinspektor gegangen, meldete sich Lukas Keplinger zu Wort: »Meine Mutter kennt diesen Schlader seit Kindertagen. Wenn sie mich am Nachmittag besucht, können wir sie fragen.«

»Sie haben nicht geschlafen, während ich mich mit meinem Kollegen unterhalten habe.«

»Doch. Auch. Und ich habe auch zugehört. Ich weiß jetzt, was ich in Zukunft machen werde …«

Wieder war der junge Mann ohne Übergang in einen tiefen Schlaf gefallen.

»Wir müssen den Erfolg durch solide Arbeit absichern«, teilte Chefinspektor Viktor Grimm den Kollegen Eigner und Fiala mit, die er zur Fallbesprechung in sein Büro gebeten hatte.

Frau Beranek servierte Kaffee und Kuchen. Grimm nahm sich vor, die positive Veränderung im Wesen seiner Sekretärin durch rote Nelken zu belohnen.

»Das heißt, dass wir weitere Indizien gegen Hintermayr suchen«, ergänzte Abteilungsinspektor Alexander Fiala den Gedankengang seines Chefs.

»Nicht nur, aber auch«, korrigierte ihn Grimm. »Wir ermitteln umfassend weiter, auch in alle möglichen anderen Richtungen. Wir dürfen uns nicht dem Verdacht einer Manipulation aussetzen.«

»Obwohl die Täterschaft Hintermayrs wohl ziemlich deutlich auf der Hand liegt«, stellte Kontrollinspektor Eigner fest.

»Obwohl, obwohl«, stöhnte Grimm. »Obwohl ich nichts vom Fischen verstehe, Albert, möchte ich unsere Strategie damit vergleichen. Du wirfst vermutlich nicht nur eine Angel aus …«

»Einen Köder. Die Angel bleibt am Ufer. Laien drücken sich immer so unpräzise aus«, verbesserte ihn Eigner.

»Kurz gesagt: Mehrere Köder erhöhen die Wahrscheinlichkeit, dass ein Fisch anbeißt.«

»Und das heißt konkret?«

»Wir verhören weitere Personen, die als Täter infrage kommen, klären das persönliche Umfeld. Und warten ab. Ein weiterer Mord würde Hintermayr entlasten.«

»Dem nichts Besseres passieren könnte«, überlegte Eigner. »Wäre ich in seiner Lage, würde ich jemanden anheuern, der das für mich erledigt.«

»Und wen hättest du im Sinn? Ich meine als Opfer?«

»Irgendjemanden, der behauptet, den wahren Täter zu kennen.«

»Genau in diese Richtung zielt mein Plan«, nahm Grimm die Anregung auf. »Es gibt ja schon einen Toten, der das gesagt hat. Wir müssen klären, ob Hintermayr den Mord an Sturmberger begangen hat, dann sehen wir weiter.«

»Ihr informiert mich, ich führe Buch«, sagte Eigner.

»Und du druckst alles fein säuberlich aus, damit wir sehen, wo es Schwachstellen gibt in unserer Arbeit.«

»Soll ich diese rot oder gelb markieren?«

»Ich bevorzuge das Gespräch mit dir darüber«, schloss

Grimm die Konferenz. »Du hast es überstanden, Albert. Du kannst zu deinem Computer. Kollege Fiala bleibt bitte noch einen Augenblick.«

»Das hätte ich wohl nicht sagen sollen«, bedauerte Grimm nach dem Abgang des Kollegen seine Bemerkung Eigner gegenüber.

»Er sitzt ja tatsächlich lieber vor dem Computer«, bestätigte der junge Polizist.

»Computer und Fische. Menschen liegen ihm weniger.«

»Er hat schwere Jahre hinter sich«, ließ sich Alexander Fiala in der Verteidigung seines Kollegen nicht beirren. »Traurige Ereignisse in seiner Familie.«

»Andere beginnen zu trinken, wenn sie Probleme haben.«

»Er konnte dieses Problem überwinden. Er hat mir davon erzählt.«

»Von seinen familiären Schwierigkeiten?«, fragte Grimm, neugierig geworden.

»Nein. Darüber redet er nicht. Er hat mir von seinem Kampf gegen den Alkohol erzählt. Seinem erfolgreichen Kampf.«

»Er wollte dich davor warnen?«

»Ich hatte den Eindruck. Ja.«

»Wenden wir uns wieder dienstlichen Themen zu. Eine Befragung Doktor Hintermayrs zum Anschlag auf Sturmberger können wir uns ersparen. Wir wissen nicht, wann Sturmbergers Kaffee vergiftet wurde, also hat Hintermayr kein Alibi.«

»Die Frage wäre, ob er das Können und das Wissen hat, einen verschlossenen Wagen zu öffnen, um auf die Thermoskanne zugreifen zu können.«

»Diese Frage stellt sich tatsächlich.«

»Er hätte es üben können, an einem gemieteten Ford Focus. Andererseits …«

»Andererseits«, überlegte Grimm, »musste es rasch gehen. Er ahnte, dass ihm Sturmberger auf der Spur war und musste schnell handeln, bevor dieser mir seinen Verdacht mitteilen konnte.«

»Es ist nicht auszuschließen, dass Doktor Hintermayr dieses Können und Wissen hat. So kompliziert ist das gar nicht.«

»Ich weiß, was ich machen werde, in Zukunft«, wiederholte Wolfs Bettnachbar, als er aus seinem komaähnlichen Schlaf erwachte.

»Was hast du dir denn überlegt, Lukas?«, fragte dessen Mutter mit sanfter Stimme.

»Ach, du bist es, Mama. Schön, dass du Zeit hast. Herr Wolf und ich wollten dich etwas fragen, aber … Es ist mir leider entfallen. Herr Wolf, entschuldigen Sie bitte. Was wollten wir meine Mutter fragen?«

»Besprechen Sie Ihre persönlichen Anliegen mit Ihrer Mutter. Alles andere hat Zeit«, wehrte Wolf ab.

»Nein. Sagen Sie es! Bitte.«

»Sie haben erwähnt …«

»Waren wir nicht schon per Du?«

»Nein. Aber das können wir gern machen. Als Schicksalsgefährten.«

»Schicksalsgefährten«, wiederholte der junge Mann und lächelte.

»Also, du hast erzählt, dass deine Mutter den ermordeten Magistratsdirektor gekannt hat.«

»Meine Mutter wuchs mit ihm auf. Ich kannte ihn nur flüchtig«, schränkte die Frau ein.

»Erzähl!«

»Natürlich, Lukas«, sagte die Frau. »Zuerst aber berichtest du mir, was dir klar geworden ist, deine Zukunft betreffend.«

»Meine Zukunft?«, fragte der junge Keplinger verwirrt. »Da muss ich nachdenken. Ja, klar. Ja! Ich weiß jetzt, wie es weitergehen wird mit mir.«

»Und zwar?«

»Ich bin nicht geeignet für die Realität des Lebens. Das liegt mir nicht. Ich muss mich auf Planen und … und Spielen beschränken«, begann der junge Mann.

»Aber das hast du bisher auch gemacht«, wandte die Mutter ein.

»Was?«

»Geplant und gespielt.«

»Gespielt?«

»Als du ein kleiner Junge warst …«

»Das ist unendlich lang her.«

»Na, hör mal. Du machst mich zu einer Greisin.«

»Entschuldige.«

»Was ich meine: Du hast für Erich Pläne gezeichnet und …«

»Und musste auf Baustellen, wo ich mich mit frechen Polieren herumschlagen musste, die Dachziegel auf mich fallen ließen.«

»Bist du sicher?«, fragte die Frau.

»Na klar. Du kannst dir nicht vorstellen, was die für einen Ton haben, wenn sie in dir den Anfänger erkennen. Auch wenn du der Sohn vom Chef bist.«

»Der Ziegel. Bist du sicher, dass jemand einen Ziegel auf dich fallen hat lassen?«

»Eigentlich nicht.«

»Alles klar. Du möchtest dich in Zukunft eher der theoretischen Seite deines Berufes widmen. Ich werde mit Erich darüber reden.«

»Er und ich. Erich«, sagte der junge Mann versonnen.

»Du machst mir wirklich Angst«, sagte die Frau. »Sag, wenn dir das Gespräch zu viel wird.«

»Ich werde nicht mehr für Vater arbeiten. Ich werde zeichnen, für jemand anderen. Was auch immer. Ob Pläne oder Kunst. Ich will frei sein.«

»Ich werde dich unterstützen, bei allem, was dir guttut.«

»Fein. Dann können wir über deinen Jugendfreund Schlader reden. Wir wollen doch Christian nicht langweilen.«

»Schlader war kein Jugendfreund«, erklärte die Frau geduldig. »Er ist mindestens zehn Jahre älter als ich. Was ich über ihn weiß, habe ich von meiner Mutter. Mir war er immer unheimlich gewesen. Ein zu groß gewachsener, böser Zwerg.«

»Wieso böse?«, fragte der Sohn.

»Ich werde es dir erklären.«

KAPITEL 5

Nach der morgendlichen Therapiestunde, während der eine zarte junge Frau mit stahlharten Muskeln ihn zuerst im Bett massiert und ihn dann zu Bein- und Armbewegungen angeleitet hatte, verließ Wolf zum ersten Mal das Pflegezimmer. Auf einen Rollator, einen Gehwagen, gestützt, bewegte er sich langsam den Gang entlang, begleitet von Annette Fehringer, der Therapeutin.

»Machen Sie eine Pause, wenn Sie spüren, dass sich die Muskeln verkrampfen. Es soll alles leicht und spielerisch sein, nichts mit Gewalt, das schadet nur.«

Wolf hoffte, dass ihn niemand sah, wie er als hilfloser Greis schwitzend und keuchend den Gang entlangrollte.

»Wenn ich mich nicht anstrenge, verkümmern meine Muskeln«, sagte Wolf.

»Darum machen wir das Training. Wenn das noch zu schwer fällt, weichen wir auf eine Unterwassertherapie aus.«

»Nein«, wehrte Wolf ab. »Aufgeben wäre lächerlich. Ich schaffe das schon.«

»Aber spielerisch«, wiederholte die Therapeutin in singendem Tonfall.

Als er wieder im Bett lag, hatte er heftige Schmerzen. An seinem ganzen Körper gab es keine Stelle, die nicht wehtat.

Eine Schwester, die ihn umkleidete, weil er geschwitzt hatte, fragte ihn, ob er ein Schmerzmittel brauche.

Wolf verneinte und versuchte sich abzulenken, indem er sich in Gedanken auf den Mordfall Schlader konzentrierte.

Die Mutter seines Zimmernachbarn hatte eine interessante Geschichte erzählt, die er von Grimm nachprüfen lassen wollte.

Demzufolge war Norbert Schlader, oder wie er ursprünglich geheißen hatte, Norbert Bruckgrabner, 1950 geboren worden. Die Familie lebte in einer Barackensiedlung in Reichraming, wo der Vater, der als ehemaliger Nationalsozialist keine Arbeit fand, als Holzfäller tätig war. Dem Akademiker – er hatte als Arzt bei der Hitlerjugend gearbeitet – fiel die körperliche Arbeit sehr schwer und er begann zu trinken. Seine Frau musste ihn mehr als einmal davon abhalten, den ungeliebten Säugling, der oft schrie, zu misshandeln. Das Kind war zur Unzeit geboren worden.

Nach dem Tod des Mannes – er war von einem fallenden Baum erschlagen worden – zog die Frau nach Steyr zu ihrem verwitweten Vater, bei dem der Junge nun unter besseren Bedingungen heranwuchs, bis Frau Bruckgrabner den Volksschullehrer Schlader heiratete. Der Mann adoptierte das fremde Kind und erzog es sehr streng. Ein Umstand, der Frau Keplinger zufolge dazu führte, dass der Junge, unterstützt von seiner Mutter, zu täuschen und zu lügen begann, um den harten Strafen des Stiefvaters zu entgehen.

Frau Schlader ließ sich von dem Mann scheiden und zog zurück zu ihrem Vater. Der Junge schien sich zu erholen und verbrachte die meiste Zeit im Schrebergarten des Großvaters, wo er eifrig für die Schule lernte. Frau Schlader wurde nicht müde, die Intelligenz des

Kindes zu loben und von den großen Hoffnungen zu schwärmen, die sie in seine Zukunft setzte.

Sie starb kurz nach dem Abschluss seines Jusstudiums. Der Großvater, ein Sozialdemokrat, verschaffte Norbert Schlader eine Stelle im Steyrer Magistrat.

»Und das Unheimliche an Norbert Schlader, von dem Sie gesprochen haben?«, fragte Wolf die Frau.

»Seine aufdringliche Art«, erklärte Frau Keplinger, »machte uns Angst. Welcher normale Sechzehnjährige zeigt denn Interesse an einem kleinen Mädchen, wie ich es damals war? Er beschenkte mich mit Süßigkeiten, wollte mich auf seine Knie setzen. Berührungen waren ihm sehr wichtig.«

»Ich verstehe. Ein Jugendlicher, der anders war als die anderen«, sagte Wolf.

»Das trifft es genau. Ein zu groß gewachsenes und zu alt gewordenes kleines Kind. Er war irgendwie stecken geblieben.«

»Ihre Erinnerung ist noch sehr lebhaft«, fand Wolf.

»Ein starkes Gefühl, das ich damals hatte, an das ich mich gut erinnere.«

Am nächsten Vormittag wurde Wolf auf einem Rollstuhl in den Keller des Schlosses Losensteinleiten gebracht. Die Unterwassertherapie im wohl temperierten Schwimmbecken erwies sich als weniger schmerzhaft als die Gehübungen. Physikalische Medizin nannte sich das und Wolf fühlte sich an seine Kindheit erinnert, als die Therapeutin ihm einen schwarzen Schwimmreifen über Kopf und Oberkörper stülpte und ihn zu Schwimmbewegungen mit Armen und Beinen aufforderte.

Er hatte als Junge einen alten Autoreifen besessen, mit dem er sich in das tiefe Wasser des Bergsees in Hinterstoder gewagt hatte, an dessen Ufer die Blockhütte des Vaters gestanden hatte.

Schon lange hatte er sich vorgenommen, noch einmal den Salzsteig von Hinterstoder über die Tauplitz nach Bad Mitterndorf zu wandern, wie kurz nach dem Schulabschluss. Grimm hatte ihn begleitet und damals schon beträchtliche Schwierigkeiten gehabt mitzuhalten. Als er schon nach kurzer Zeit schlapp gemacht hatte, hatte Wolf entdeckt, dass der Rucksack seines Freundes mörderisch schwer war. Bei der Kontrolle des Inhalts hatte er zwei Gläser mit Essiggurken, einen ganzen Laib Brot und zwei Familienflaschen Cola gefunden. Erst als sie einen Teil davon gegessen und getrunken und den Rest entsorgt hatten, hatte es Grimm geschafft, den Marsch fortzusetzen.

Einmal noch wollte Wolf diesen Weg gehen.

Nach den Übungen bestand er darauf, auf den Rollstuhl gestützt, zu Fuß in sein Zimmer zurückzukehren, und er hatte den Eindruck, dass er Fortschritte machte.

Mutter Keplinger und ihr Mann packten Kleidungsstücke in einen Koffer. Lukas saß am Bettrand und beobachtete sie etwas verloren bei dieser Tätigkeit.

»Du wirst mich verlassen, Lukas?«, fragte Wolf überrascht.

»Mein Eltern sagen, dass es mir schon viel besser geht«, meinte er.

»Ich geb dir meine Handynummer. Wir müssen in Kontakt bleiben.«

Wolf schrieb seine Nummer auf ein Blatt Papier und reichte es dem jungen Mann.

Dieser starrte verzweifelt vor sich hin. »Ich weiß meine Nummer nicht mehr.«

»0664 2578417«, sagte die Mutter. »Ich kann es Ihnen aufschreiben.«

»Schon notiert«, sagte Wolf. »Und wenn es uns besser geht, treffen wir uns.«

»Versprochen«, sagte Lukas und ließ sich in dem bereitgestellten Rollstuhl nieder.

Sein Vater, der die ganze Zeit kein Wort gesagt hatte, wollte Lukas aus dem Zimmer schieben. Er hatte Wolf, obwohl sie einander kannten, nicht gegrüßt.

»Nein«, rief Lukas. »Ich muss mich noch von Christian verabschieden.«

Christian Wolf erhob sich von seinem Bett, ging auf Lukas zu und schüttelte ihm die Hand.

»Alles Gute. Wir hören voneinander.«

»Auf Wiedersehen.«

Schweigend reichte nun auch der Vater Christian Wolf die Hand. Er hatte Tränen in den Augen.

Nachdem Vater und Sohn den Raum verlassen hatten, sagte Frau Keplinger, die zurückgeblieben war: »Lukas leidet an einem Gehirntumor. Wir bringen ihn nach Hause, damit er bei uns ist.«

»Das heißt ...«

»Er wird sterben.«

Wolf schwieg. Die Starrheit war in seinen Körper zurückgekehrt. Er konnte sich nicht bewegen, kaum atmen.

»Soll ich jemanden rufen?«, fragte die Frau erschrocken.

Wolf schüttelte den Kopf.

»Das ist … das ist der Schock. Das ist sehr, sehr traurig.«

»Es soll so etwas werden wie der *Graf von Monte Christo*«, sagte das Mädchen an Fidis Seite. »Ein Spiel um Edmond Dantès.«

»Worum geht es überhaupt in dieser Geschichte?«, zeigte sich Fidi ahnungslos.

»Der tolle Roman einer Rache. Ich habe zuerst den Film gesehen, mit Jean Marais, dann hab ich das Buch gelesen.«

»Rache«, sagte Fidi und blickte seiner Freundin in die dunklen Augen. »Toll. Wie Tollkirschen«, schmachtete er.

»Was? Ich?«

»Deine Augen. Sie sind so … wie soll ich sagen …«

»Tief?«

»Unergründlich.«

»So soll es auch bleiben. Jeder hat seine Geheimnisse.«

»Und das Spiel soll mit *Rache* zu tun haben?«, fragte Fidi.

»Der *Graf von Monte Christo*. Der Beginn unserer Zusammenarbeit als Spielentwickler. Ich besitze eine Kopie von XNA. Damit erreichen wir alle Windows-Programme, Xbox 360, den Zune von Microsoft und das Windows Phone 7.«

»Ich muss gestehen«, gab sich Fidi kleinlaut, »dass ich davon nicht wirklich eine Ahnung habe. Ich war bisher nur Spieler.«

»Und als solcher bringst du deine Erfahrung in unser gemeinsames Projekt ein.«

»Ich weiß nicht …«

»Du schaust dir einen Monte-Christo-Film an, einige gibt es gratis im Internet, dann liest du das Buch und lässt deine Fantasie spielen. Schreib auf, was dir dazu einfällt! Und wenn ich nächstes Wochenende wiederkomme, machen wir weiter. Dann sag ich dir, wie ich es mir vorstelle.«

»Könntest du nicht schon heute …«

»Wir haben uns geeinigt, dass wir nichts übereilen wollen, in jeder Hinsicht.«

»Aber …«

»Einen kleinen Vorschuss bekommst du. Bleib sitzen und mach die Augen zu. Du darfst sie nicht aufmachen, was immer auch geschieht.«

Fidi versprach es.

Die junge Frau gab ihm einen Kuss auf die linke Wange.

»Wenn es dir besser geht«, sagte Lotte Wolf zu ihrem Vater, »heiraten Joachim und ich. Also beeil dich gefälligst!«

»Ich werde mich bemühen«, erwiderte Christian Wolf.

Er lag seit zwei Tagen allein im Zimmer und vermisste Lukas Keplinger. Die Anrufe bei dem jungen Mann waren mühsam, weil er sich nicht wirklich an Wolf erinnerte. Seine geistigen Fähigkeiten waren durch die schwere Erkrankung eingeschränkt. Die Mutter gab am Ende jedes Gesprächs einen Zustandsbericht.

»Bald also wird dein sündhaftes Leben zu Ende sein«, sagte Wolf.

»Wie kommst du darauf?«

»Eine blöde Bemerkung, die Ehe betreffend.«

»Fidi hat eine Freundin«, sagte Lotte unvermittelt.

»Ich weiß, du hast es schon erwähnt.«

»Er ist völlig verändert. Er arbeitet konsequent für die Schule und will mit ihr ein Computerspiel entwickeln.«

»Ist er aufgeklärt?«

»Gottfried ist 19.«

»Trotzdem.«

»Soll ich ihn zu dir schicken?«

»Warum nicht. Er soll mich besuchen.«

»Wird gemacht. Ich hoffe, er verdirbt dich nicht.«

»Das hoffe ich auch. Was macht deine Ausbildung, Lottchen?«

»Lottchen? Das hör ich gern. So hast du mich lange nicht genannt.«

»Deine therapeutische Ausbildung.«

»Die Spielpädagogik meinst du. Ich hab das alles irgendwie instinktiv schon immer gemacht, aber jetzt kommt System in die Sache. Ich beginne die Zusammenhänge zu begreifen und kann die Spiele zielgerichtet einsetzen. Außerdem ist es eine Abwechslung vom Alltagstrott.«

»Das machst du in Linz?«

Lotte bestätigte das.

»Und ihr lernt dabei Spiele einzusetzen, die den Behinderten helfen sollen, mit psychischen Problemen zurande zu kommen.«

»So ähnlich läuft das«, bestätigte Lotte. »Es geht darum, belastende Situationen darzustellen, manches Mal in einem Vater-Mutter-Kind-Spiel mit Puppen, und Neues auszuprobieren, ohne dass das ein Risiko für die

Kinder und Jugendlichen darstellt. Das ist eine zugleich sanfte, aber auch tief gehende Methode, die sich nicht nur für Menschen mit Behinderung eignet. Wir selbst spielen die Konstellationen unser ehemaligen Familien durch.«

»Ich hoffe, ich komme nicht allzu schlecht dabei weg.«

»Keinesfalls. Sonst wäre ich nicht gekommen. Habe ich dir schon gesagt, dass dich dein Bruder besuchen will?«

»Hast du nicht.«

»Onkel Klaus wird am Nachmittag eintreffen. Er fährt extra von München hierher.«

»Ich hoffe, du lässt mich nicht mit ihm allein.«

»Diese Hoffnung muss ich leider enttäuschen. Ich bin am Nachmittag beim Seminar.«

»Oh Gott!«

»Was hast du gegen Onkel Klaus?«

»Ich werde darüber nachdenken«, wich Wolf der Frage seiner Tochter aus.

Und er dachte tatsächlich über das gestörte Verhältnis zu seinem Bruder nach.

Sein Leben, das Leben von Wolfs Eltern, hatte sich verändert, als Klaus sechs Jahre nach ihm zur Welt gekommen war. Natürlich war das Baby nicht dafür verantwortlich gewesen, und Wolf hätte sich mit dem jüngeren Bruder abgefunden, wenn sich seine Eltern nicht ständig eingemischt hätten. Er hätte sich von diesem kleinen, verzogenen Balg nicht alles gefallen lassen dürfen, er hätte sich wehren müssen, doch das verboten die Eltern. Er hatte sich nach einem heftigen Wutanfall gegen Klaus nicht mehr verteidigen dürfen, weder mit Worten noch mit Taten, also hatte er ihn ignoriert, mit dem Effekt, dass Klaus noch lästiger wurde, um die Aufmerksamkeit des großen Bruders zu erzwingen.

Wolf genoss damals die Zeit bei seiner Großmutter, die Verständnis für ihn hatte. Auch sie mochte Klaus nicht besonders, nachdem er ihr Geld gestohlen hatte. Sie bat ihre Tochter, den Kleinen nicht zu ihr zu schicken, das sei zu anstrengend für sie und ihren Mann. Christian verbrachte herrlich-unbeschwerte Tage mit den Großeltern im Paradies Gründbergsiedlung.

Und jetzt verfolgte Klaus ihn schon wieder, bis ins Pflegeheim. Dieses Verhalten, fand Wolf, grenzte an Stalking. Andererseits hätte auch er den Bruder besucht, wenn dieser ernstlich erkrankt wäre. Die Wut, ja der Hass, aus Kindertagen, war verflogen, das Interesse an Klaus jedoch sehr, sehr gering geblieben.

Klaus kam zum Nachmittagskaffee und erzählte von seiner exzellent bezahlten Arbeit bei BMW, die ihm und seiner Familie Wohlstand bescherte, wenngleich sie sehr fordernd war. Es gab Tage, an denen er unmöglich einschlafen konnte und sich nach einem weniger anspruchsvollen Job sehnte. Zwei seiner Kollegen waren wegen Burn-Outs aus dem Betrieb ausgeschieden, doch das konnte Klaus nicht passieren. Klaus spielte Tennis, Squash und Golf, auch um in den Vereinen Kontakt zu seinen Chefs zu halten, zudem joggte er jeden Morgen, bevor er in die Firma fuhr.

»Man muss sich tunen wie einen Motor.«

»Was muss man?«, fragte Wolf nach.

»Tunen. Feinabstimmung, sich körperlich und optisch auf Vordermann bringen«, erklärte der Bruder und fuhr fort: »Du bist übrigens stark gealtert, Chris. Kein Wunder bei deiner schweren Erkrankung. Worum handelt es sich dabei eigentlich? Ein Virus?«

»Tetanus. Wundstarrkrampf. Aber das Ärgste liegt hinter mir.«

»Das sage ich mir auch immer. Ich habe es geschafft. Ich bin beruflich und körperlich in Topform, und ich unternehme etwas, um diese Form zu halten.«

»Ich weiß, mit Sport und …«

»Habe ich dir schon gesagt, dass ich mich von Dorli trennen werde?«

»Das wusste ich noch nicht.«

»Sie auch nicht. Man muss auch privat neue Herausforderungen suchen und sich nicht von der Routine unterkriegen lassen. Wer stehen bleibt, stirbt.«

»Du bist schon einmal geschieden.«

»Ja, ich habe schon Erfahrung mit Trennungen.«

»Und die Kinder?«

»Ich werde sie hin und wieder sehen, denke aber daran, mit Miriam eine neue Familie zu gründen. Sie ist Anfang dreißig. Warte, ich zeig dir ein Foto.«

»Sie sieht aus wie Doris«, stellte Wolf fest.

»Ein Upgrade zu Dorli. Eine jüngere, frischere Version. Bei ihr bin ich wieder so jung, wie ich mich fühle. Aber jetzt muss ich mich bei dir entschuldigen. Ich treffe mich noch mit einem Kollegen von MAN. Es geht um eine mögliche Kooperation beim Bau von …«

»Kein Problem, Klaus. Ich brauche viel Ruhe. Trotzdem bedanke ich mich für den Besuch.«

»Gern geschehen. Wozu hat man einen Bruder!«

Wozu hatte man einen Bruder, fragte sich Wolf, der glücklich war, wieder allein in seinem Zimmer zu sein. Wozu gab es Menschen wie Klaus? Dümmer, oberflächlicher und brutaler ging es gar nicht. Hätte er damals, in der Kindheit, die Chance gehabt, die Erziehung dieses dumpfen Egoisten zu übernehmen, wäre ein ganz anderer aus ihm geworden. Dieser unerträgliche Narziss war das Produkt des totalen Schutzes, den die Eltern dem Balg gewährt hatten. Klaus hätte sich den Besuch bei ihm ersparen können. Er hätte sich in München vor einen Spiegel setzen und sich mit sich selbst unterhalten können. Tunen! Was für ein elender Bullshit!

Christian Wolf atmete tief durch und versuchte an etwas anderes zu denken, als es an der Tür klopfte und Grimm eintrat. Mit Grimm hatte er sich schon immer verstanden, mit ihm konnte er über alles reden.

»Wenn ich gesund bin, wird Lotte ihren Waidinger heiraten und wir wiederholen unsere Salzsteigwanderung«, begrüßte er den Freund.

»Bist du dir da sicher?«

»Worauf bezieht sich dein Zweifel?«, fragte Wolf seinen Freund. »Auf die Hochzeit oder auf die Wanderung?«

»Ich bin nicht mehr der Jüngste. Schon damals war die Sache mehr Qual als Genuss.«

»Also muss ich allein gehen.«

»Wir werden sehen.«

»Und wenn du mich ein Stück begleitest?«

»Ich lasse das in aller Ruhe an mich herankommen.«

»Du glaubst nicht an meine Genesung.«

»Und du glaubst nicht, dass der Fall abgeschlossen ist«, konterte Grimm.

»Ich habe meine Zweifel.«

»Was soll ich tun?«

»Weiter ermitteln, die Sache nicht einschlafen lassen.«

»Ich glaube nicht daran, dass das nötig ist, mache es aber, dir zuliebe.«

»Danke.«

Wolf hatte zum dritten Mal dasselbe geträumt. Er war Mitglied einer Gruppe von Laienschauspielern und hatte die Rolle des Königs übernommen. Die Aufführung hatte schon begonnen, als er seine Robe nicht fand. Und was noch schlimmer war: Er beherrschte den Text nicht, hatte keine Ahnung, was er sagen sollte und konnte nicht improvisieren, weil er nicht wusste, wovon das Stück handelte. Verzweifelt bat er einen Mitspieler um eine Kopie des Textes. Aber er konnte die handschriftlichen Aufzeichnungen nicht lesen und wandte sich an seine Großmutter, die plötzlich neben ihm stand.

Diese schlug ihm vor, ein Nachthemd ihres Mannes zum Königsmantel umzufunktionieren und drückte ihm ein Bündel hektografierter Zettel in die Hand, mit dem er die Bühne betrat und seine Rolle vom Blatt las.

Glücklicherweise erwachte er jedes Mal rechtzeitig, bevor das Publikum auf seine Darbietung reagieren konnte.

Wolf freute sich einerseits, seine Oma, die er sehr gern gehabt hatte, wenigstens im Traum wiederzusehen, andererseits verwirrte ihn die Wiederkehr des Traums.

Es ging um ein Spiel. In diesem Fall um ein Theaterspiel, für das er sich nicht ausreichend vorbereitet hatte. Doch das war nur ein Symbol für sein tatsächliches Leben, von dem er nicht wusste, ob es weitergehen würde und wie.

Dasselbe traf auf die Ermittlungen im Fall Schlader zu. Er trat auf der Stelle.

Wolf musste Bewegung in sein Leben bringen. Es ging nicht an, die schönen Sommertage im Spital zu verbringen. Er musste seine Rehabilitation beschleunigen und er musste den Fall Schlader beschleunigen, auch wenn beides riskant war.

Was war ihm wichtiger? Er wusste es nicht, sah aber größere Chancen, in den Mordermittlungen voranzukommen, die einzuschlafen drohten, auch wenn Grimm das Gegenteil beteuerte.

Man musste einen Köder auswerfen, dem Täter vorgaukeln, dass man auf seiner Spur wäre.

Handelte es sich um Hintermayr, würde nichts geschehen. Der saß in Haft. Gab es einen anderen Täter, würde dessen Angriff auf den Köder seine Existenz beweisen und Grimm zu mehr Aktivität zwingen.

Wen oder was sollte er als Köder verwenden? Es gab keine andere Möglichkeit, als diese Rolle selbst zu übernehmen.

Er schrieb einen Artikel auf seinem Notebook, den er seinem künftigen Schwiegersohn Waidinger per Mail mit der Bitte übermittelte, ihn als Gastkommentar des früheren Kollegen zu veröffentlichen.

Wolf fasste darin das bisherige Geschehen im Fall Schlader zusammen und stellte schließlich fest, dass der Falsche in Untersuchungshaft sitze. Dr. Gerald Hintermayr sei unschuldig, der wahre Täter laufe frei umher und werde vor weiteren Taten nicht zurückschrecken.

Wolf deutete an, dass ihm die Identität des Mörders bekannt sei, dass er jedoch weiter recherchieren müsse, bevor er mit seinem Wissen an die Öffentlichkeit gehe.

Dann hieß es abwarten. Geduld haben, bis der Artikel – hoffentlich unverändert – in Druck ging, bis ihn die Beteiligten lasen und der Täter reagierte.

Wolf erwachte mitten in der Nacht. Jemand hatte das Licht eingeschaltet und bewegte sich auf ihn zu. War das schon der Mörder? War er zu unvorsichtig gewesen mit seiner Falle? Unmöglich. Noch war der Beitrag nicht veröffentlicht. Außerdem war es ihm egal. Er fühlte sich sicher und hatte keinen Grund, sich zu verteidigen. So blieb er ruhig liegen, bis ihn der Eindringling an der Schulter berührte.

Eine vertraute Stimme sagte: »Ich bin es, Chris.«

»Schön, dich zu sehen, Viktor«, erwiderte Wolf. »Wenn auch zu ungewohnter Stunde. Aber du hast sicher einen Grund für diesen Besuch.«

»Den habe ich, du Narr!«, brauste Grimm auf. »Waidinger hat mich verständigt. Du hast einen Artikel für die *Tagespost* verfasst, in dem du den Täter geradezu animierst, dich anzugreifen. Ja, bist du denn völlig verrückt geworden?«

»Ich habe keine Angst und du solltest auch keine haben«, entgegnete Wolf ruhig. »Du bist überzeugt, dass der Täter in Untersuchungshaft sitzt. Also, was soll da passieren?«

»Ich lasse mich nicht auf dieses dumme Spiel ein. Ich schließe nicht aus, dass ich mich geirrt habe. Aber dieser Irrtum könnte dir das Leben kosten. Du willst es auf die Spitze treiben, mir beweisen, dass ich falsch liege. Damit gefährdest du dich selbst.«

»Ich habe keine Angst.«

»Das bedeutet nichts. Du bist mit Psychopharmaka vollgestopft.«

»Also ist mein Plan gestorben.«

»Nicht, wenn wir uns eine Strategie überlegen«, sagte Grimm. »Deshalb bin ich gekommen.«

Wolfs Artikel erschien in der *Tagespost*, Grimms junger Kollege Alexander Fiala lag, unkenntlich gemacht durch einen Kopfverband, der nur Ohren, Augen und Mund frei ließ, im Bett neben Wolf, seine Glock 17 unter der Decke.

Die Überwachung dauerte drei Tage und drei Nächte, dann ersuchte Wolf seinen Freund Grimm, die Aktion abzublasen.

»Du kannst das Fiala nicht antun. Er ist ein gesunder junger Mann, der keine Stunde länger bewegungslos in einem Krankenbett liegen möchte.«

Fiala nickte während des Telefongespräches, das Wolf mit dem Chefinspektor führte, zustimmend, blieb aber weiterhin diszipliniert liegen.

»Siehst du es jetzt ein, dass wir den Richtigen gefasst haben?«, sagte Grimm.

»Ich habe es nie ausgeschlossen, bleibe aber skeptisch. Die andere Möglichkeit wäre, dass der Mann oder die Frau den Köder erkannt hat und bewusst nicht danach schnappt. Es war zu offensichtlich.«

»Du gibst nicht auf.«

»Nimm mich mit zu ihm!«, sagte Wolf.

Grimm schwieg überrascht. Er wusste nicht, was sein Freund damit meinte.

»Ich würde Hintermayr gern kennenlernen«, präzisierte Wolf. »Nimm mich mit zu ihm!«

»Ich werde ihn noch einmal verhören«, versicherte Grimm.

»Ich begleite dich. Das wird ein erster Versuch, wie ich im Leben außerhalb des Heims zurechtkomme. Ich trainiere mit einem Stock und sobald es einigermaßen geht, melde ich mich.«

Unermüdlich marschierte Wolf mit seiner Dreipunktgehstütze den Gang entlang, nahm den Lift in das untere Stockwerk, von wo er sich die Treppe hochmühte.

Als er in sein Zimmer zurück kam, fiel ihm auf, dass etwas anders war als vorher, dass etwas fehlte. Sein Notebook, das auf dem Tisch gestanden hatte, auf dem er die Mahlzeiten einnahm, war verschwunden.

Der Täter hatte zugeschlagen, auf unerwartete Weise. Er oder sie wollte erkunden, was Wolf tatsächlich wusste und hoffte, dies mithilfe des Computers herauszufinden.

Für ihn war es eine Bestätigung, dass der Täter auf freiem Fuß war. Grimm würde er das nicht erzählen. Der würde von einem ganz gewöhnlichen Diebstahl reden, wie er bei unvorsichtigen Patienten in Pflegeheimen üblich wäre.

Obwohl der Verlust des Laptops sehr unangenehm war, konnte er ihn verschmerzen. Er hatte wichtige Dateien auf einem USB-Stick gesichert und beschloss, vorderhand ohne Computer auszukommen und seine Überlegungen handschriftlich aufzuzeichnen.

Seine Gehübungen machten so gute Fortschritte, dass er schon am nächsten Tag mit einem gewöhnlichen Gehstock unterwegs war. Die Therapeutin instruierte ihn, wie er diesen am besten beim Treppensteigen einsetzen konnte.

»Mit der Linken fassen Sie das Geländer, die Rechte stützt die Bewegungen.«

Wolf fühlte sich so sicher, dass er auf die Gehhilfe verzichten wollte, doch Frau Fehringer riet ihm dringend davon ab.

»Wir wollen doch nichts übereilen. Ein Sturz würde alles zunichtemachen.«

Wolf nickte folgsam, nahm sich jedoch vor, am Abend das Gehen ohne Stock auszuprobieren. Und es funktionierte. Anfangs noch die Wände entlang, an denen er sich abstützen konnte, dann frei, ohne Stolpern, ohne Hinken.

Jetzt erst fühlte er sich wieder vollwertig und er entschied, das Heim bald zu verlassen und das weitere Training selbst voranzutreiben.

Dr. Neubauer, der Heimarzt, war mit Wolfs Exkursion in die Stadt, bei der ihn sein Freund begleiten würde, einverstanden.

»Die pralle Sonne müssen Sie meiden. Das ist erst in einem halben Jahr erlaubt«, erklärte er noch und Wolf gab enttäuscht seinen Plan auf, im Schwimmbad zu trainieren.

»Wohin fährst du?«, fragte Wolf seinen Freund, der den Dienstwagen Richtung Garsten steuerte.

»Wie vereinbart, zu Doktor Hintermayr.«

»Aber …«

»Die Untersuchungshäftlinge werden seit zwei Jahren nicht mehr in der Berggasse untergebracht, sondern in der Justizanstalt Garsten. In der Außenstelle Berggasse gibt es nur mehr Freigänger und Insassen im gelockerten Vollzug.«

»Ich dachte, in Garsten sitzen nur ganz schwere Jungs.«

»Das stimmt. Ab einer Freiheitsstrafe von 18 Monaten. Aber jetzt auch die Untersuchungshäftlinge.«

Die Stimmung in dem alten Barockkloster war trotz der Schönheit des Gebäudes gedämpft. Wolf war sich nicht im Klaren, woher sein schlechtes Gefühl kam, bis ihm einfiel, dass es in der gesamten Anlage des ehemaligen Benediktinerstifts keine einzige Frau gab, zumindest seines Wissens nach. Steyrs Berg Athos. Dementsprechend streng roch es. Wolf dachte an die Zirkusbesuche in Kindheitstagen, als in den Zelten noch Raubtiere vorgeführt worden waren.

Raub- und Mordtiere, eingezwängt in historisches Gemäuer. Ob man Dr. Hintermayr dazu zählen musste?

Ein Justizbeamter führte den 49-jährigen Mann in das Verhörzimmer, von dessen vergittertem Fenster aus man auf das bunte Treiben im Garstener Bad blicken konnte. Die Hitze des Sommertages war hinter den dicken Mauern nur zu ahnen.

Dr. Gerald Hintermayr wirkte gelassen. Er drückte den Besuchern die Hände und setzte sich, der Justizbeamte verließ den Raum und verriegelte die Tür, nachdem er auf eine Gegensprechanlage verwiesen hatte, durch die man ihn nach Beendigung des Gesprächs rufen sollte.

Der Chefinspektor stellte Wolf als seinen Mitarbeiter vor.

»Es gibt also noch Fragen?«, begann der karenzierte Magistratsdirektor das Gespräch.

»Vor allem ein großes, für Sie wichtiges Thema: Sind Sie für den Mord an Doktor Norbert Schlader, Ihrer Frau und Richard Sturmberger verantwortlich oder nicht?«

»Wer ist Richard Sturmberger?«

»Ein ehemaliger Polizeikollege, der im Auftrag von Evelyn Schlader tätig war.«

»Ich verstehe«, sagte der gepflegte, schmale Mann, der noch sehr jugendlich wirkte und fügte rasch hinzu: »Nein, ich bin kein Mörder.«

Nach einem Blickwechsel zwischen Wolf und Grimm und einem Nicken Grimms fragte Wolf: »Haben Sie eine Erklärung dafür, warum alle Indizien auf Ihre Person weisen?«

»Sie meinen den Tod meiner Frau in Schladers Haus, mein Auto am Tatort und das Fehlen eines Alibis?«

»Unter anderem.«

»Die einzige Erklärung, die mir einfällt, ist die, dass der Täter den Mord sehr genau geplant und mir die Täterrolle zugewiesen hat. Ich wiederhole, dass ich weder meine Frau noch Schlader noch sonst jemanden getötet habe. Ich hätte zwar Gründe dafür gehabt und bin auch nicht unglücklich über den Tod zumindest Schladers, kann aber feststellen, dass ich nicht in der Lage bin, jemanden zu töten. Dazu bin ich … Nein, lassen

Sie mich erklären. Unterbrechen Sie mich nicht. Es ist mir wichtig, die Gedanken, die mich in den letzten Stunden hier beschäftigt haben, erstmals vor Menschen offen auszusprechen.«

»Reden Sie! Wir werden Sie nicht unterbrechen«, versicherte der Chefinspektor.

»Mir gefällt es im Gefängnis. Hier ist es allemal besser als draußen, also werde ich keine Anstrengungen unternehmen, meine Unschuld zu beweisen.«

Wolf und Grimm blickten den Mann forschend an.

»Mir ist klar geworden, dass mein Leben bisher ärger war als die Haft. Mit dem Zimmerkollegen komme ich aus. Ein junger Mann, der die ganze Zeit heult, weil er … Nein, darüber möchte ich eigentlich nicht sprechen.«

»Sondern?«, ermutigte ihn Wolf.

»Ich möchte über mein bisheriges Leben reden. Ich war ein gelehriger Hund, der deswegen aufs Wort folgte, weil man ihn streng abgerichtet hatte. Ein Streber im Gymnasium, an der Universität, im Magistrat Steyr. Zweifaches Doktorat. Wohlhabende Frau, keine Kinder. Die Frau wollte keine. Ein lustloses Eheleben, theaterähnliche Auftritte in der Öffentlichkeit. Lions Club. Man musste sich vernetzen, um die Karriere voranzubringen. Arbeit von früh bis spät, erste Intrigen, Verleumdung durch Schlader, Wechsel in den Ennser Magistrat und nun glorreiche Rückkehr nach Steyr auf Wunsch des neuen Bürgermeisters, der sich meiner erinnerte. Aus den Augen der Frau leuchtete nicht Liebe – dazu war sie gar nicht fähig, und ich auch nicht –, sie hasste mich und das sah ich ihr an. Das Verhältnis mit Schlader hatte sie nur begonnen, um mich zu verletzen. Aber es war mir egal, wie mir alles andere auch nichts mehr bedeutete. Ich funktionierte weiter, weil mich meine Eltern Disziplin gelehrt hatten, und wusste nicht, wie lange ich das durchhalten würde. Die Verhaftung kam als Erlösung.«

»Wenn Sie unschuldig sind, werden Sie freikommen«, stellte Grimm fest.

»Ich werde mein Leben ändern. Ich will mein Leben nicht mehr an Paragraphen und Akten orientieren. Ich will lernen, mit meinen Händen zu arbeiten.«

»Was stellen Sie sich vor?«, fragte Wolf interessiert.

»Gärtner. Arbeit in der Natur.«

»Das könnte ich mir auch vorstellen«, sagte Wolf.

»Wirklich?«, fragte Hintermayr und blicke erstmals sein Gegenüber an.

»Um das zu erreichen, um ein neues Leben aufzubauen, müssen Sie freikommen«, sagte Wolf.

»Ich weiß nicht, ob ich es schaffe.«

»Sie sind jung«, stellte Wolf fest und Grimm fuhr fort: »Haben Sie eine Vermutung, wer Sie in diese Falle laufen ließ?«

»Ich bin nicht gelaufen. Ich saß zu Hause, als all das geschah.«

»Trotzdem. Haben Sie eine Ahnung, wer diese Falle für Sie aufgestellt haben könnte?«

»Ich weiß, es ist lächerlich«, sagte Dr. Hintermayr, »der Einzige, der mir einfällt, ist Schlader selbst. Er wäre dazu fähig. Ob er sein eigenes Leben dafür opfern würde, weiß ich nicht.«

»Und als Mordopfer hätte er nicht Ihren Wagen zurück nach Steyr fahren können«, stellte Grimm fest.

»Eben. Diese Vermutung ist lächerlich, aber sonst fällt mir niemand ein.«

»Wir werden Sie auf dem Laufenden halten und sobald wir Hinweise auf Ihre Unschuld haben, gehen Sie frei«, versicherte Wolf.

»Sie müssen sich nicht beeilen.«

»Ist er tatsächlich unschuldig?«, fragte Grimm auf dem Weg zum Parkplatz.

»Er selbst scheint das zu glauben.«

»Du meinst ...«

»Natürlich«, sagte Wolf, »stellt sich die Frage, wie weit er zurechnungsfähig ist.«

KAPITEL 6

Das Haus wird immer hässlicher, dachte Viktor Grimm, nachdem er ein Mansardenzimmer ausgeräumt hatte. Er hatte vorgehabt, es als Gästezimmer zu verwenden, sah nun aber, dass die Vorhänge jahrelang nicht gewaschen worden waren und die Wände unbedingt neu gestrichen werden mussten, von den Türen ganz zu schweigen.

Am besten wäre es, das Haus zu verkaufen und sich eine neue Wohnung zu nehmen, die, befürchtete Grimm, nach ein, zwei Jahren genauso aussehen würde wie das Haus jetzt.

Nein, er musste sich dieser Aufgabe stellen. Zuerst entmüllen, dann renovieren.

Während er die Kartons, die Zeitungen und Zeitschriften und das alte Geschirr, die auf Flohmärkten gesammelten alten Radios und Bilderrahmen in den Vorgarten schleppte, wo sich schon ein an die zwei Meter hoher Stapel angesammelt hatte, dachte er, um sich von der ungeliebten Arbeit abzulenken, an die Ermittlungen.

Noch bestand die Möglichkeit, dass der Fall Schlader gelöst war, dass Dr. Hintermayr tatsächlich der Täter war. Wenn das nicht zutraf, hatten sie es mit einem Experten zu tun. Nur ein Profi hatte das nötige Wissen, was das Eindringen in Fahrzeuge betraf sowie das Beschaffen von Gift.

Handelte es sich um einen Mann oder eine Frau?

Grimm hatte keine Ahnung. Er setzte sich auf eine Kiste und betrachtete den Müllhaufen.

Er hatte die städtische Müllabfuhr zwecks Entrümpelung erst verständigen wollen, wenn das ganze Haus gesäubert war. Aber wie sah das aus! Wie das Quartier eines Sandlers. Er verriet damit der gesamten Nachbarschaft, wie es um sein Haus bestellt war.

Er musste die Männer von der Entrümpelung gleich am nächsten Morgen anrufen, möglichst rasch Ordnung schaffen.

Grimm war froh, sich zu diesem Entschluss durchgerungen zu haben und nahm sich vor, auch das nächste Problem anzugehen, die große Menge an Material im Fall Schlader zu sichten und zu gewichten. Dazu benötigte er ebenfalls einen Spezialisten: seinen Freund Wolf.

Er setzte sich an den Küchentisch und begann, eine Liste zu schreiben, die er Wolf vorlegen wollte.

Zuallererst schrieb er *Dr. Gerald Hintermayr, Untreue der Frau.*

Sonst fiel ihm nichts ein. Schlader hatte Hintermayr beruflich geschadet, aber das war Vergangenheit. Hintermayr war der neue Magistratsdirektor.

Leopold Hirtreiter. Der Amtsvorgänger von Bürgermeister Steininger, der von Schlader gestürzt worden war.

Evelyn Schlader. Die Ehefrau, die erbte und die Auszahlung der Lebensversicherung ihres Mannes erwartete.

Gernot Habeler. Der Bauunternehmer, der Selbstmord beging, weil er von Schlader ruiniert worden war.

Dessen Frau.

Schließlich schrieb Grimm noch *Täter X*, um die Möglichkeit aufzuzeigen, dass der wahre Täter unter den unzähligen weiteren Bewohnern von Steyr zu finden sein könnte, die unter Schladers Intrigen zu leiden gehabt hatten.

Der Mann hatte seit Kindertagen eine Spur der menschlichen Verwüstung gezogen. Ein Verhalten, das sich letztlich tödlich für ihn erwiesen hatte.

Aus gutem Grund, dachte Grimm. Trotzdem mussten sie den Täter fassen, denn dieser hatte zwar Schlader von weiteren Taten abgehalten, war aber um keinen Deut weniger negativ und gefährlich, als dieser gewesen war. Ein Nachfolger Schladers, der noch geschickter vorging als dieser, sonst wäre ihm Schlader nicht zum Opfer gefallen.

Mann oder Frau? Grimm hatte keine Ahnung und hoffte, das geplante Gespräch mit Wolf würde ihm weiterhelfen.

Christian Wolf hatte sich entschlossen, das Pflegeheim zu verlassen. Ein Taxi sollte ihn zu seinem Wohnmobil bringen, das vor dem Haus seiner Tochter parkte. Vorher bat er den Fahrer noch, die Apotheke auf dem Wieserfeldplatz anzusteuern, weil er sich noch die vom Arzt verordneten Medikamente besorgen wollte.

Er fühlte sich wieder frei. Niemand konnte ihm Vorschriften machen, er war auf sich selbst gestellt und würde alles langsam und vorsichtig angehen, um sich nicht zu überfordern.

Als Wolf an der Haustür läutete, kam ihm Fidi entgegen. Lotte war in Linz bei ihrem Kurs, Waidinger in der Redaktion.

»Lucy und ich arbeiten in der Gartenhütte«, verkündete Fidi und bat Wolf, ihm zu folgen.

Eine schlanke junge Frau, die an einem Notebook saß, erhob sich und stellte sich als Lucy Schlader vor.

»Schlader?«, fragte Wolf überrascht. »Doch nicht …«

»Ich bin die Tochter des ehemaligen Magistratsdirektors«, bestätigte das Mädchen ernst.

»Freut mich, Sie kennenzulernen«, sagte Wolf, um Fassung bemüht.

»Wir entwickeln ein Computerspiel, das an den *Grafen von Monte Christo* angelehnt ist«, erklärte sie.

»Einer meiner liebsten Romane«, sagte Wolf. »Die Lektüre hilft über vielerlei Frustrationen hinweg.«

»Das stimmt«, pflichtete ihm Fidi bei. »Mir geht es seelisch schon viel besser, seitdem wir daran arbeiten.«

Wolf konnte sich das gut vorstellen, führte jedoch Fidis Stimmungsaufschwung weniger auf die Arbeit als auf seine Freundin zurück.

»Wir befinden uns im Stadium der Entwicklung der Story und der Figuren«, fuhr Fidi fort. »Ich hab mir den Film angesehen und bin mitten im Roman. Lucy bringt Ordnung in meine ungeordneten Gedanken.«

Als Wolf Lucy in die dunklen Augen schaute, senkte sie den Blick. Bahnte sich bei den beiden eine Parallele zur Zusammenarbeit zwischen Grimm und ihm an? Möglich. Aber es war mehr als das. Das Band zwischen Fidi und Lucy war enger, durch die Liebe, die auf jeden Fall auf Seiten Fidis bestand. Ob die attraktive Lucy den chaotischen Jungen mochte? Oder hatte sie einen anderen Grund, die Freundschaft zu ihm zu suchen?

Wolf nahm sich vor, die Situation gelassen zu beobachten und sich auf keinen Fall einzumischen, solange das nicht wirklich nötig war.

Lucy Schlader bot Wolf eine Dose Cola an.

»Bier wäre mir lieber«, sagte Wolf, und Fidi eilte ins Haus, um eine Flasche und ein Glas zu holen.

»Du trinkst kein Bier?«, fragte er den jungen Mann nach dessen Rückkehr ins Gartenhaus.

»Nicht mehr. Wir brauchen einen klaren Kopf für die anspruchsvolle Arbeit«, erwiderte Fidi mit einem Blick auf Lucy.

»Und wenn die Figuren und die Story feststehen?«, kam Wolf auf das Gesprächsthema zurück.

»Dann entwickeln wir das Drehbuch für das Spiel«, erklärte Lucy.

»Und dann?«, ließ Wolf nicht locker.

»Dann geht es mithilfe einer Game Machine ans Programmieren und an das Erstellen von Grafik und Sound.«

»Der Graf von Monte Christo. Das Umsetzen einer grausamen Rache in ein Computerspiel«, stellte Wolf fest und trank von seinem Bier.

»Dumas' Roman ist vielschichtiger«, korrigierte ihn Lucy. »Er umfasst das gesamte Spektrum menschlichen Verhaltens, wenn jemand in die Enge getrieben wird. Der spätere Graf von Monte Christo ist im Gefängnis, in das ihn seine Gegner gebracht haben, so verzweifelt, dass er Selbstmord begehen will. Dann natürlich – und das ist das Befreiende an der Geschichte – bekommt er die Möglichkeit, Rache zu üben.«

»Durch einen Schatz.«

»Durch den Schatz des Abbé Faria«, glänzte Fidi mit seinem Wissen. »Dann fegt er den ganzen menschlichen Unrat hinweg wie ein Gewitter, wie der Taxidriver in Martin Scorseses Film …«

»Um am Ende innezuhalten und innere Ruhe zu finden«, nahm Lucy das Wort ihres Freundes auf. »Der Roman endet in versöhnlicher Stimmung. Und so muss auch das Spiel enden. Nach Kampf und Mord muss es Frieden geben.«

»Wer ist bei euch der große Bösewicht?«, erkundigte sich Wolf.

»Die Guten«, antwortete Lucy, »stehen den Bösen gegenüber. Beide Gruppen müssen bei einem Strategiespiel gleich stark sein, damit entweder zwei Spieler oder mehrere die Rollen untereinander aufteilen können. An der Spitze stehen die Anführer. Bei den Guten Edmond Dantès, der Graf, aufseiten der dunklen Mächte Danglars.«

»Aber das Spiel funktioniert nur, wenn beide Seiten die Chance haben zu siegen«, wandte Wolf ein. »Das heißt letztlich, dass das Gute unterliegen und das Böse siegen kann.«

»Wie im wirklichen Leben«, bemerkte Lucy nachdenklich.

»Das ist aber ein Fehler«, wandte Fidi ein, dem dieser Umstand bisher nicht bewusst gewesen war.

»Es geht nicht anders«, erklärte Lucy. »Die Spieler

selbst sind für den Ausgang des Geschehens verantwortlich.«

»Ihr habt euch über einen Computerclub kennengelernt?«, erkundigte sich Wolf.

»Über das Internet, über eine Spieleplattform«, erklärte Fidi.

»Er war der einzige Teilnehmer aus Steyr«, stellte Lucy fest.

»Glücklicherweise«, sagte Fidi und strahlte die junge Frau an.

»Was machen die Fische?«, erkundigte sich Grimm bei seinem Kollegen Eigner, der ihm einen Stapel Computerausdrucke auf den Tisch legte.

»Sie haben heuer kaum Jungfische eingesetzt, weil die immer in benachbarte Fischwässer abwandern. Mit dem Effekt, dass auch wir heuer kaum etwas erwischen.«

»Mit *wir* meinst du …«

»Den Angelsportverein am Stausee Ernsthofen.«

»Und was hältst du von dem Material?«, fragte Grimm und klopfte auf das Bündel Papier vor ihm.

»Ein Glück, dass du den Mörder im Gefängnis hast, ansonsten wäre der Fall unübersichtlich, wenn nicht unlösbar.«

»Du meinst die große Zahl von Menschen, die Grund gehabt hätten, etwas gegen Schlader zu unternehmen?«

Der Kontrollinspektor nickte stumm.

»Jedenfalls danke ich für die Erfassung des Materials.«

»Gern geschehen«, sagte Eigner und strich beinahe zärtlich über sein kurzgeschorenes Haar, als ob auch er sich für die Mühe der Arbeit belohnen wollte.

Lucy schenkte den Aktivitäten ihrer Mutter keinen Glauben. Das waren Scheinmanöver. Die Frau war ihr ganzes Leben zu keinen konsequenten Handlungen fähig gewesen, sonst hätte sie ihren Mann und dessen ungeliebtes Haus verlassen und die Tochter vor ihm schützen müssen.

»Ich fahre nach Erdsegen, eine Hausbesichtigung mit dem Makler. Kommst du mit?«, unterbrach die Mutter die Gedanken ihrer Tochter.

»Nein. Das überlasse ich dir. Ich werde mir selbst etwas suchen.«

»Alles klar. Ich muss auch noch mit diesem Polizisten reden. Mir ist etwas eingefallen, das von Bedeutung sein könnte.«

»Den Mord an Schlader betreffend?«

»Schlader? Seit wann nennst du ihn Schlader?«

»Soll ich ihn Vater nennen oder Papa oder …«

»Ich glaube, Doktor Hintermayr ist unschuldig«, unterbrach Evelyn Schlader ihre Tochter.

»Kein Problem, ich bin bei einem Bekannten.«

»Vergiss nicht auf das Begräbnis. Morgen, 10 Uhr, in der Feuerhalle auf dem Tabor. Lass mich bitte nicht allein!«

»Natürlich nicht.«

Frau Schlader bedauerte, dass Lucy sie nicht begleitete. Sie hatten doch immer alles gemeinsam gemacht, wie

Schwestern, nicht wie Mutter und Tochter. Dazu war der Mann zu stark gewesen. Er hatte immer gewusst, was er wollte, und sie hatte versucht, unter den gegebenen Umständen zu leben. Zu überleben, dachte Evelyn Schlader. Und das hatte sie geschafft, sowohl für sich selbst als auch für Lucy. Sie hatten überlebt. Und das zählte.

Evelyn Schlader öffnete ihren grauen Fiat Panda und setzte sich hinter das Steuer.

Eine Hand fasste sie am Hals, sie schrie erschrocken auf, als man ihr eine übelriechende Flüssigkeit ins Gesicht sprühte, dann verlor sie die Besinnung.

»Mit hoher Wahrscheinlichkeit Selbstmord«, meldete Kontrollinspektor Albert Eigner dem Chefinspektor. »Evelyn Schlader hat sich mit Schlaf- und Schmerztabletten vergiftet. Passanten haben sie im Wolferner Wald in ihrem Auto entdeckt.«

»Wir müssen sichergehen«, sagte der Chefinspektor. »Immerhin hieße das, dass Frau Schlader zur Hauptverdächtigen aufrückt und der Richter die Freilassung Hintermayrs veranlassen würde.«

»Frau Schlader wird obduziert. Der Bericht wird in zwei bis drei Tagen vorliegen, hat mir Baierl mitgeteilt.«

»Wer?«, fragte Grimm. Er hatte diesen Namen noch nie gehört.

»Doktor Baierl, der Staatsanwalt, der auf mein Ersuchen die Obduktion angeordnet hat.«

»Alles klar. Gibt es einen Abschiedsbrief oder Zeichen eines Kampfes?«, fragte der Chefinspektor.

»Ich kann beides verneinen.«

»Du verfasst einen Bericht. Und danke für die Anstrengung.«

»Du meinst das nicht ernst.«

»Doch. Auch die Fische werden es dir zu danken wissen.«

»Die werden nicht mehr lange zu lachen haben«, sagte der Kontrollinspektor und ging ab.

»Ich habe die Beerdigung verschieben müssen«, meldete sich Lucy Schlader am Mobiltelefon.

»Wieso?«, fragte Fidi überrascht. »Es waren doch schon alle verständigt.«

»Meine Mutter ist nun auch tot. Die Polizei vermutet Suizid und verdächtigt sie nun, meinen Vater und dessen Geliebte getötet zu haben. Aus Rache und Geldgier.«

»Geldgier?«

»Wir erben ziemlich viel.«

»Und jetzt bleibst du übrig.«

»Sei vorsichtig, was du sagst, Fidi!«

»Entschuldige. Das war nicht so gemeint. Es tut mir leid. Willst du zu mir kommen?«

»Ich bin in einer halben Stunde bei dir.«

Das rasche Voranschreiten seiner Genesung überraschte und forderte Christian Wolf. Er musste sich mit Gegenwart und Zukunft auseinandersetzen und beschloss, den Wunsch in die Tat umzusetzen, der ihm während der schlimmsten Zeit seiner Erkrankung besonders wichtig gewesen war: die Salzsteigwanderung im Toten Gebirge.

Sein Vater hatte ihm von diesem Geheimweg der Protestanten erzählt, die auf dieser Route das Salz von Aussee ins Stodertal schmuggelten. Der katholische Bischof hatte nämlich die Straßen gesperrt, um den Evangelischen in Hinterstoder das Leben zu erschweren.

Bevor er sich tatsächlich auf dieses Abenteuer einließ, unternahm Wolf die Wanderung in seiner Fantasie und virtuell, mithilfe seines neu erworbenen Notebooks und Google Maps.

Wolfs Weg vom oberösterreichischen Stodertal zur Tauplitzalm auf steirischem Gebiet begann bei der Baumschlagerreith, im Talschluss von Hinterstoder, und führte über die Poppenalm auf 1000 Meter Seehöhe. Wolf wanderte in seiner Fantasie den felsigen Steig bergan, durch einen Hochwald zum höchsten Punkt, dem Salzsteigjoch, auf 1733 Meter. Nun ging es leicht bergab, über federnde, von Alpenrosen gesäumte Almböden bis zum Schwarzensee und dem Steirersee.

Der Steirersee begeisterte Wolf und er beschloss, sich zu erkundigen, ob eine der Hütten am Ufer zu mieten wäre. Hier könnte er einige Tage mit Grimm ausspannen. Zudem führten von Bad Mitterndorf Forstwege zum See, die sich mit einem Auto befahren ließen.

Auf YouTube fand er noch ein Video vom Salzsteigjoch, auf dem die leuchtend hellen Kalkfelsen des Toten Gebirges zu sehen waren. Zu hören waren das Rauschen eines Gebirgsbaches und des Sommerwindes, der das kurze grüne Gras bewegte.

Wolf atmete tief durch. Allein der Film vermittelte ihm den Eindruck von Freiheit und Glück.

Er suchte die Telefonnummer des Tourismusverbandes Bad Mitterndorf und erkundigte sich nach den Hütten am Steirersee, einem von sechs Seen auf der Tauplitzalm.

Man teilte ihm mit, dass sich die Blockhäuser in Privatbesitz befanden. Als er nicht lockerließ, verriet man ihm die Telefonnummer eines Mitterndorfers, der eine der Unterkünfte für die Besitzer betreute.

Dieser riet Wolf, sich in einem der komfortablen Hotels auf der Tauplitzalm einzumieten und zum See zu wandern oder zu fahren, so oft er das wolle. Eine Vermietung der Hütte sei leider nicht möglich.

Wolf suchte also nach einer Unterkunft und stieß auf das Wanderhotel Tauplitzalm auf 1650 Meter Seehöhe mit Schwimmbad und Sauna und durchaus leistbaren Preisen. Er reservierte ein Zimmer für eine Woche, mietete ein Auto – das Wohnmobil empfand er im Gebirge als Last – und fuhr los, durch das Steyrtal, auf die Pyhrnautobahn, über den Pyhrnpass – er wollte nicht den Tunnel nehmen – durch Liezen und nach Bad Mitterndorf. Von dort nahm er die Mautstraße zur Tauplitz.

Im Hotel bezog er ein geräumiges Balkonzimmer mit Blick auf den tatsächlich grimmigen Grimming, einen isolierten Gebirgsstock südöstlich von Bad Mitterndorf.

Am Nachmittag machte er sich auf den Weg nach Nordosten zum Steirersee. Zunächst war er etwas enttäuscht. Die Gegend war nicht so naturbelassen, wie er sie sich vorgestellt hatte, doch als er auf einen schmalen Pfad gelangte, der durch Latschenkiefer- und leider schon verblühte Alpenrosenfelder führte, stellte er erleichtert fest, dass er die richtige Wahl getroffen hatte.

Zum Schutz gegen die Sonne, die vom wolkenlosen

Himmel schien, hatte er einen Strohhut, den er an der Rezeption erworben hatte.

Er setzte sich immer wieder, um zu rasten und zu schauen und sich nicht zu überfordern.

Nach etwa einer Stunde erreichte er einen letzten Hügel, von dem aus er den See smaragdgrün leuchten sah. Ohne zu rasten, eilte er bergab und erreichte das Ufer zwanzig Minuten später.

Ein leichter Wind, der von den umgebenden Felsen herabwehte, zersplitterte die Wasserfläche, in der sich die Sonne spiegelte, in hunderte schimmernde Teilchen, deren Anblick zwar schön war, aber in ihrer Grellheit bei Wolf Kopfschmerzen verursachte.

Als er sich auf eine Holzbank hinter einer der Hütten am See niederließ, bemerkte er, wie erschöpft er war.

Er versuchte, an nichts zu denken, nur zu schauen und zu ruhen und schlief im Sitzen ein.

Er träumte von einer Flucht. Er war auf der Flucht vor Menschen, die ihn jagten, musste immer wieder Deckung nehmen vor dem Gewehrfeuer, das sie auf ihn eröffnet hatten.

Beim Erwachen hatte er Durst, ging hinunter zum See und schöpfte das klare Wasser mit der hohlen rechten Hand. Schließlich entledigte er sich der Wanderschuhe und der Socken und watete in den See. Das Wasser war so kalt, dass es schmerzte, dennoch entkleidete sich Wolf vollständig und schwamm sogar ein Stück. In der Sonne ließ er sich trocknen, kleidete sich an und kehrte, heftig atmend, zur Holzbank zurück.

Wolf fühlte sich glücklich, doch fiel ihm der Traum von vorhin ein. Er war tatsächlich auf der Flucht vor

Steyr und seinen Menschen, zuerst im Wohnmobil, nun in Wanderschuhen im Gebirge.

Eine Wolke verhüllte die Sonne, Wolf fröstelte und beschloss, den Rückweg zum Hotel anzutreten.

Wovor flüchtete er? Was hatte er sein Leben lang vermeiden wollen? Er hatte keine Ahnung und stolperte über die Wurzel einer Lärche, fiel der Länge nach hin und blieb auf dem Bauch liegen.

Er flüchtete vor dem Alltag, der Routine der Mordermittlungen in fremde Gegenden, die ihn zwangen, sich auf neue Gegebenheiten einzustellen, sich in andere Menschen hineinzudenken, um nicht er selbst sein zu müssen und als starke, eigenständige Persönlichkeit auftreten und die Welt gestalten zu müssen.

Der Schmerz in seinem kaum verheilten rechten Knie und die plötzliche Erkenntnis trieben ihm Tränen in die Augen.

Er drehte sich auf den Rücken und setzte sich auf.

Das alltägliche Leben in einer alltäglichen Stadt, in einer alltäglichen Beziehung jedoch zwang den Menschen zum Handeln, um nicht in der Ödnis des Alltags zu ersticken. Das Mordopfer – Schlader – hatte diese Eigenschaft. Er konnte agieren. Auch sein Mörder hatte diese Eigenschaft, obwohl er auf Schlader reagierte, Rache nahm. Aber er gestaltete diese Rache so perfekt, dass bisher niemand seine Spur entdeckt hatte.

Was war der Grund, warum manche Menschen diese Freiheit besaßen und andere nicht?

Nein, da war noch etwas, fiel Wolf ein. Es gab Menschen, die frei lebten und dieses Leben gestalten konnten, ohne anderen zu schaden, die ihren Mitmenschen sogar halfen, zufriedener, glücklicher zu sein. Das wäre das ideale Leben!

Ihm waren durch die Verbote der Eltern die Hände gebunden gewesen. Dass er diese Fesseln nie gelockert oder gesprengt hatte, war seine Schuld. Ein Erwachsener war für sich und sein Leben selbst verantwortlich.

Die Tragik meines Lebens, dachte Wolf und lachte laut über diese melodramatische Formulierung. Dann sagte er noch: »Ich hätte nie heiraten dürfen.«

Er war kein Mann für enge Beziehungen. Obwohl er froh war, eine Tochter zu haben.

Am liebsten würde er in einer Wohngemeinschaft leben, in der jeder seinen Bereich hatte, in den er sich zurückziehen konnte, in der es jedoch Begegnungen und gemeinsame Unternehmungen gab, in der die Bewohner einander unterstützten, wenn dies nötig sein sollte.

So klar hatte er seine mögliche Zukunft noch nie gesehen. Wolf erhob sich vom Boden, säuberte seine Kleidung vom Staub, der sich beim Sturz angehaftet hatte, und ging trotz des Schmerzes im Knie weiter.

Er dachte an seine Ilse, die vor 16 Jahren gestorben war. Er hatte sie gemocht, doch war sie ihm fremd geblieben. Sie war seine einzige Chance zu einer tiefen, ausschließlichen Beziehung gewesen, alle anderen Frauen, die er vor- und nachher kennengelernt hatte, hatten ihm nichts bedeutet. Er hätte darauf verzichten sollen, Versuche in Richtung einer Beziehung zu machen. Er hatte eine Chance gehabt und diese nicht genutzt. Nein, das stimmte nicht. Er hatte sie gemäß seinen Möglichkeiten und Beschränkungen genutzt. Und genau das wollte er weiterhin tun: sein Leben auf die Weise weiterführen, die ihm möglich war.

Allerdings wollte er auf Fluchtversuche verzichten. In Steyr bleiben, womöglich den Anstoß zur Gründung einer Wohngemeinschaft geben …

Ilse fiel ihm ein, hatte als Juristin im Steyrer Magistrat gearbeitet. Aber sie hatte nie von Schlader und dessen Intrigen erzählt, obwohl er ihr Chef gewesen war. Hatte sie wegen ihm so viel geraucht? Sie war an Lungenkrebs gestorben.

Nein, das war lächerlich. Schlader war nicht für alles verantwortlich, er war nicht allmächtig gewesen.

Die Sonne versank in der Richtung, in der Wolf den geheimnisvollen Toplitzsee vermutete. Auch den wollte er noch erkunden. Der Sonnenuntergang bedeutete, dass es schon ziemlich spät sein musste. Seine Armbanduhr zeigte noch immer halb drei. Sie musste stehengeblieben sein. Ein Blick auf das Display seines Handys verriet ihm die tatsächliche Zeit: 20:46 Uhr. Hoffentlich kam er nicht zu spät zum Abendessen. Er war hungrig.

Im Hotel hatte man das Essen für ihn warmgehalten. Er genoss es mit zwei Gläsern Bier, dann begab er sich in sein Zimmer und rief Grimm an.

»Nimm dir Zeit am Wochenende, Viktor. Der Marsch zum Steiersee ist leicht zu schaffen, und er lohnt sich.«

»Steirersee«, korrigierte ihn Grimm.

»Wie du meinst«, gab sich Wolf versöhnlich und lenkte das Gespräch auf ein anderes Thema: »Was machen die Ermittlungen?«

»Ein undurchschaubares Chaos. Hintermayr ist auf freiem Fuß.«

»Wie man so schön sagt.«

»Ein blöder Ausdruck, ich weiß. Frau Schlader hat Selbstmord begangen.«

»Und das sagst du so nebenbei.«

»Wärst du in Steyr geblieben, hättest du es früher erfahren«, verteidigte sich Grimm.

»Und ihr glaubt, dass Evelyn Schlader damit die Hauptverdächtige ist.«

»Ich weiß nicht«, zweifelte Grimm. »Wenn sie nichts unternommen hätte, hätte sie die Erbschaft antreten und endlich glücklich leben können. Sie hat auch keinen Abschiedsbrief hinterlassen. Für mich macht das alles keinen Sinn. Es gibt jede Menge anderer Verdächtiger.«

»Ich schlage dir vor, am Wochenende auszuspannen und alles mit mir zu besprechen.«

»Auf die Wanderung bin ich, ehrlich gesagt, nicht besonders erpicht ...«

»Erpicht. Was für ein schönes Wort aus der Kindheit. Du bist ein Genie, Viktor!«

»Hör auf, dich über mich lustig zu machen«, brummte Grimm. »Ich werde kommen, weil ich dich brauche.«

»Es ist schön ...«

»... gebraucht zu werden. Ich weiß.«

Schon am nächsten Tag beendete ein heftiges Gewitter um die Mittagszeit die Schönwetterphase. Weil es stark regnete, beschloss Wolf, an diesem Tag im Hotel zu bleiben, zu lesen, nachzudenken ...

Der Gedanke an eine Wohngemeinschaft und die Frage, welches Gebäude sich dafür eignen würde, beschäftigten ihn noch immer. Er nahm sich vor, die Immobilienanzeigen der *Tagespost* nach geeigneten Objekten zu verfolgen und, sobald er wieder in Steyr war, einen Makler aufzusuchen. Es musste ein großes Haus mit Garten sein, mit mindestens vier kompletten Wohnungen.

Noch wichtiger als das Gebäude waren natürlich die Bewohner. Wen würde er sich als Mitbewohner wünschen? Viktor Grimm war dafür natürlich erste Wahl. Ein Mensch, den er seit Kindertagen kannte, mit dem er sich – meist – gut vertrug. Und mit dem er weitere Kriminalfälle lösen wollte, auch wenn der Herr Chefinspektor in Pension war. Und sonst? Einen weiteren Mitbewohner sollte Grimm vorschlagen. Wobei es auch wichtig war, Frauen für das Projekt zu gewinnen. Es sollte eine geschlechtlich gemischte Gruppe werden.

Sollte er Lena Konrad fragen, ob sie … Nein, das war keine gute Idee. Mit seiner ehemaligen Freundin hatte er seit über einem Jahr keinen Kontakt gehabt und man sollte keine alten Beziehungen künstlich wiederbeleben. Die meisten Menschen wurden im Alter schwieriger.

Ein Blick durch die Balkontür zeigte Wolf, dass an einen Spaziergang nicht zu denken war. Der Wind hatte sich zu einem Sturm verstärkt, Nebel war aufgezogen und verhüllte die Landschaft. Regen schlug gegen das Fensterglas.

Glücklicherweise hatte man im Hotel zu heizen begonnen, denn es war kühl geworden.

Zur Ablenkung begann sich Wolf mit dem Fall Schlader zu beschäftigen und dachte sofort an Fidi und seine

Freundschaft mit Schladers Tochter Lucy. Wieso hatte sich gerade zwischen Waidingers Neffen und der Tochter des Ermordeten eine Beziehung entwickelt?

Die beiden hatten es mit dem gemeinsamen Interesse an Computerspielen erklärt. Wolf nahm sich vor, stillzuhalten, vorsichtig zu beobachten und seinen Verdacht für sich zu behalten.

Verdacht. Welchen Verdacht hatte er eigentlich?

Das zentrale Thema der Spiele, mit denen sich Lucy und Fidi beschäftigten, war Rache. Der Graf von Monte Christo, dem Böses widerfahren war, der zu viel Geld kam und sich gnadenlos an all denen rächte, die ihm Böses angetan hatten. Bestand nicht eine Parallele zwischen Lucys Schicksal und dem des Grafen?

Schwierige Eltern, die Chance, von diesen zu erben, ein neues Leben zu beginnen …

Und Fidi als Mittel zum Zweck.

Zu welchem Zweck, fragte sich Wolf im strengen Selbstverhör. Fidi als Möglichkeit, über den Verlauf der Ermittlungen im Mordfall Schlader informiert zu werden.

Der Täter war ein intelligenter Mensch, der planen und handeln konnte, der bisher keinen Fehler gemacht hatte. War Lucy, nachdem sie das in Strategiespielen geübt hatte, imstande, Menschen überlegt zu töten und die Spuren zu verwischen? Immerhin hatte der Täter bisher zwei Verdächtige präsentiert: Dr. Hintermayr und Lucys Mutter.

Wolf wusste es nicht.

Jedenfalls durfte er niemandem von seinem Verdacht erzählen, nicht einmal Grimm. Er wollte nicht wegen eines Anfalls von Paranoia die Beziehung Fidis zu dem jungen Mädchen stören oder gar zerstören.

Wolf ging in dem geräumigen Hotelzimmer auf und ab, drehte die Heizung zurück, denn es war ihm heiß geworden. Schließlich öffnete er die Balkontür und trat ins Freie. Die kühle Luft, die Feuchtigkeit halfen ihm, zur Ruhe zu finden.

Am Abend aß er Gamsbraten mit Semmelknödeln und trank erstaunlich guten Rotwein dazu.

»Das Wetter bessert sich. Morgen sollte es mit dem prächtigen Sommerwetter weitergehen. Der Regen war dringend nötig für die Natur«, sagte der Wirt, der sich an Wolfs Tisch gesetzt hatte.

Zum Abschluss des Mahls stellte sich der Mann als Leopold Lobenstock vor und lud Wolf auf einen Kräuterschnaps ein.

»Lobenstock«, bemerkte Wolf. »Der Name ist mir schon untergekommen.«

»Eine Familie von Ärzten in Mitterndorf. Ich bin ein unwürdiger Nachkomme.«

»Inwiefern unwürdig?«

»Ich habe es nur bis zum Wirt gebracht.«

»Aber er kennt sich mit Kräutern bestens aus«, ergänzte seine Frau, die nun auch an den Tisch getreten war.

»Wenn Sie ein Wundermittel gegen Wundstarrkrampf kennen«, sagte Wolf, »dann nur her damit. Ich hatte Probleme damit.«

»Aber Sie haben ihn offensichtlich überstanden. Das zeigt, dass Sie ein starker Mensch sind«, stellte Lobenstock fest. »Es gibt tatsächlich etwas, die Heilung voranzubringen. Ein hochwirksames Mittel, das meine Vorfahren auch gegen Krebs einsetzten.«

»Und das wäre?«, gab sich Wolf neugierig.

»Tabaksud. Als Tinktur, sogar als Klistier oder als Schnaps zum Trinken.«

»Was empfehlen Sie?«

»Den Schnaps. Ich bringe Ihnen eine Flasche. Sie nehmen einen kleinen Schluck und wir sehen, was das mit Ihrem Körper macht.«

»Nikotin. Müsste eine ähnliche Wirkung wie Kaffee haben«, vermutete Wolf. »Also werde ich das erst am Morgen ausprobieren.«

»Sie haben Schlafprobleme?«, fragte der Mann.

»Manches Mal.«

»Auch dagegen haben meine Vorfahren etwas gefunden.«

»Das ist jetzt aber verboten«, mischte sich die Frau in das Gespräch ein.

»Ach was«, wehrte der Mann ab und wischte mit einem Taschentuch über seinen dichten Schnurrbart. »Das habe ich sogar als Kleinkind bekommen, um gut schlafen zu können.«

»Sie machen mich neugierig, Herr Lobenstock.«

»Eine Mohntinktur aus Schlafmohn und Ammoniakgeist.«

»Das würde mich interessieren.«

»Gut, dann nehmen Sie den Mohnsaft am Abend und den Tabak am Morgen. Wenig und vorsichtig zuerst. Dann sehen wir weiter.«

Wolf bedankte sich und suchte sein Zimmer auf, wo er sofort Mohntinktur in die hohle Hand tropfen ließ und die bittere Flüssigkeit mit den Lippen aufnahm. Dann legte er sich, noch angekleidet, auf das Bett und wartete auf die Wirkung.

Als er wieder zu sich kam, war es dunkel und kalt geworden. Er war aus dem Schlaf hochgeschreckt und nicht sicher, ob er ein Geräusch gehört hatte oder ob …

Nein, es war ein Gedanke, der ihm im Schlaf gekommen war. Ein Gedanke, den er immer wieder beiseite geschoben hatte. Dieses Mal wollte er sich dem Verdacht stellen, ihn untersuchen und ihn dann entweder entkräften oder – was er nicht hoffte – bestätigen.

KAPITEL 7

Grimm packte am Freitagabend nach Dienstschluss. Er stellte seine Aktentasche mit den ausgedruckten Aufzeichnungen seines Mitarbeiters Eigner auf den Beifahrersitz seines Privatautos, eines roten Mitsubishis, daneben legte er sein Notebook. Das waren die wichtigsten Mitbringsel für seinen Besuch bei Wolf auf der Tauplitzalm. Aber wollten sie nicht auch wandern gehen? Die Wetteraussichten für das Wochenende waren gut.

Grimm rief seinen Freund an und fragte ihn, ob er ihm den Bericht der bisherigen Ermittlungen vorab per Mail zusenden sollte.

Als Wolf darum bat, startete er den Computer im Wagen und sandte Wolf das Material. Dabei fiel sein Blick auf die Garage und er seufzte tief auf. Auch die war bis zum letzten Winkel vollgeräumt mit alten Reklameschildern, halbvollen Öldosen und Kanistern mit Frostschutz.

Grimm entschloss sich, den Vorgang des Aufräumens dadurch zu beschleunigen, dass er gleich am Montag eine Entrümpelungsfirma verständigen würde, die ihm dabei helfen sollte. Er würde sich einen Tag frei nehmen und die Arbeit der Männer überwachen. Er musste sich endlich seinen Problemen stellen und deren Lösung nicht ständig aufschieben.

Wolf las die erste Seite des Word-Dokuments, das ihm der Chefinspektor übermittelt hatte, und vermeinte dabei seinen Freund zu hören, obwohl der Text von jemand anderem in Schriftform gebracht worden war. Offensichtlich hatte sich Grimms Kollege ziemlich genau an dessen Berichte gehalten.

Wolf hatte keine Lust, den gesamten 254 Seiten umfassenden Text zu lesen. Er würde Grimm gezielt nach Einzelheiten fragen, die ihn interessierten, beschloss aber, noch einen Blick in die Mitte und an das Ende des elektronischen Dokuments zu werfen.

Die letzten Seiten behandelten den Tod von Evelyn Schlader, den Grimm als Freitod betrachtete. Als Verzweiflungstat einer Mörderin aus Rache und Verzweiflung, die nicht länger damit leben wollte, dass ein Unschuldiger statt ihr im Gefängnis saß.

Möglich war es ja, doch Wolf glaubte nicht daran. Eine Frau, die lange Jahre an der Seite eines so problematischen Menschen wie Schlader gelebt hatte und von dessen außerehelichen Affären gewusst haben musste, drehte nicht plötzlich durch. Die Frau war in Leblosigkeit, in Starrheit geflüchtet und ließ ihren Mann tun, was immer er wollte.

Welch andere Möglichkeiten als Totstellen gab es im Umgang mit einem übermächtigen Menschen wie Schlader, der tief in das Leben anderer eingriff?

Wegschauen, sich tot stellen war eine Strategie, eine andere war Flucht. Weit weg von diesem Menschen und der Stadt, die sein fauler Atem vergiftet hatte.

War das nicht etwas übertrieben, theatralisch?

Nicht für Wolf, der in diesem Augenblick versuchte, mit einem quälenden Verdacht zurande zu kommen.

Die dritte Möglichkeit war der Angriff, dachte Wolf.

Entweder im fairen Kampf – Mann gegen Mann, wobei von Schlader keine fairen Aktionen zu erwarten gewesen waren – oder ein Angriff nach einem ausgeklügelten Plan, einem Mordplan.

Genau das war geschehen. Für Wolf stellte sich die Frage, ob es klug war, diesen Plan aufzudecken und den Täter zur Verantwortung zu ziehen.

Doch. Man musste das Morden im Umkreis dieses Falles stoppen, durfte sich nicht totstellen oder gar die Flucht ergreifen. Man musste sich dem Täter stellen, fair, aber klug. Punkt.

Und er würde nicht fliehen vor seinem eigenen Verdacht. Er würde, nein, er musste sich Klarheit verschaffen und …

Wolf entschloss sich zu einem Spaziergang. Der Regen hatte aufgehört, der zunehmende Mond beleuchtete die Gegend.

War es möglich, überlegte er, dass Schlader auch in das Leben seiner Familie eingedrungen war?

Wolfs Frau hatte aus seinen Erzählungen gewusst, dass er brisantes Material über Schlader gesammelt hatte und es in der *Tagespost* veröffentlichen wollte. Hatte Ilse ihn verraten? Hatte sie ihren Chef gewarnt und dieser bei der Tochter des Herausgebers interveniert? Hatte Ilse sich mit Schlader eingelassen, um seine und ihre Karriere zu retten?

Das war vor 32 Jahren gewesen. Ein Jahr vor Lottes Geburt.

Wolf zweifelte an seinem Verstand. Hatte die schwere Erkrankung seine Fähigkeit, normal zu denken, so beeinträchtigt, dass er sich nun in selbstquälerischen Wahnvorstellungen verlor?

Der Mond beschien den Grimming, der schroff in den Himmel ragte. Als Tatsache, nicht als Wahnbild.

Es gab zwei Möglichkeiten: Entweder stimmte sein Verdacht oder er war Chimäre. Er würde das klären, er würde herausfinden, ob Lotte sein Kind war.

Wolf beschloss, Grimm in seinen Verdacht einzuweihen, um Schladers DNA, die höchstwahrscheinlich bei den Mordermittlungen festgestellt worden war, mit der Lottes vergleichen zu können.

War Lotte eine Schwester von Lucy?

»Hast du Eigners Bericht gelesen?«, erkundigte sich Grimm, als er mit Wolf Richtung Steirersee wanderte.

»Nur überflogen«, gestand Wolf. »Mir ist das Gespräch mit dir wichtiger als die Lektüre.«

»Dann sprich!«, forderte Grimm seinen Freund auf.

»Welche absolut unbestreitbaren Tatsachen gibt es deiner Meinung nach in diesem Fall?«, fragte Wolf.

»Das ist eine gute Frage.«

»Die Antwort wäre interessant.«

»Also …«

»Also?«

»Unbestreitbar sind die Todesfälle. Schlader, Elisabeth Hintermayr, Gernot Habeler, Richard Sturmberger, Evelyn Schlader. Sie sind tot und ihr Sterben hat mit dem Fall zu tun«, stellte Grimm fest. »Aber warum sie ums Leben gekommen sind, ist nicht geklärt.«

»Ihr habt doch Schladers DNA?«

»Natürlich.«

»Könntest du mir diese Daten zukommen lassen?«

»Wieso?«

»Ich werde es dir verraten, aber du musst mir etwas Zeit dafür geben.«

Die beiden Männer gingen stumm die Schotterstraße entlang, die zu den Hütten am See führte. Wolf schlug vor, die vorgegebene Route zu verlassen und den Wanderweg zu nehmen, dessen Boden – seinen Worten nach – so wunderbar federte und den Gelenken guttat.

Grimm, der schon vor Anstrengung schwitzte, brummte etwas Unverständliches, folgte aber Wolfs Spuren.

»Ich zweifle im Augenblick an meiner Urteilskraft«, begann Wolf mit seinen Überlegungen. »Das mit der Rückkehr, der Erkrankung und der Gesundung ist zu schnell gegangen. Ich weiß nicht, welche Schäden zurückgeblieben sind.«

»Du meinst körperlich?«, fragte Grimm nach und blickte seinen Freund von der Seite an.

»Geistig. Ich fürchte, ich denke jetzt anders als vorher, vor meiner Erkrankung.«

»Gut. Ich versuche, ein objektiver Richter zu sein, obwohl die Hitze auch meine Gedanken etwas einengt.«

»Wenn sie sich Richtung Bier bewegen, kann ich behilflich sein«, sagte Wolf, öffnete den Rucksack und entnahm ihm zwei Dosen Gösser Bier. »Passend zur Steiermark«, bemerkte er.

Grimm ließ sich keuchend auf einen Stein fallen und zog die Wanderschuhe aus.

»Sie scheuern an den Fersen. Ich werde Blasen bekommen«, klagte er.

»Du solltest deine Füße im Wasser abkühlen. Das hilft.«

»Zuerst die innere Abkühlung«, sagte Grimm und leerte die Bierdose.

»Dort drüben ist ein kleiner Bach«, insistierte Wolf.

»Ich verstehe, was du meinst. Meine Füße riechen.«

»Ich widerspreche dir ungern, Viktor«, sagte Wolf und Grimm humpelte zu dem Rinnsal.

Als sie die Wanderung fortsetzten, stellte Grimm fest: »Du willst also Schladers DNA mit der eines anderen Menschen vergleichen.«

Wolf nickte stumm.

»Und du zweifelst an deinem Verstand, der dich auf diese Idee gebracht hat.«

»Wird das ein Verhör?«, fragte Wolf.

»Schaut fast so aus. Also?«

»Tut mir leid«, sagte Wolf nach einigem Zögern. »Ich muss das für mich allein klären. Ich möchte doch nicht darüber reden.«

»Kein Problem«, meinte Grimm. »Nicht ich habe damit angefangen.«

»Mich bewegt zu viel im Augenblick.«

»Und wenn du es ganz einfach erzählst und ich dir verspreche, schweigend zuzuhören?«

»Das wäre schön, läuft aber nicht so. Du bist Polizist und wirst Handlungen setzen, die Menschen schaden könnten, die möglicherweise unschuldig sind.«

»Du hast einen konkreten Verdacht.«

»Ich werde nicht darüber reden«, stellte Wolf fest. »Ich werde mir in den nächsten Tagen Klarheit verschaffen und dir dann mitteilen, was ich herausgefunden habe. Und dazu brauche ich die Genanalyse Schladers.«

»Ich habe den Scan in meinem Notebook.«

Wolf bedankte sich und machte seinen Freund auf den See vor ihnen aufmerksam. »Was sagst du dazu?«, fragte er.

»Schön. Sehr schön«, sagte Grimm. »Die Mühe hat sich gelohnt.«

Die beiden Männer lagerten im Schatten einer der Hütten und tranken ein weiteres Bier.

Das regelmäßige Atmen und zeitweilige Röcheln Grimms verriet Christian Wolf, dass sein Freund eingeschlafen war.

Er erhob sich, ging zum Wasser, schlüpfte aus seiner Kleidung und schwamm noch einmal in den See hinaus.

Erfrischt kehrte er zum Ufer zurück, ließ sich von der Sonne trocknen, schlüpfte in sein Gewand und dachte an der Seite des schlafenden Chefinspektors nach.

»Ich weiß, was dich bewegt«, sagte dieser schließlich.

»Ein netter Versuch, mich zum Reden zu bringen. Du beherrschst deine Profession, Viktor.«

»Vergiss meinen Beruf. Ich glaube zu wissen, was du denkst, und ich halte es tatsächlich für besser, wenn du das zuerst mit dir selbst klärst. Meine Unterstützung hast du, auch wenn du dadurch in die Reihe der Verdächtigen aufrückst.«

»Ich war in Korsika.«

»Ein gutes Alibi«, stellte Grimm fest, »das absolut nichts aussagt.«

»Willst du jetzt auch gegen mich ermitteln?«

Grimm schüttelte den Kopf und meinte: »Auch ich gehöre zu den Verdächtigen. Schlader hat ja auch mir geschadet. Aber wir beide wissen, dass wir keine Mörder sind.«

»Danke.«

»Bitte«, sagte Grimm und fragte, ob Wolf noch ein Bier hätte.

»Eines noch. Du kannst es haben.«

»Nein. Wir teilen es. Brüderlich.«

»Ich sende den Genom-Test an deine Mail-Adresse«, sagte Grimm beim Abendessen im Hotel. »Du kannst ihn dann zuhause ausdrucken.«

Wolf bedankte sich und verkündete unvermittelt: »Ich hab eine Idee, Viktor, die ich dir gerne mitgeteilt hätte.«

»Ich bin gespannt.«

»Es geht um die Zukunft.«

»Die Zukunft«, wiederholte Grimm nachdenklich. »An die habe ich schon lange nicht mehr gedacht.«

»Hör zu! Ich möchte in Zukunft in Steyr leben, von Urlaubsreisen natürlich abgesehen, soweit ein Pensionist von Urlaub reden kann.«

»Wenn du so viele Worte machst, handelt es sich um etwas Wichtiges«, meinte Grimm.

»Wir werden alle nicht jünger«, stellte Wolf einleitend fest.

Grimm nickte heftig und verschlang ein Stück Schweinsbraten.

»Deshalb«, fuhr Wolf fort, »sollten wir einander unterstützen. Der eine kann dieses besser, der andere jenes.«

»So wie bei den Ermittlungen, bei denen du …«

»Genau«, unterbrach Wolf den Freund. »Ich denke an eine Art Wohngemeinschaft, an der du und ich und zwei oder drei weitere Männer und Frauen beteiligt sind.«

Grimm schwieg überrascht. »Wohngemeinschaft«, wiederholte er skeptisch.

»Wir müssen ein geeignetes Gebäude finden, eine Villa mit Garten und dann …«

»Und du glaubst, wir können uns das leisten.«

»Wir wären zu viert oder fünft.«

»Ich weiß nicht …«

»Es wäre schön, wenn du mitmachst. Unabhängig davon werde ich versuchen, das Projekt auf jeden Fall zu verwirklichen.«

»Warte! Ich hab ja nicht gesagt, dass ich nicht will«, unterbrach Grimm erschrocken den Freund.

»Stimmt. Du hast gesagt, dass du es nicht weißt.«

»Ich denke darüber nach und gebe dir Bescheid.«

»Danke. Ich wäre, wie gesagt, sehr froh, wenn du dabei wärst. Ich werde mich nach meiner Rückkehr nach Steyr intensiv darum kümmern.«

»Woher rührt deine plötzliche Aktivität?«

»Nach dem Stillstand, den meine Krankheit verursacht hat, möchte ich mein Leben aktiv gestalten, nicht nur auf irgendetwas reagieren oder bremsen.«

»Und mit unserem Fall hat das gar nichts zu tun?«, fragte Grimm, steckte ein letztes Stück Semmelknödel in den Mund und spülte es mit Bier hinunter.

»Doch, doch«, antwortete Wolf.

»Und zwar?«

»Und zwar hat es mit Aktivität und Freiheit zu tun. Die Welt, das Leben frei zu gestalten. Schlader konnte perfekt reagieren, führte aber kein freies, glückliches Leben.«

»Das musst du mir erklären.«

»Schlader hatte ein scharfes Auge für Schwächen in Systemen und bei einzelnen Menschen und konnte diese – die Schwächen meine ich – virtuos für seine Zwecke nutzen. Aber was waren seine Zwecke? Mehr als ein Auto, zwei Häuser, eine scheintote Ehefrau und etliche Affären hatte er nicht. Er führte eigentlich ein wenig spektakuläres Leben.«

»Stopp, stopp. Das mit seinem scharfen Auge für Schwächen bei Menschen und in Systemen finde ich wichtig. Das ist eine neue Erkenntnis. Du meinst …«

»Er konnte in Steyr nur mächtig werden, weil er die Schwachstellen der Menschen um sich herum sah und benutzte. Beruflich und privat. Er reagierte auf andere.«

»Er reagierte«, wiederholte Grimm.

»Ob es sich nun um eine Führungsschwäche aufseiten eines Bürgermeisters handelte, um die Unfähigkeit eines Bauunternehmers, um unglückliche Beziehungen, in die er eindrang …«

»Oder um … ach was!«, unterbrach sich Grimm selbst.

»Du denkst an dich selbst.«

»Und du?«

»Ich hab natürlich auch an mich gedacht. Aber wir sind uns einig, darüber zu schweigen.«

Grimm nickte stumm, dann sagte er: »Das hat etwas für sich. Schlader hat vorhandene Schwächen für seine Zwecke benutzt. Du hast völlig recht. Und eines seiner Opfer hat sich letztlich gewehrt.«

»Weil er zu weit gegangen ist.«

»Oder weil dieser Mensch mehr Energie hat als die anderen.«

»Oder mehr Wut.«

»Wann kommst du nach Steyr zurück?«, fragte Grimm.

»Einige Tage gönne ich mir noch hier«, erwiderte Wolf. »Ich studiere die Aufzeichnungen deines Kollegen, denke darüber nach und …«

»Wir werden den Fall lösen«, stellte Grimm fest. »Und weißt du, was mich schon die ganze Zeit beschäftigt?«

»Du wirst es mir sagen.«

»Dieser ausgestopfte Hasenkopf an der Wand, mit dem Geweih eines Rehbocks. Das ist doch wohl ein Scherz.«

»Kein Scherz. Das ist ein Raurickel«, sagte Wolf in ernstem Ton. »Das sind ganz scheue Wesen, die sich nur jungen, schönen Frauen zeigen, wenn diese bei Vollmond mit einem g'standenen Mannsbild allein im Wald unterwegs sind.«

»Alles klar. Ich verstehe.«

»Diese Wesen, auch Wolpertinger genannt, haben auf der linken Seite längere Beine als auf der rechten. Damit können sie wunderbar den Hang entlanglaufen. Wenn man sie dazu bringt umzudrehen, fallen sie allerdings um und können gefangen werden.«

»Wieso?«

»Weil sie dann mit den beiden längeren Beinen am Hang keinen Halt finden.«

»Verstehe ich nicht.«

»Ich lade dich auf einen Schnaps ein, Viktor. Das hilft beim Denken.«

Als es zur Wochenmitte wieder zu regnen begann, entschloss sich Christian Wolf zur frühzeitigen Rückreise nach Steyr. Er würde im Wohnmobil vor dem Haus seiner Tochter wohnen, dessen sanitären Einrichtungen benutzen und sich möglichst rasch nach einem geeigneten Objekt für die geplante Wohngemeinschaft umsehen. Sobald dieses gefunden war, würde er Grimm erneut fragen, ob er sich beteiligen würde und im Notfall in einer Annonce nach weiteren Interessenten suchen.

Zudem hatte er sich vorgenommen, ungeklärten Fragen im Fall Schlader nachzugehen, was seine eigene Familie und den Mordfall betraf.

Er musste vorsichtig sein. Der Täter, der schon mehrmals Menschen, die seine Identität ahnten, angegriffen hatte, der sein Notebook entwendet hatte, plante vermutlich eine weitere Attacke gegen ihn.

Fidi kam Wolf entgegen, als dieser die Tür zum Garten öffnete. Er arbeitete wieder mit Lucy in der Gartenhütte und lud Wolf zu einem Willkommenstrunk ein.

»Wie weit ist euer Monte-Christo-Spiel gediehen?«, fragte er die beiden.

»Wir sind schon beim Programmieren«, antwortete Lucy. »Ich glaube, es wird ein Erfolg. Ich habe schon Kontakt zu den Leuten von *Intergames*. Sie zeigen großes Interesse. Vielleicht heuern sie uns an.«

Fidi teilte eine Flasche Bier mit Wolf, Lucy trank Cola.

»Die Arbeit lenkt von den privaten Problemen ab«, stellte Lucy fest und erst jetzt dachte Wolf wieder daran, dass die junge Frau beide Eltern verloren hatte.

»Wie kommen Sie zurecht, Lucy?«, fragte er.

»Ich schlafe schlecht, aber es geht. Mit den Begräbnissen habe ich das Ärgste überstanden.«

»Aber Sie haben keine finanziellen Probleme?«

»Auf lange Sicht nicht. Im Augenblick schon, da alle Konten eingefroren sind. Aber ich weiß mir zu helfen. Ich verkaufe einige Sachen aus dem Haus über eBay.«

»Sie sind eine wirklich tüchtige Person, Lucy«, stellte Wolf fest.

»Von ihr kann man viel lernen«, lobte Fidi die Freundin, die bescheiden abwinkte: »Das sind unwillkürliche Bewegungen einer Ertrinkenden.«

»Die eine perfekte Schwimmerin ist«, stellte Wolf fest, bedankte sich bei den jungen Leuten für den erfrischenden Empfang und begab sich in das Badezimmer des Siedlungshauses.

Dort suchte er nach Lottes Haarbürste und entnahm ihr einige lose Haare, dann begab er sich in sein Wohnmobil und startete das Notebook. Im Internet suchte er nach einer Firma, die private Vaterschaftstests anbot, fand eine österreichische Internetadresse und las die Erläuterungen zum Test. Für 450 Euro wurden ausgesuchte DNA-Merkmale zwischen Vater und Kind verglichen. Das genetische Material konnte aus der Mundschleimhaut stammen, aber auch von Haarwurzeln, Schnullern oder Fingernägeln. Die Firma versprach eine Wahrscheinlichkeit von 99,99 Prozent für den Nachweis der Vaterschaft und einen 100 prozentigen Ausschluss dieser.

Wolf rief die angegebene Telefonnummer an und forderte ein Testset an.

»Ich kann von mir selbst eine Speichelprobe zur Verfügung stellen, von meiner Tochter Haare und von einem weiteren Mann einen bereits durchgeführten Gentest beilegen.«

Die freundliche weibliche Stimme am Telefon meinte, dass man das akzeptiere, dass aber die Haaruntersuchung Mehrkosten von 75 Euro verursache. Ob die Daten des vorhandenen Tests sich für die Bestimmung oder den Ausschluss einer Vaterschaft eigneten, könne nicht garantiert werden. »Aber wir können eindeutig feststellen, ob Sie der biologische Vater Ihrer Tochter sind.«

Oder nicht, dachte Wolf, der die angebotene psychologische und rechtliche Beratung dankend ablehnte.

Erleichtert beendete er das Gespräch. Er hatte seine Zweifel zum ersten Mal laut ausgesprochen. Wolf zweifelte daran, der Vater seiner Tochter Lotte zu sein, und er befürchtete, dass der verhasste Schlader infrage kommen könnte.

Lotte schaute Wolf kein bisschen ähnlich, seine Frau und er hatten damals kaum körperlichen Kontakt gehabt. Die Ehe hatte sich in einer Krise befunden, die durch die beruflichen Schwierigkeiten, die Schlader ihm bereitet hatte, noch verstärkt worden war. Als er gegen den Willen der Tochter des Zeitungsherausgebers über die Grundstücksspekulation des Magistratsdirektors in der *Tagespost* berichten wollte, drohte ihm die Kündigung.

Schlader erkannte solche Schwachstellen und nutzte sie für seine Zwecke. Wahrscheinlich hatte er Ilse erpresst, sie zu einer Beziehung gezwungen.

Aber das würde er in Kürze wissen. Das Ergebnis des Tests würde ihm zwei Tage nach der Laboruntersuchung übermittelt werden. Bis dahin wollte er sich nicht mit Vermutungen quälen, sondern sich einem anderen Thema zuwenden, der Klärung des Mordes an Schlader und dessen Frau.

Als er sein Handy kontrollierte, entdeckte er den Hinweis auf einen Anruf in Abwesenheit auf dem Display.

Es handelte sich um die Nummer von Lukas Keplingers Mutter und Wolf ahnte, warum ihn die Frau verständigen wollte.

Sein Anruf bestätigte die Vermutung: Sein ehemaliger Zimmerkollege im Pflegeheim Losensteinleiten war dem Gehirntumor erlegen, die Verabschiedung fand Freitag, zehn Uhr, in der Feuerhalle auf dem Tabor statt.

Wolf entschloss sich zu einem Spaziergang die Enns entlang. Er wollte innehalten, Abstand gewinnen von der Hektik, der er seit seiner Rückkehr nach Steyr verfallen war.

Er war nicht er selbst, sondern der Schauspieler, von dem er geträumt hatte. Der Mann, der auf offener Bühne stand, ohne den Text des Stücks zu kennen, das aufgeführt wurde.

Im Traum hatte die Großmutter versucht, ihn vor der Blamage zu retten. Die wunderbare Oma.

Wolf erinnerte sich an die Besuche im Einfamilienhaus in der Gründbergsiedlung, in dem die Eltern seiner Mutter gelebt hatten. Es war für ihn eine andere Welt, in der er selbst im Mittelpunkt stand, in der das galt, was ihm wichtig war. Großvater betreute den Garten, in dem es Erdbeeren, Himbeeren, Ribisel und Stachelbeeren gab, neben prächtigen Blumen, einer Hollerstaude, Rhabarber und einer Gartenhütte.

Dem Haus gegenüber lagen ein Lebensmittelgeschäft und der Kiosk einer Konditorei, wo es Eis, Cola und Süßigkeiten gab.

In derselben Siedlung wohnten die Familie Grimm

mit Sohn Viktor und die Burians mit ihren zwei Töchtern Christa und Ilse, seiner Ilse.

Die wichtigsten Menschen seines Lebens stammten aus dieser Gegend.

Hinter den Gärten erstreckten sich Felder bis zu einem Hügel, auf dem die Kinder im Winter rodelten, und zu einem kleinen Wald. Bei den Großeltern war die Freiheit grenzenlos. Man konnte sich bewegen, wie man wollte. Laufen, Rad fahren, in die Schwimmschule baden gehen, an Lagerfeuern Kartoffeln braten, wurde mit herrlichen Speisen gelabt, denn Oma war eine gute Köchin. Und wenn man sich verletzte, versorgte der Großvater die Wunde mit Arnika.

Großmutter mochte Wolf, war wirklich an ihm interessiert und hörte ihm zu, wenn er etwas erzählte. Großvater war distanzierter, brummiger, aber auch freundlich.

Grimm und Wolf waren viel mit Fahrrädern unterwegs. Und weil Ilses Eltern zu arm waren, um den Töchtern Fahrräder zu kaufen, bastelten Wolf und Grimm ein Rad für Ilse, indem sie die Teile dreier alter Räder zu einem neuen zusammensetzten. Fortan war auch Ilse dabei, wenn sie zum Wald, ins Bad, an die Enns fuhren.

Es war von Anfang an klar, dass Grimm mit Wolf befreundet war und nicht mit Ilse.

Und seine Ilse sollte ihn betrogen haben, fragte sich Wolf. Undenkbar. Zumindest damals, als sie Kinder waren, war sie ihm treu.

Andererseits kam Wolf oft wochenlang nicht zu den Großeltern und was sich in dieser Zeit abspielte, blieb ein Geheimnis.

Wolf lächelte. Er liebte Ilse noch immer. *Die* Frau seines Lebens. Wie Irene Adler bei Sherlock Holmes. Und sie hatte ihn gemocht, wenn es auch schwierigere Phasen in ihrer Beziehung gegeben hatte. Eigentlich hätte er nie heiraten dürfen. Er war wie Grimm kein Mann für eine Frau. Grimm war konsequenter geblieben.

Männer und Frauen passten nicht zusammen. Irgendwo hatte er das gelesen und gefunden, dass es zutraf. Dennoch war er froh über sein Leben mit Ilse. Und seine Tochter Lotte. Auch wenn sie nicht sein leibliches Kind sein sollte. Welches Ergebnis auch immer der Gentest bringen würde, er würde Lotte gegenüber schweigen. Sie war und blieb seine Tochter.

Obwohl … Sollte sich Schlader tatsächlich als biologischer Vater entpuppen, wäre das nicht besonders angenehm. Nein, es wäre eine Katastrophe oder noch anders ausgedrückt: absolute Scheiße.

Ja, bei Oma konnte man auch solch kräftige Wörter verwenden. Bei ihr gab es keine Denkverbote, keine Zensur. Bei ihr konnte man der sein, der man wirklich war. Für ein paar Tage, ein paar Stunden, bis man wieder zu den Eltern zurück musste, wo es eine unüberschaubar große Zahl von Regeln gab.

Wie hätte er als kleiner Junge auf den Tod Lukas Keplingers reagiert? Er wäre traurig gewesen, hätte kurz geweint, dann jedoch hätte er dessen Abschied für immer akzeptiert. Es war eine Tatsache, die er nicht ändern konnte. Und dann …

Ja, dann hätte er sich und die Großeltern gefragt, was denn nun mit Lukas passieren würde, abgesehen von der Bestattung. War er ausgelöscht, vernichtet oder lebte er irgendwo weiter? Gab es den sogenannten Himmel, die sogenannte Hölle wirklich?

Der Großvater hätte mit den Achseln gezuckt und gesagt: »Von wo soll ich das wissen? Ich lebe noch.«

Die Großmutter hätte ihm erklärt, dass sie das leider auch nicht wisse, dass sie aber glaube, dass es mit dem Tod tatsächlich vorbei sei, so wie es auch vor der Geburt oder vor der Entstehung des Lebens eines Menschen nichts gäbe. Außer den Vorfahren, aus denen man entstanden war.

»Nein«, hatte die Großmutter gesagt, daran erinnerte sich Wolf jetzt genau, als eine Tante gestorben war. »Vor der Geburt gab es doch etwas. Und wie der Anfang wird auch das Ende sein. Menschen, die Kinder haben, leben irgendwie in diesen weiter.«

Lebte er in Lotte weiter, auch wenn er nicht der Vater war? Vermutlich schon. Auch die Großmutter bestimmte sein jetziges Leben, half ihm, zurück zu seinem eigentlichen Wesen zu finden, den Text zu vergessen, die Bühne zu verlassen. Und zu leben. Zu leben, bis er wirklich starb. Das Leben war zu kurz, um es zu verschwenden. Die Zeit, in der man nicht lebte, vor der Empfängnis und nach dem Tod, war lang genug. Eine Ewigkeit minus vielleicht 80 Jahre. Die Großmutter war mit 79 Jahren gestorben.

Schade für Lukas, dass sein Leben so besonders kurz bemessen war.

Als Wolf zum Haus seiner Tochter zurückkam, stand vor der Haustür ein Karton. Er öffnete das Paket und fand drei Flaschen Weißwein aus Niederösterreich, vermutlich edle Tropfen.

»Alles Gute zur Genesung«, stand auf einem beigelegten Zettel ohne Namen, ohne Unterschrift.

Vielleicht von Lena Konrad, mit der er längst wieder Kontakt hätte aufnehmen sollen.

Er trug den Karton in sein Wohnmobil und stellte eine der Flaschen in den Kühlschrank.

Am Abend öffnete er sie, schenkte sich ein Glas ein. Bevor er trank, fragte er sich, ob er denn verrückt geworden sei. Der Täter, der sein Notebook gestohlen hatte, könnte auch einen Anschlag auf sein Leben versuchen. Mit vergiftetem Wein, den er vor seinem Haus abstellte.

Das Paket trug keinen Hinweis auf eine Paketfirma und keinen Absender.

Wolf hatte eine Idee, wie er den Wein verwenden konnte, um den Täter zu überführen.

KAPITEL 8

Christian Wolf fand die Verabschiedung von Lukas Keplinger in der Feuerhalle unerträglich. Sie hatte nichts mit dem jungen Mann zu tun, den er im Krankenhaus kennen und schätzen gelernt hatte.

Dilettantisches Gitarrengeklimper von ehemaligen Schulkameraden, mit zitternder Stimme vorgetragene Sprüche, ein Priester, der ständig um Vergebung der Sünden des Verstorbenen und aller Anwesenden flehte, dazu Gluthitze in dem überfüllten Raum.

Wolf, der keinen Sitzplatz ergattert hatte, fürchtete, den Boden unter den Füßen zu verlieren und hastete mitten in der Zeremonie ins Freie, Richtung Blümelhuberstiege und von dort nach Hause in sein Wohnmobil.

Dieses stand im Schatten, von der Enns her wehte ein kühler Wind. Er ließ die Eingangstür offen, mixte sich ein Gin-Tonic und prostete in Gedanken dem verstorbenen Lukas zu.

Er stellte sich den jungen Mann vor, wie er ihn kennengelernt hatte, sein entspanntes Lächeln, die Selbstverständlichkeit, mit der er seinen Zustand und alles ringsum hingenommen hatte. Sein Strahlen.

Wolf versuchte, einen Augenblick zumindest, nicht zu denken. Er setzte sich auf die Metallstufen, die von der Eingangstür auf die Straße führten, das Glas in der Hand und schaute in die Wellen der Enns.

Er spürte Tränen auf den Wangen, obwohl er nicht

traurig war. Seine gewohnte Anspannung ließ für kurze Zeit nach. Er fühlte sich frei und jung. So jung wie Lukas gewesen war.

Er ließ die Tür zum Fluss offen und legte sich auf das Bett seines Wohnmobils. Ohne Plan, ohne Strategie. Nur so. Und er konnte sich nicht vorstellen, je wieder in sein altes, starres Selbst zurückzukehren.

Als er am Nachmittag aufwachte, zitterte er so sehr, dass er das Gin-Glas nicht abwaschen konnte. Er hatte das Gefühl, als ob in seinem Inneren eine Sicherung durchgebrannt wäre und sich das System erst langsam erholte.

Er ignorierte das Läuten seines Handys, schaute auch nicht auf das Display, um zu sehen, von wem der Anruf kam. Er wollte Ruhe haben, nichts tun, nichts denken. Bald genug würde er sich mit unangenehmen Dingen beschäftigen müssen, vom Ergebnis des Gen-Tests bis zu seinem Plan herauszufinden, ob man den Wein vergiftet hatte, bis zur Jagd nach dem Täter. Nicht zu vergessen die Suche nach einem für die Wohngemeinschaft geeigneten Gebäude.

Dieser Gedanke war ihm nicht unangenehm, im Gegenteil. Also startete er sein Notebook, ging auf die Seite der *Tagespost* und studierte dort die Immobilieninserate im Raum Steyr.

Unter *Vermietung Wohnungen* stieß er auf ein Angebot, das ihn neugierig machte.

Villa Vogelsang. Nette Hausgemeinschaft sucht ruhige Ergänzung. 120 Quadratmeter, Gartenmitbenützung, Miete 600 Euro.

Wolf rief die angegebene Telefonnummer an und vereinbarte einen Besichtigungstermin für 18 Uhr.

Er ging in das Haus seiner Tochter, duschte, rasierte sich und fühlte sich einigermaßen frisch, als er in das Wohnmobil zurückkehrte. So frisch, dass er das nächste Projekt in Angriff nehmen wollte.

Er nahm die bereits geöffnete Flasche aus dem verdächtigen Paket, leerte den Wein in zwei Biergläser und ersetzte ihn durch ungefährlichen Wein aus dem Kühlschrank.

Mit der Flasche und drei Gläsern begab er sich zum Gartenhaus, in dem wie üblich Lucy Schlader und Fidi an ihrem Monte-Christo-Spiel arbeiteten.

Er klopfte und fragte, ob die beiden bereit wären, mit ihm zu feiern.

Jederzeit und *sehr gern* gab sich Fidi begeistert, besonders als er den Wein sah.

Lucy zeigte sich zurückhaltender. Sie entschuldigte sich, keinen Wein zu vertragen und meinte, auch Fidi solle keinen trinken.

»Die Arbeit an unserem Projekt verträgt keinen Alkohol«, sagte sie streng.

Wolf füllte unbeirrt die Gläser für Fidi und sich und beobachtete die Reaktion der jungen Frau.

Wenn der eventuell vergiftete Wein von ihr stammte, wenn sie für den Tod ihrer Eltern verantwortlich war und nun auch ihn beseitigen wollte, musste sie doch in Panik geraten, wenn ihr Freund davon trank.

Wolf las noch die Gattungs- und Herkunftsbezeichnung von der Etikette und wies darauf hin, dass er den Wein als Geschenk von einer unbekannten Person bekommen hatte.

»Einen Moment noch«, bat Lucy Schlader. »Was wollen Sie damit feiern?«

»Ich suche eine Wohnung und habe um sechs einen Besichtigungstermin in einer Villa Vogelsang. Ich möchte mit euch anstoßen, in der Hoffnung, dass es klappt.«

»Da werde ich mich natürlich auch anschließen. Aber nur ein halbes Glas, bitte«, sagte Lucy und Wolf atmete auf.

Lucy war unschuldig. Sie hatte nichts mit den Morden zu tun.

Im Wohnmobil dachte Wolf weiter nach. Lucy hatte den Test bestanden. Sie hatte von dem Wein getrunken, also hatte sie nichts mit den Verbrechen zu tun. Natürlich gab es noch andere Möglichkeiten. So konnte es sein, dass der Wein gar nicht vergiftet war und von jemand anderem als dem Täter stammte. Die Analyse, um die er Grimm gebeten hatte, würde das klären. Oder Lucy war es egal, ob sie lebte oder starb, weil sie nach den Morden keine Zukunft mehr für sich sah.

Wolf würde die junge Frau weiter beobachten, war jedoch fürs Erste erleichtert.

Er füllte den verdächtigen Wein in die nun leere Flasche zurück, bestellte ein Taxi zum Wohnmobil und ließ sich zu Grimms Dienststelle im Steyrer Schloss fahren.

Dort wurde er von Frau Beranek begrüßt, die nach einem Blick auf die Weinflasche in Wolfs Hand fragte, was es denn zu feiern gäbe, ob der Fall schon gelöst sei.

Wolf bedauerte, versprach aber Grimms Sekretärin, sie auf Champagner einzuladen, sobald man den Täter gefasst habe.

»Schön wäre es«, gab sich die Beranek melancholisch. »Aber Sie werden darauf vergessen und der Chefinspektor will mich abschieben. Er ist viel zu freundlich zu mir in letzter Zeit.«

»Was hast du mit der Beranek angestellt?«, fragte Wolf den Chefinspektor. »Sie ist sanft wie ein Lamm.«

»Ich bin freundlich zu ihr, das verwirrt sie. Du hast den Wein mitgebracht. Ich sende ihn ins Labor und du hörst von mir, sobald die Analyse vorliegt. Wir werden die Flasche auch nach Fingerabdrücken und DNA-Spuren untersuchen.«

»Darauf habe ich leider nicht geachtet. Ich habe die Flasche immer wieder berührt.«

»Ich werde deine Fingerabdrücke und eine Probe deiner Mundschleimhaut entnehmen, damit wir einen Vergleich haben.«

Während Wolf die Prozedur über sich ergehen ließ, fragte ihn Grimm nach den Fortschritten auf seiner Suche nach einem Gebäude für die Wohngemeinschaft.

»Ich habe heute um sechs einen Termin in einer Villa Vogelsang. Die Leute dort suchen einen Mieter für eine frei gewordene Wohnung.«

»Das gibt es nicht!«, sagte Grimm mit Nachdruck. »Villa Vogelsang. Ich vermute, es gibt nicht allzu viele Häuser mit diesem Namen in Steyr.«

»Was stimmt nicht mit der Villa Vogelsang? War sie irgendwann Schauplatz eines fürchterlichen Verbrechens?«, erkundigte sich Wolf.

»Noch nicht. Aber was nicht ist, kann noch werden. Es ist aus bestimmten Gründen ein absolut schauriger Ort.«

»Und du weigerst dich, mir die Gründe zu nennen?«

»Einen Augenblick«, sagte Grimm, erhob sich von seinem Schreibtisch, ging zur Tür, öffnete sie und bat Frau Beranek, drei Cremeschnitten zu besorgen, in der Konditorei Schmidt auf dem Stadtplatz. »Eine für Sie, geschätzte Frau Beranek, und zwei für Herrn Wolf und mich.«

»Geschätzte Frau Beranek«, wiederholte die Sekretärin mit beleidigt klingender Stimme.

»Das wäre reizend von Ihnen, obwohl ich weiß, dass ich das nicht von einer hochqualifizierten Mitarbeiterin wie Ihnen verlangen kann.«

»Ich geh ja schon«, sagte die Beranek.

»Ich möchte sie aus dem Weg haben«, erklärte Grimm seinem Freund, nachdem er die Tür geschlossen hatte. »Sie pflegt zu lauschen, entweder an der Tür oder über die Sprechanlage.«

»Also, was willst du vor ihr verbergen?«, fragte Wolf.

»Du wirst lachen. Die Beranek wohnt mit ihrer alten Mutter in einer Villa Vogelsang.«

»Meine Villa Vogelsang, das heißt, die Villa Vogelsang, in der ich die Wohnung besichtige, liegt in der Adalbert-Stifter-Straße im Stadtteil Reichenschwall.«

»Exakt. Das ist die Wohnadresse der Beranek. Das wird interessant. Vielleicht verliebst du dich in sie oder sie sich in dich. Oder gar ihre Mutter. Die soll noch bösartiger sein als die Tochter.«

»Stopp, stopp. Du triefst ja vor Hohn. So kenn ich dich gar nicht. Die Frau scheint dir ja sehr wichtig zu sein.«

»Lenk nicht ab! Du willst also in eine Wohngemeinschaft mit der Beranek und ihrer Mutter ziehen. Ich glaub, mich trifft der Schlag! Mein Gott, du Armer.«

»Ich nehme an, das heißt, dass das für dich nicht infrage kommt«, bemerkte Wolf mit einem hintergründigen Lächeln.

»Wieso?«, fragte Grimm. »Ist noch etwas frei?«

»Aha, dein Interesse ist geweckt. Ich werde die Lage erkunden und dir berichten. Weinanalyse gegen Vogelsang-Berichte. Wie immer wäscht eine Hand die andere.«

Um sechs Uhr nahm Wolf ein Taxi zur Stifterstraße 18. Die im Stil des Historismus errichtete Gründerzeitvilla mit ihren Türmchen und Erkern erinnerte ihn an ein kleines Schloss.

Im Garten standen zwei Fichten, die das Gebäude überragten. Durch die gepflegten Rasenflächen führten Kieswege zu einem Holzpavillon. Auch einen Teich gab es, in dem Goldfische schwammen.

Wolf schritt auf den Eingang zu und drückte den Klingelknopf neben dem Namen Rettenbacher. Er hörte, wie der Öffner betätigt wurde, drückte gegen die Tür und trat ein.

Eine drahtige Frau um die siebzig, mit rot gefärbtem Haar kam ihm entgegen. »Ich heiße Sie in der Villa Vogelsang willkommen, Herr äh …«

»Wolf. Christian Wolf.«

»Herr Wolf. Ich zeige Ihnen als Erstes die infrage kommende Wohnung. Sie liegt im Erdgeschoss, mit Zugang zum Garten. Die Wohnung ist möbliert. Von den Einbauten darf nichts entfernt werden, sie gehören zum Bestand des Hauses, alles andere können Sie ändern, ergänzen, erneuern. Die Erben des Vormieters, der leider gestorben ist, haben sämtliches Geschirr, aber auch Vorhänge und Bettwäsche zurückgelassen. Es liegt in Ihrem Ermessen, was Sie davon übernehmen. Es erwachsen Ihnen daraus keine zusätzlichen Kosten.«

»In der Annonce steht etwas von 600 Euro.«

»Das ist die Miete«, bestätigte die Frau. »Inklusive Wasser, Müllabfuhr, Gartenbetreuung, Reinigung der Vorhalle, exklusive Strom und Heizung. Dazu kommt noch eine Kaution von sechs Monatsmieten, die auf ein Sparbuch gelegt, verzinst und beim Ausziehen rückerstattet wird.«

Die Frau schloss die Tür zu den hohen Räumen der Erdgeschosswohnung auf und führte ihn in einen mit dunklem Holz getäfelten Vorraum. Es roch nach Bienenwachs, mit dem vermutlich die Möbel und der Parkettboden behandelt worden waren.

»Die Wohnung hat eine große Küche mit allem, was man zum Kochen benötigt. Die Geräte funktionieren, alles ist sauber gehalten«, erklärte Frau Rettenbacher. »Der Vormieter war ein sehr ordentlicher Mann.«

Wolf gefiel die altmodische Küche mit den großen Arbeitsflächen und einem Fenster in den Garten.

Auch der Rest der Wohnung sagte ihm zu. Sie war hell, er mochte die hohen Räume, ganz besonders das Wohnzimmer, von dem aus man eine mit Hecken gesäumte Terrasse erreichte.

Sobald Frau Rettenbacher die Tür geöffnet hatte, strich eine graue Perserkatze klagend in den Raum.

»Das ist Muz. Er sucht seinen Herrn. Wir alle haben nach Richards Tod seine Betreuung übernommen. Am besten wäre es natürlich, wenn ihn der neue Mieter adoptierte. So, und jetzt lasse ich Sie allein. Machen Sie sich selbst ein Bild von den Räumen, lassen Sie alles auf sich wirken. Mein Mann und ich wohnen auch im Erdgeschoss. Ich lasse die Tür zu unserer Wohnung angelehnt. Gerne beantworten wir weitere Fragen.«

Nachdem sich die Frau entfernt hatte, schritt Wolf noch einmal durch die Zimmer, durch die Küche, den Erker mit den Bücherschränken, das Wohnzimmer mit der Tür zum Garten, ein Gästezimmer und das sehr geräumige Schlafzimmer. WC und Bad befanden sich in einem einzigen Raum, der über ein Fenster belüftet werden konnte.

Alles wirkte etwas altmodisch, aber sympathisch und überaus sauber. Der Vormieter muss ein Mensch mit Geschmack und Gefühl gewesen sein und Wolf nahm sich vor, mehr über ihn herauszufinden, sobald er hier wohnte, denn er hatte sich entschieden, die Wohnung zu nehmen. Sie gefiel ihm und schien finanziell günstig zu sein. Außerdem freute er sich darauf, die Perserkatze zu betreuen.

Bevor er Frau Rettenbacher seinen Entschluss mitteilte, wollte er sie noch nach den restlichen Bewohnern des Hauses befragen, um unangenehme Überraschungen zu vermeiden.

Die Beranek bedeutete kein Problem für ihn. Der Dauer-Clinch mit der armen Frau war Grimms Sache, nicht seine.

Frau Rettenbacher stellte Wolf ihren Mann Hermann vor, sie selbst hieß Gerda. Bei Kaffee und Kuchen erzählte Christian Wolf von seiner früheren Tätigkeit als Journalist, vom Brand seines Hauses, dem Jahr, das er auf Reisen in seinem Wohnmobil verbracht hatte. Seine Erkrankung verschwieg er, die tat nichts zur Sache.

Frau Rettenbacher wollte wissen, ob Wolf verheiratet sei.

»Nicht mehr. Ich bin Witwer mit einer erwachsenen Tochter. Ich werde der einzige Mieter der Wohnung sein.«

»Sie wollen sie also nehmen?«, fragte Frau Rettenbacher.

»Unbedingt. Sie gefällt mir sehr gut. Und Muz werde ich selbstverständlich adoptieren.«

»Darauf wollen wir anstoßen«, sagte Hermann Rettenbacher und brachte drei Schnapsgläser, die er bis zum Rand mit Marillenbrand füllte.

»Ich muss noch die übrigen Bewohner fragen, ob sie mit Ihnen einverstanden sind. Aber das ist eine reine Formsache«, meinte Frau Rettenbacher.

Wolf hoffte, dass auch die Beranek keine Einwände gegen ihn hatte, immerhin war er der Freund ihres Chefs, mit dem sie nicht auf bestem Fuß stand. Er beschloss, der Sache nachzuhelfen und mit der Frau zu reden.

»Ich gebe Ihnen meine Handynummer. Ich wohne derzeit bei meiner Tochter.«

»Ich rufe Sie so rasch wie möglich an. Sie können dann den Mietvertrag unterzeichnen und die Wohnung gehört Ihnen.«

Wolf bat das Ehepaar noch, von den übrigen Bewohnern zu erzählen.

»Wir wohnen im Erdgeschoss«, erklärte Frau Rettenbacher. »Mein Mann und ich. Ich habe das Haus vor acht Jahren von meiner Mutter übernommen, nach deren Tod.«

»Im ersten Stock wohnen eine Beamtin, die Frau Beranek, und ihre Mutter, daneben ein Tierarzt«, setzte der Mann fort, »der seine Ordination in Münichholz hat. Ein interessanter Mann, der viel erzählen kann.«

»Er war in jungen Jahren mit einem Zirkus unterwegs und er ist dem Alkohol nicht abgeneigt, was wiederum meinen Mann freut, der …«, verriet die Frau.

»Ach was, der Lemberger ist ein brauchbarer Mensch. Sie werden ihn auch mögen.«

»Der Chef ist gerade unterwegs«, bedauerte Frau Beranek. »Soll ich ihn verständigen, dass Sie ihn sprechen wollen?«

Wolf lehnte dankend ab. »Ich bin wegen Ihnen gekommen.«

»Sie scherzen, Herr Wolf«, zeigte sich Grimms Sekretärin misstrauisch.

Wolf lächelte sie freundlich an und fand, dass die Frau gar nicht so übel aussah, von den unzähligen Falten abgesehen, die ihr Gesicht und den Hals wie ein Spinnennetz überzogen. Die Beranek schien Sonnenanbeterin zu sein. Sonne und Nikotin hatten ihre Haut zerfurcht. Aber sonst …

Nein, er wollte sich nicht selbst belügen. Die Beranek war nicht schön und sie war schnippisch. Er wollte nicht sein neues Leben in der Villa Vogelsang mit einer Lüge beginnen, daher sagte er ganz offen: »Ich brauche etwas von Ihnen, Frau Beranek.«

»So?«, sagte diese mit der sirrenden Stimme einer

Stechmücke, die des Nachts über den Schlafenden schwirrte. »Wenn das, was Sie von mir brauchen, mit dem Mordfall Schlader in Verbindung steht, muss ich bedauern. Ich werde dazu schweigen, um nicht das Schicksal von Herrn Sturmberger teilen zu müssen.«

»Richard Sturmberger«, sagte Wolf. »Sie kannten ihn?«

»Natürlich. Er arbeitete bei uns bis vor vier Jahren.«

»Ich kann Sie beruhigen, Frau Beranek. Mein Anliegen ist privat.«

»So?«, wiederholte Frau Beranek, um eine Stufe höher und schriller als vorhin.

»Ich möchte die freie Wohnung in der Villa Vogelsang mieten und Frau Rettenbacher wird die übrigen Bewohner fragen, ob sie mit mir einverstanden sind. Ich wäre froh, wenn Sie keinen Einwand hätten.«

»Das ist doch nur ein Trick von Ihnen, um uns auszuhorchen«, sagte die Beranek.

»Wie? Also, das verstehe ich nicht. Aushorchen? In welcher Weise?«

»Sie würden sich doch nicht ohne Grund gerade um die Wohnung des Ermordeten bewerben, wenn Sie keinen triftigen Grund dazu hätten. Tun Sie nicht so unschuldig!«

»Ich bin es, Frau Beranek. Ich weiß nicht, von wem Sie reden.«

»Wirklich nicht?«

»Mein Ehrenwort.«

»Ihr Vormieter war Richard Sturmberger.«

»Das allerdings überrascht mich. Die Katze gehörte ihm?«

»Wir haben ihre Betreuung übernommen.«

»Die ich fortsetzen möchte.«

»Sie wollen also wirklich bei uns einziehen, auf Dauer?«

»Genau das habe ich vor.«

»Nehmen wir an, das stimmt ...«

»Es stimmt.«

»Dann habe ich natürlich keinen Einwand. Sie sind ein intelligenter, geradliniger Mensch, abgesehen davon, dass ...«

»Dass ich Grimms Freund bin.«

»Wie heißt es so schön in Billy Wilders *Some Like It Hot ...*«

»Nobody is perfect.«

Wolf war überrascht, dass die Beranek auch Humor hatte und verabschiedete sich von ihr mit den Worten: »Ich zähle auf Sie, Frau Beranek.«

»Sie werden sehen, was dabei herauskommt«, gab sich die Frau hintergründig, lächelte jedoch dabei.

Wolf war gerade beim Frühstück im Wohnmobil, als der Briefträger klopfte und ihm eine eingeschriebene Sendung aushändigte, die den Absender *Mutual Trust Vienna* trug.

Wolf zögerte das Öffnen des Briefumschlags hinaus. Er hatte Angst vor dem Ergebnis der DNA-Untersuchung.

Nachdem er das Frühstücksgeschirr abgewaschen, getrocknet und im Wandschrank verstaut hatte, entschloss er sich zu einem Spaziergang, die Enns flussabwärts.

Er wollte überlegen, ob er den Brief ungeöffnet zerreißen und ins Wasser werfen sollte. Nein, das würde er nicht tun. Das wäre feig, nachdem er sich endlich zu dieser Untersuchung entschlossen hatte.

Er wollte klären, wie er sich verhalten sollte, wenn er nicht der biologische Vater Lottes wäre. Würde er mit ihr darüber reden? Nein, natürlich nicht. Er würde sich Zeit nehmen herauszufinden, ob sich seine Haltung zu ihr durch diese Erkenntnis veränderte. Er würde sich zu nichts zwingen, sondern sich und seine Reaktion beobachten.

Wäre Schlader der Vater Lottes, hätte er ein Problem. Gerade dieser unangenehme Mensch sollte es nicht sein. Aber Lotte hatte so gar nichts von Schlader. Sie war ein sympathischer, gefestigter Mensch. Liebenswert. Ja, liebenswert. Wolf liebte sie und er wäre glücklich, ihr Vater sein zu dürfen. Es wäre schön, wenn der Brief das bestätigte.

Wolf wanderte den Weg die Lauberleiten entlang, bis er zu einer Sitzbank mit Blick auf den Fluss kam. Dort nahm er Platz und riss das Schreiben auf.

Die Tabellen mit Zahlen interessierten ihn nicht, er suchte nach einem Text, nach Worten und las schließlich, dass beide zu untersuchenden Putativväter mit 100 Prozent Sicherheit auszuschließen seien.

Das hieß, dass Lotte nicht seine leibliche Tochter war, dass aber auch Schlader nicht dafür infrage kam.

Wolf hätte erleichtert sein müssen, doch verdrängte die Frage, wer nun wirklich ihr Vater war, alle anderen Überlegungen.

Seine Frau hatte also während der Ehe mit mindestens einem anderen Mann geschlafen, vermutlich nicht nur einmal und … Und er hatte nichts bemerkt.

Es hatte keine nennenswerten Streitigkeiten zwischen ihnen gegeben, Ilse war kaum allein ausgegangen. Sie verbrachte die Nächte an seiner Seite.

Mit Ausnahme … Nein, nein, das war unmöglich. Das konnte nicht sein.

Wolf steckte den Laborbericht zurück in das Kuvert, erhob sich und trat den Rückweg an.

Es konnte nicht sein, obwohl … Zeitlich könnte es stimmen. Wolfs Eltern hatten die Sommerurlaube in ihrer Blockhütte in Hinterstoder verbracht. Einmal hatte sich Ilse ihnen angeschlossen. Er hatte sie nur einmal besucht, weil er nicht auf seinen Bruder treffen wollte, der ebenfalls dort war. Ja, das muss vor dem Jahr gewesen sein, in dem Lotte zu Welt gekommen war.

Klaus. Sein Bruder als der Vater Lottes? Wolf ballte die Fäuste. Hatte der widerliche kleine Affe seine Frau verführt, mit ihr geschlafen und dieses Kuckucksei gelegt? Verdammt! Wenn das so war, würde er ihn töten. Klaus durfte damit nicht davonkommen.

Wolf atmete einige Male durch, dann setzte er sich auf den Boden. Er konnte keinen Schritt weitergehen, seine Beine trugen ihn nicht mehr.

Eines nach dem anderen, sagte er sich. Erstens einmal würde er Klaus nicht umbringen, ihn auch nicht niederschlagen. Er würde ihn nie mehr sehen wollen. Der Bruder existierte nicht mehr für ihn. Wenn er wirklich der Vater Lottes war.

Um das herauszufinden, brauchte er Haare oder Speichel seines Bruders. Er musste ihn besuchen, sich nichts anmerken und dann rasch den Test durchführen lassen. Wenn er die Kraft dazu hatte.

Lotte ein Kuckucksei? Nein. Lotte war von alldem unberührt. Sie blieb ein wichtiger Mensch für ihn. Seine Liebe zu ihr tangierte das nicht.

Als Wolf aufstehen wollte, klingelte sein Handy.

»Wo bist du?«, fragte Viktor Grimm. »Ich stehe vor deinem Wohnmobil. Es ist nicht abgeschlossen.«

»Ich bin in einer Viertelstunde zurück.«

»Beeil dich, ich habe das Ergebnis der Untersuchung.«

»Wieso?«, fragte Wolf erschrocken. Er dachte an den DNA-Test.

»Weil die Kollegen im Labor ausnahmsweise rasch gearbeitet haben.«

»Was ist passiert?«, fragte Grimm, als Wolf in den Campingwagen kletterte.

»Das frage ich dich. Was hat die Untersuchung des Weins ergeben?«

Grimm wollte es offenbar spannend machen, indem er die Frage seines Freundes überging: »Du wirkst verstört. Irgendetwas hat dich geschockt. Ich kenne dich.«

»Gut. Ich erzähl es dir. Aber zuerst kommst du. Trinkst du ein Bier? Ich brauch etwas Beruhigendes.«

»Ich bin nicht lebensmüde.«

»Wie, was?«, fragte Wolf erstaunt.

»Während du unterwegs warst, hatte jedermann Zutritt zu deinem Wohnmobil und hätte ohne weiteres deine Speisen und Getränke manipulieren können.«

»Das heißt, dass der Wein vergiftet war.«

»Du sagst es. Er enthielt Blausäure, ein absolut tödliches …«

»Ich weiß«, unterbrach ihn Wolf. »Ich werde den Inhalt des Kühlschranks entsorgen.«

»Und den Wassertank.«

»Auch den Wassertank. Also, kein Bier.«

»Kein Bier.«

»Entschuldige, das Handy. Hier Wolf. Ja. Einstimmig. Das freut mich. Ich danke auch Ihnen für den Vertrauensvorschuss. Ich komme noch am Vormittag. Ja, danke.« Wolf beendete das Telefonat und erklärte seinem Freund, dass ihn die Hausgemeinschaft der Villa Vogelsang als neuen Mieter akzeptierte, inklusive Frau Beranek. »Wenigstens eine gute Nachricht an diesem schrecklichen Tag«, meinte er.

»Du bist heute wirklich verwirrt. So kenne ich dich nicht«, sagte Grimm. »Zuerst lässt du dein Wohnmobil unversperrt, dann ziehst du aus dem Gift in deinem Wein keine kriminalistischen Schlüsse …«

»Ach ja«, sagte Wolf nachdenklich. »Das bedeutet wohl, dass der Täter mich beseitigen möchte, weil er vermutet, ich bin ihm auf der Spur. Aber egal …«

»Es ist dir egal. Ich nehme das zur Kenntnis. Aber jetzt erzählst du mir, warum es dir egal ist.«

Ohne ein Wort zu sagen, legte Wolf das Ergebnis der DNA-Untersuchung auf den Tisch.

Grimm studierte die zwei Seiten des Berichts und schüttelte den Kopf, dann fragte er: »Wieso soll Schlader der Vater deiner … Lottes Vater sein?«

»Er ist es nicht und ich bin es auch nicht«, stellte Wolf trocken fest.

»Das ist doch ohne Belang. Lotte ist ein erwachsener Mensch, der bald heiraten wird.«

»Mir ist es nicht gleichgültig«, sagte Wolf. »Sie ist mir zu wichtig, als dass ich dieses Ergebnis ignorieren könnte.«

»Und du willst herausfinden, wer der wahre Vater ist.«

»Ich werde vor nichts und niemandem davonlaufen. Ich stelle mich meinen Problemen.«

»Das hast du immer schon getan.«

Wolf widersprach ihm vehement: »Nein, ich war viel zu lange ein Feigling. Ich werde herausfinden, ob er tatsächlich Lottes Vater ist.«

»Wer?«, fragte Grimm.

»Es kommt nur einer infrage.«

»Ja, wer denn, verdammt noch mal. Du verdächtigst doch nicht etwa mich?«

»Das wäre auch eine Möglichkeit, der ich jedoch nicht weiter nachgehen werde«, sagte Wolf und schmunzelte dabei. »Nein, mein lieber Viktor, ich habe jemand ganz anderen im Auge. Einen Menschen, dem ich aus gutem Grund, wie sich jetzt erweist, stets misstraut habe.«

»Schlader ist es nicht. Also, wer dann?«

»Klaus. Mein Bruder Klaus. Ilse war einige Wochen mit meinen Eltern und mit Klaus auf Urlaub, bevor Lotte geboren wurde.«

»Und was machen wir mit diesem Wissen?«, fragte eine weibliche Stimme.

»Lotte«, rief Wolf überrascht. »Du …«

»Ich habe nicht gelauscht. Ich wollte dich fragen, ob wir dir bei der Übersiedlung in die neue Wohnung helfen können, Joachim, Fidi und ich.«

»Ich habe nicht viel zu übersiedeln. Nein, danke. Ich werde euch einladen, sobald es Sinn macht.«

»Und was machen wir mit unserem Wissen?«, wiederholte Lotte.

»Mit welchem Wissen?«, fragte Wolf.

»Dass ich dich nicht länger Papa nennen darf.«

»Du hast alles gehört«, stellte Wolf fest.

»Bist du dir sicher, dass Onkel Klaus …«

»Ich weiß, dass ich nicht dein biologischer Vater bin. Das steht fest. Ob es Klaus ist, muss ich noch überprüfen lassen. Ich werde ihn besuchen und versuchen, an eine Haarsträhne oder an eine Speichelprobe zu kommen.«

»Das übernehme ich«, stellte Lotte fest.

»Nein, das ist meine Angelegenheit«, wehrte Wolf ab.

»Ich widerspreche dir. Du weißt jetzt, dass du nicht mein Vater bist. Das sollte genügen. Jetzt bin ich an der Reihe, jetzt möchte ich wissen, wer es ist. Und ich hoffe sehr, dass wir auch weiterhin gut miteinander auskommen.«

»Da bin ich mir sicher«, sagte Wolf, umarmte und küsste Lotte.

»Man kann auch Menschen lieben, mit denen man nicht verwandt ist«, sagte Grimm.

»Verwandt bleiben wir weiterhin, wenn Onkel Klaus tatsächlich mein biologischer Vater ist«, stellte Lotte fest.

»Vom Vater zum Onkel«, sagte Wolf schließlich. »Und du willst wirklich …«

»Ich werde Klaus und Familie am Wochenende besuchen und dir eine Trophäe mitbringen. Vielleicht seinen Skalp, vielleicht nur einzelne Haare. Das hängt davon ab, wie es mir mit ihm geht. Aber jetzt entschuldige mich. Ich muss zum Seminar nach Linz.«

Gegen Mittag manövrierte Wolf das Wohnmobil in die Stifterstraße zur Villa Vogelsang, wo er sich von Frau Rettenbacher die Wohnungsschlüssel aushändigen ließ.

»Ich wünsche Ihnen viel Freude in unserem Haus«, sagte die Frau. »Wenn Sie Hilfe benötigen, wenden Sie sich bitte an uns.«

Wolf öffnete alle Fenster, dann holte er seine Kleidungsstücke, seine Dokumente und das neue Notebook aus dem Wohnmobil. Viel mehr besaß er nicht seit dem Brand seines Hauses im Vorjahr.

Er musste das Wohnmobil verkaufen und sich stattdessen einen Kleinwagen beschaffen. Für Einkaufsfahrten war der unhandliche Campingwagen nicht geeignet.

Dennoch musste er zum Supermarkt, um den Kühl- und den Gefrierschrank aufzufüllen. Oder sollte er gleich zu einem Autohändler fahren?

Eins nach dem anderen, entschied Wolf. Und er durfte nicht darauf vergessen, Futter und Streu für die Perserkatze zu besorgen.

Als Wolf den Einkauf in die Wohnung transportierte, wurde er tatsächlich von Muz begrüßt, der über die Terrassentür ins Haus gelangt war.

Wolf füllte die Metallschüssel mit Wasser, dann öffnete er eine Dose mit Katzenfutter. Muz fing sofort zu fressen an. Nachdem er auch getrunken hatte, umstrich er schnurrend Wolfs Beine. Wolf streichelte den Kater. Er musste auch noch eine Bürste besorgen, um das Fell des Tiers in Ordnung zu bringen. Es schien etwas verfilzt zu sein und dann musste er sich um Impfungen kümmern. Der im Haus wohnende Tierarzt wusste sicher über Muz' Gesundheitszustand Bescheid.

»So, jetzt zeige ich dir dein Katzenklo«, sagte Wolf und scharrte mit den Fingern in der Streu des Kunststoffbehälters.

Muz schnupperte daran, benutzte ihn aber nicht. Er strebte, laut miauend ins Freie.

Wolf folgte dem Kater auf einer Tour durch den Garten. Muz führte ihn an Marillen-, Äpfel- und Pfirsichbäumen vorbei zum Pavillon, hinter dem ein mit mannshohen Rizinusstauden gesäumter Kräutergarten lag.

Er musste sich von Frau Rettenbacher die verschiedenen Pflanzen erklären lassen, denn außer Rizinus, Schafgarben, Kamille und Ringelblumen kannte er kaum etwas.

Sein Aufenthalt auf der Tauplitzalm fiel ihm ein. Lobenstock, der Kräuterdoktor und die Schlafmohntinktur, die er seit seiner Rückkehr nach Steyr nicht mehr gebraucht hatte.

Ob der Kräutergarten der Villa Vogelsang auch Verbotenes enthielt? Vermutlich nicht. Sein Vorgänger war ein pensionierter Polizist gewesen, Frau Beranek arbeitete ebenfalls bei der Polizei. Unter diesen Umständen musste sich Frau Rettenbacher wohl mit legalem Kraut begnügen.

Muz umstrich weiterhin schnurrend seine Beine. Wolf ging in die Knie und streichelte den Kater. Im dichten Fell entdeckte er ein Band, das die Katze um den Hals trug. Ein Schmuckstück oder ein elektronischer Schlüssel für eine Katzenklappe. Da Wolf nirgendwo in der Wohnung eine Katzentür entdeckt hatte, nahm er dem Tier das Halsband ab. Es könnte sich als gefährlich erweisen, wenn Muz an einem Ast hängenblieb.

Als Wolf das schwarze Band näher betrachtete, erkannte er einen länglichen Metallbehälter. Er öffnete ihn und fand einen USB-Stick.

Das war tatsächlich bemerkenswert. Offenbar hatte der pensionierte Polizist, der für Frau Schlader gearbeitet hatte, die Katze als Versteck für Daten verwendet.

Er war gespannt, was er auf dem Stick entdecken würde.

KAPITEL 9

Am Sonntagnachmittag um vier trafen sich die Bewohner der Villa Vogelsang zu Kaffee und Kuchen. Die Gastgeber wechselten wochenweise ab, sodass im Verlauf eines Monats jeder der vier Mieter drankam.

Die Treffen dienten der Kommunikation, das Haus, den Garten und die Wohnungen betreffend, aber auch dem Tratsch und der Entspannung.

Dieses Mal luden Frau Beranek und deren Mutter zur Sonntagsjause in ihre Wohnung im ersten Stock, die exakt über der von Christian Wolf lag.

Die Wohnung und Frau Beraneks Mutter wirkten dunkel und streng. Die Möbel waren in altdeutschem Stil gehalten, schwere Brokat- und Tüllvorhänge verwehrten den Blick in den Garten. Doch Frau Beranek lächelte freundlich, als sie Kaffee und Kardinalschnitten servierte.

Wolf erkundigte sich leise bei Frau Rettenbacher nach dem Vornamen der Beranek, worauf er die Auskunft erhielt, dass die Tochter Yvonne, die Mutter Agnes hieß, dass man aber trotz Freundschaft mit allen Bewohnern des Hauses per Sie sei.

Wolf lernte bei diesem ersten Treffen auch den Tierarzt kennen. Dr. Lemberger, ein sehr dicker Mann Anfang vierzig, verzehrte schon die dritte Kardinalschnitte.

Er war der einzige Anwesende, mit dem Frau Beraneks hagere Mutter sprach. Die Frau ignorierte konsequent alle übrigen Gäste. Wolf hatte sie bei der Begrüßung nur kurz die Hand gedrückt, dabei aber weggeblickt.

Die alte Dame verschwand für kurze Zeit aus dem Salon, wie das Zimmer von allen genannt wurde und kehrte mit einer Flasche und zwei Schnapsgläsern zurück. Sie schenkte dem Tierarzt und sich selbst von der klaren Flüssigkeit ein, alle anderen bekamen nichts. Auch Dr. Lemberger hatte nur Augen für Agnes Beranek. Mutter und Sohn, dachte Wolf. Die beiden spielten Mutter und Sohn. Frau Beraneks Tochter war ein notwendiges Übel. Die wahre Liebe der alten Frau galt dem Tierarzt.

»Wie gefällt es Ihnen im Haus?«, fragte Frau Beranek, als sie neben Wolf auf der schwarzen Samtcouch Platz nahm.

»Sehr gut. Ich glaube, ich habe mich richtig entschieden.«

»Sie werden die Eigenheiten der Bewohner noch kennenlernen. Aber wir kommen recht gut miteinander aus.«

»Besonders der Tierarzt und Ihre Mutter.«

»Beinahe eine Liebesbeziehung. Er genießt es, sich von ihr verwöhnen zu lassen«, erklärte die Beranek. »Und Mutter hat endlich den Sohn, den sie ihr Leben lang vermisst hat.«

»Sie sind nicht eifersüchtig?«, fragte Wolf.

»Doch. Natürlich. Aber ich habe mich daran gewöhnt, für die beiden Luft zu sein. Ich müsste mir ein Haustier anschaffen, um von Doktor Lemberger wahrgenommen zu werden.«

»Er hat auch mit mir noch keinen vollständigen Satz gewechselt, obwohl ich nun Besitzer einer Katze bin.«

»Ich werde Sie ihm vorstellen. Schon um Mutter zu ärgern.«

Danach widmete sich Wolf dem USB-Stick, der sich im Halsband der Katze befunden hatte. Er enthielt eine einzige Datei mit 453 Kilobyte, die mit einem Kennwort gesichert war. Er würde seinen Freund Grimm nach einem Spezialisten fragen, der die Datei für ihn öffnen konnte. Sturmberger war wegen seines Wissens vom Täter beseitigt worden und hatte vermutlich seine Erkenntnisse auf dem Stick festgehalten. Die mit Passwort geschützte Datei könnte der Schlüssel zur Lösung des Falles sein.

Wolf nahm sich vor, mit Frau Beranek über seinen Vormieter zu sprechen. Möglicherweise hatte er im Gespräch seinen Verdacht anklingen lassen.

Er verließ seine Wohnung und wanderte die Stiegen nach oben in den ersten Stock, begleitet von Kater Muz.

»Meine Tochter ist mit dem Abwasch beschäftigt«, verkündete die alte Frau Beranek mit überraschend kräftiger Stimme. »Die hat keine Zeit für überflüssiges Geschwätz. Und die Katze kommt auf keinen Fall in unsere Wohnung.«

»Warten Sie einen Augenblick, Herr Wolf. Ich komme schon«, ertönte Yvonne Beraneks Stimme aus der Küche.

»Du sollst wissen, dass ich nicht damit einverstanden bin, dass du dich mit diesem Neuankömmling abgibst. Bist du dir nicht zu gut dafür?«, donnerte die Alte.

»Nein, bin ich mir nicht«, widersprach die Tochter,

schritt durch die Wohnungstür und schloss sie hinter sich.

»Man darf sie nicht allzu ernst nehmen«, sagte sie zu Wolf, der sie in seine Wohnung einlud. »Auf ein kurzes Gespräch. Über meinen Vormieter. Mich beschäftigt eine Datei, die ich im Halsband der Katze gefun…« Wolf unterbrach sich selbst. Er vermisste Muz.

»Der Kater ist in unsere Wohnung gewischt. Er wartet auf seine Portion Schlagobers.«

»Aber Ihre Mutter …«

»Sie ist harmlos hinter all dem Getöse, das sie ständig veranstaltet. Keine Angst. Sie frisst Ihre Katze nicht. Hexen und Katzen sind einander nicht feind.«

»Hoffentlich«, sagte Wolf mit Sorge in der Stimme, als sie die Treppe nach unten gingen. »Ich habe einen guten Rotwein. Darf ich Ihnen ein Glas …«

»Nichts lieber als das. Ich bin eine heimliche Trinkerin«, verriet die Beranek. »Natürlich nicht im Dienst. Obwohl man bei einem Chef wie Ihrem Freund Grimm geradezu zum Trinken gezwungen wird.«

»Er ist ein schwieriger Chef?«, erkundigte sich Wolf und reichte seinem Gast ein Glas.

»Er hat auch seine guten Seiten«, erwiderte die Sekretärin. »Wenn er diese auch ziemlich geschickt verbirgt. Aber Sie erwähnten eine Datei am Halsband Ihrer Katze.«

»Ein USB-Stick mit einer Word-Datei. Ich kann sie nicht öffnen, weil ich das Passwort nicht kenne. Haben Sie eine Ahnung …«

»Das Passwort ist auch mir unbekannt«, bedauerte Yvonne Beranek.

»Ich habe es schon mit *Muz* versucht. Hatte die Katze noch einen Namen?«

»Raphael war der Wurfname, den Sturmberger hin und wieder verwendete.«

»Was für ein Mensch war Richard Sturmberger? Hatte er Familie, Freunde?«

»Er war nach dem Tod seiner Frau hier eingezogen, vor zehn oder elf Jahren. Kinder haben ihn nicht besucht. Er hatte Kontakt zu ehemaligen Kollegen. Und er ging wöchentlich zu einem Stammtisch.«

»Und Sie?«

»Ich besuchte ihn von Zeit zu Zeit in der Wohnung. Zu uns konnte er nicht kommen, wegen Mutter. Ich kannte ihn vom Sekretariat her. Er hatte berufsbedingt mit dem Chefinspektor zu tun.«

»Ich werde Grimm bitten, die Datei öffnen zu lassen.«

»Ist das denn möglich?«, fragte die Frau.

»Ich denke schon, verstehe aber nicht wirklich etwas davon. Sie halten nicht viel von Grimm?«

»Er hat Probleme mit Frauen, die leider ich ausbaden muss. Als Polizist ist er nicht schlecht. Er kann die meisten Fälle lösen.«

»Und wenn ich nun auf Sie höre, Frau Beranek«, versuchte Wolf einen Vorstoß, »was können Sie mir zum Fall Schlader verraten?«

»Ich habe mit Sturmberger darüber gesprochen, und ich glaube zu wissen, wen er verdächtigt hat.«

Wolf blickte die Frau überrascht an.

»Ich glaube, es zu wissen, habe aber keine Beweise und werde demzufolge schweigen, bis ich Näheres erfahre.

Zudem möchte ich nicht so enden wie Ihr armer Vormieter.«

»Ich kann Sie nicht zwingen, Ihre Vermutung laut auszusprechen, obwohl es möglicherweise sehr hilfreich sein könnte.«

»Das heißt, dass Sie selbst keine Ahnung haben, was den Täter betrifft, Herr Wolf.«

»Doch. Auch ich verdächtige jemanden.«

»Wir werden sehen, wie sich der Fall weiter entwickelt.«

Nachdem er Frau Beranek noch nach dem Vornamen von Sturmbergers Frau gefragt hatte, tippte Wolf ohne Erfolg die Namen *Muz*, *Raphael* sowie *Claudia* in die Eingabemaske für das Passwort. Er würde gleich am nächsten Vormittag Grimm mit dem USB-Stick aufsuchen und ihn bitten, das Passwort knacken zu lassen.

Im Internet suchte er nach Hinweisen, ob dies überhaupt möglich war und wurde fündig.

Auf Wikipedia las er: *Es existiert ein Angriffsszenario, das zur Erlangung des geheimen TrueCrypt-Passworts führen kann. Voraussetzung ist ein gerade laufendes System mit gemountetem TrueCrypt Volume. (Es existiert dasselbe Angriffsszenario auch für Microsofts BitLocker-Verschlüsselung.) In diesem Zustand kann bei Vorhandensein eines FireWire-Anschlusses mit einer speziellen Software über die FireWire-Verbindung der Inhalt des Arbeitsspeichers kopiert werden. Dieses Speicherabbild kann danach mit der Angriffssoftware durchsucht und das Passwort extrahiert werden. Damit kann schließlich vom Angreifer das TrueCrypt-*

Volume gemountet und gelesen werden. Der Hersteller bietet die Software außer für Behörden auch für Privatdetektive an.

Wolf entnahm diesen Zeilen, dass das Hacken von Kennwörtern auf eine ihm absolut unverständliche Weise möglich und dass die Polizei dazu berechtigt war.

Als er auf dem Notebook geschrieben hatte, war ihm ein merkwürdiges Scharren aufgefallen, das von der Eingangstür herkam. Weil es nicht aufhörte, ging er nachschauen und stieß auf Muz, der auf diese Weise Einlass begehrte, schnurstracks zur leeren Futterschüssel eilte und mit dieser vorwurfsvoll klapperte.

Wolf öffnete eine Dose Katzennahrung und Muz fraß gemächlich davon, bis die Schüssel leer war.

Als sich Wolf wieder an den Schreibtisch setzte, sprang Muz auf die Arbeitsfläche und wollte gestreichelt werden. Dabei erzeugte er durch sein Schnurren ein Geräusch wie ein Dieselmotor.

Wolf konzentrierte seine Aufmerksamkeit auf die anspruchsvolle Arbeit, seinen Kater zufriedenzustellen, bis sich sein Handy meldete. Verärgert sprang Muz vom Tisch und lief zur Terrassentür.

Während er den Anruf beantwortete, ließ Wolf die Katze ins Freie.

»Natürlich kannst du noch kommen, Lotte. Ich zeige dir die Wohnung und du berichtest über deine Fahrt nach München.« Wolf vermied es, den Namen seines Bruders zu erwähnen, den Lotte aufgesucht hatte.

Kaum hatte er das Telefonat beendet, als Lotte schon an der Haustür klingelte. Sie musste ihn vom Auto aus angerufen haben.

Wolf führte sie in die Wohnung und bedauerte, dass Muz gerade gegangen war, als Wolf und Lotte ein ständiges Klopfen hörten. Muz stand an der Terrassentür und starrte mit großen Augen in den Raum. Er wollte wissen, wer gekommen war und diesen Menschen kennenlernen.

»Du bist ja ein ganz Lieber«, begrüßte Lotte den Kater, der nicht mehr von ihrer Seite wich.

»Er scheint meine Tochter zu mögen«, sagte Wolf und Lotte korrigierte ihn: »Deine Nichte vermutlich.«

»Ich werde …«

»*Ich* werde, lieber Christian. Du gibst mir die Daten und ich werde sie mit einer Haarprobe deines Bruders an das Labor schicken. Jetzt bin ich an der Reihe, Klarheit zu schaffen.«

»Und wie geht es dir damit?«

»Und dir?«, stellte Lotte die Gegenfrage.

»Ich bin aufgewühlt, wütend. Ich könnte Klaus umbringen. Oder ihn zumindest ordentlich versohlen, wenn er mir in die Hände kommt.«

»Vorausgesetzt, er ist es. Und wie geht es dir dabei in Gedanken mit Mutter?«

»Sie ist … Ich weiß nicht. Das … Ich weiß es nicht.«

»Und du möchtest es nicht herausfinden?«

»Doch. Aber nicht mit einem Willensakt, sondern langsam, Schritt für Schritt.«

»Du hast gefragt, wie es mir geht«, setzte Lotte fort. »Ich habe nicht wirklich ein Problem damit. Du bist mir weiterhin sympathisch. Ob ich von Liebe zu dir sprechen will, weiß ich nicht. Das ist ein flüchtiges Gefühl. Wichtiger ist mir, dass ich dich mag.«

»Danke, Lotte.«

»Und sonst möchte ich Klarheit. Ich will wissen, wer mein Vater ist und warum Mutter gerade mit diesem Mann geschlafen hat. Abgesehen davon musst du den Brautvater machen, im September.«

»Ihr heiratet.«

»Am 6. September.«

»Ich freu mich drauf.«

Chefinspektor Viktor Grimm hatte Kontrollinspektor Eigner zu einer Lagebesprechung in sein Dienstzimmer gebeten. Frau Beranek hatte starken Kaffee gekocht und Tortenstücke besorgt. Sie lächelte beim Servieren wie eine Stewardess.

Grimm raunte dem Kollegen zu, dass die Beranek offenbar eine Charmeoffensive gestartet habe, weil sie fürchtete, gegen eine Jüngere ausgetauscht zu werden. »Das wird natürlich nicht geschehen. Wir sind ein eingespieltes Team. Was allerdings mein Nachfolger mit ihr macht, das weiß der Teufel«, stellte Grimm fest.

»Du hast vor, in Pension zu gehen, Viktor?«, fragte Albert Eigner in bemüht besorgtem Ton.

»Heuer nicht und nächstes Jahr auch nicht. Aber das Ende zeichnet sich ab«, erklärte Grimm.

In diesem Moment hörten die beiden Männer ein Klirren im Vorzimmer. Yvonne Beranek hatte etwas fallen gelassen.

»Sie hat wieder gelauscht«, erklärte Grimm. »Und jetzt ist sie geschockt. Aber es geschieht ihr recht. Und jetzt an die Arbeit, Albert!«

»Ich habe die Datei von Richard Sturmbergers USB-

Stick ausgedruckt«, berichtete der Kontrollinspektor, der an diesem Vormittag besonders erschöpft wirkte.

»Danke für deine Bemühungen. Gut, dass du es geschafft hast, das Kennwort zu knacken«, lobte ihn Grimm und fragte den Kollegen, ob es sehr kompliziert gewesen sei.

»Zeitaufwendig. Ich war die ganze Nacht damit beschäftigt.«

»Ich danke dir für die Mühe. Du kannst den Nachmittag freinehmen. Ist dir etwas aufgefallen?«

»Es handelt sich um eine Auflistung von Missetaten des Ermordeten. 22 Seiten voll Intrigen und Korruption.«

»Ist etwas Neues darunter?«

»Für mich war das meiste neu«, erklärte Eigner, »mit Ausnahme der Intrige gegen seinen Nachfolger …«

»Gegen Hintermayr.«

»Und gegen den Bauunternehmer Habeler. Damit waren wir befasst. Sturmberger schreibt, dass der ehemalige Bürgermeister …«

»Leopold Hirtreiter.«

»Dass Hirtreiter von Schlader gestürzt wurde. Er hat die Beamten des Magistrats gegen den Bürgermeister aufgebracht, weil …«

»Es hatte mit dem Grundstück beim Altersheim zu tun. Ich weiß«, sagte Grimm.

»Das war für mich neu. Was für ein schrecklich korrupter Mensch, im Dienstlichen wie im Privaten.«

»Und privat? Ist dir da etwas aufgefallen?«

»Sturmberger erwähnt die Beziehung zu Elisabeth Hintermayr und legt nahe, dass dies kein Einzelfall war.

Schlader verknüpfte private mit dienstlichen Intrigen. Und es gibt einen Hinweis auf den Konsum von Kokain.«

»Von Schlader?«

Kontrollinspektor Eigner bestätigte das. »Auf Seite 6 findest du Details dazu.«

»Ich werde das Material eingehend prüfen und dann einen Ermittlungsplan entwickeln. Wir müssen methodisch vorgehen. Schritt für Schritt, um nichts zu übersehen. Sturmberger ist vom Täter aus einem – guten hätte ich beinahe gesagt – aus triftigem Grund getötet worden. Er hat gewusst oder geahnt, wer hinter den Morden steht. Also müssen sich in seinen Aufzeichnungen Hinweise auf den Täter finden.«

Nachdem Eigner gegangen war, schlich die Beranek in Grimms Dienstzimmer.

»Mir war bisher nicht bewusst, dass Sie nicht mehr allzu lange im Dienst sind«, sagte sie.

»Die nächsten zwei Jahre bestimmt, dann vermutlich nicht mehr«, bestätigte Grimm die Aussage seiner Sekretärin.

»Das heißt, dass mein Schicksal ungewiss ist.«

»Sie sind pragmatisiert, Frau Beranek. Kein Mensch kann Sie entlassen.«

»Das nicht. Aber man kann mir das Leben vermiesen, mich irgendwohin abschieben, mich …«

»Ins Archiv im Keller …«

»Sehen Sie. Sogar Sie denken an so etwas.«

»Nicht bei einer Sekretärin, die jeden Tag neu die Sonne des Frohsinns aufgehen lässt, die den schwierigen Dienst erleichtert, die …«

»Ich verstehe, was Sie meinen, Chef. Ich werde mein Bestes geben.«

»Gut. Das wäre geklärt. Ich werde Sie meinem Nachfolger empfehlen als stets freundliche, effiziente Kraft, die …«

»Alles klar, Chef. Wir wollen nicht übertreiben.«

»Eine Sekretärin, die man nur als Wonne bezeichnen kann. Als I-Wonne.«

Yvonne Beranek flüchtete in Panik aus dem Zimmer ihres überdrehten Chefs.

Grimm, bestens versorgt mit Kaffee und einem Salzweckerl, in das die Beranek dick Butter gestrichen hatte, so wie Grimm es liebte, studierte den Ausdruck der Datei des ermordeten Sturmberger.

Eigner hatte recht gehabt. Das Konvolut enthielt nichts wesentlich Neues. Obwohl jeder einzelne Fall Grund für Hass und Rache bieten würde.

Da war die Rede von einem Barockhaus in der Sierninger Straße, das unter Denkmalschutz gestanden hatte. Ein Juwel der alten Vorstadtarchitektur, das jedoch Zufahrt und Zugang zu einem weitläufigen Grundstück verwehrte, das sich bis zu den Sandsteinfelsen des sogenannten Dachsberges erstreckte.

Schlader hatte die Liegenschaft günstig privat erworben und wollte auf ihr Reihenhäuser errichten. Einzig das Barockgebäude und das Denkmalamt hinderten ihn daran. Also ließ er das Dach des historischen Hauses öffnen und wartete drei Jahre, bis das Gebäude baufällig war und er es wegen Gefahr in Verzug abreißen lassen konnte.

Eine Bürgerinitiative, angeführt von einer Grün-Politikerin, hatte versucht, die Zerstörung des alten Hauses und die Bebauung des Grundstücks zu verhindern. Vergeblich. Schlader hatte die Frau wegen Verleumdung verklagt. Zugleich streute er Gerüchte, dass die Gymnasiallehrerin psychisch gestört, abhängig von Medikamenten und wegen ihres angeschlagenen Gesundheitszustandes nicht in der Lage wäre zu unterrichten. Die Frau wurde in Frühpension geschickt.

Sonst fand Grimm zu seiner Überraschung und Enttäuschung nichts Neues. Dass nichts über ihn selbst und seine Verwicklung in den Fall zu finden war, beruhigte ihn jedoch. An sich dürfte Grimm in diesem Fall nicht ermitteln, da auch er einen gewichtigen Grund gehabt hätte, Schlader zum Schweigen zu bringen. Da er aber wusste, dass er Schlader nicht getötet hatte, hatte er keine Skrupel. Und wenn er auf Material stieß, das einen Hinweis auf die unglückselige Beziehung, die er zum Ermordeten gehabt hatte, geben würde, würde er dieses verschwinden lassen. Es half niemandem, wenn das in der Öffentlichkeit breitgetreten wurde. Auch Schlader nicht.

Wie dumm war er gewesen, nicht einfach Schluss gemacht zu haben, sich nicht einen Freund zu suchen, abgesehen von Wolf, mit dem ihn eine platonische Beziehung verband … einen Freund, mit dem er …

Ach was, verdammt. Grimm wollte gar nicht daran denken. Und die Verschwiegenheit der Treffen mit Schlader hatte seinem Wunsch nach Geheimhaltung entsprochen. Sie waren einander ein ganzes Leben lang verbunden gewesen, seit dem Übergriff des älteren Schladers auf ihn in der Kindheit. Schlader hatte nur zu pfeifen gebraucht, und er war angerannt gekommen, wie ein Hund. Wenn Schlader ihn über Kriminalfälle ausfragen hatte wollen, hatte er meist geschwiegen. Meist. Aber nicht immer. Das war sein wirkliches Vergehen. Er hatte manches Mal geredet und Schlader Dienstgeheimnisse verraten.

Verdammt. Und das alles nur, weil er sich nie dazu durchgerungen hatte, seine Neigung zu Männern zu akzeptieren, öffentlich zu machen und sie selbstbewusst zu leben.

Er hatte immer Angst vor der Reaktion der anderen gehabt. Angst, Freunde zu verlieren, Angst, auf seinen Freund Wolf verzichten zu müssen.

Natürlich ahnte Wolf, wie es um ihn stand, aber er wollte es nicht wissen, nicht damit konfrontiert werden. Dabei würde sich an ihrer Beziehung nichts ändern. Grimm würde ihn gewiss nicht bedrängen. Und jetzt schon gar nicht mehr, da sie beide alte Männer geworden waren.

Das war eine weitere Aufgabe, der er sich stellen musste. Nach der Entrümpelung seines Hauses kam die Entrümpelung seiner Seele.

Vorerst jedoch musste er sich auf die Lösung dieses Falles konzentrieren, sich jedem auch noch so unwichtig erscheinenden Detail widmen.

Grimm bat Frau Beranek, Abteilungsinspektor Fiala zu ihm zu bitten, zu einer Besprechung.

»Nein, wir brauchen keinen Kaffee. Sie haben heute schon genug für mein Wohlergehen getan, Frau Beranek. Wir schaffen es auch so.«

Alexander Fiala erinnerte Grimm an einen jungen Schäferhund. Volles dunkles Haar, aufmerksamer Blick, an allem interessiert, aber auch schnell abzulenken vom Wesentlichen. Ausgeschlafen, voll Energie, aber instabil. Leicht aus der Fassung zu bringen.

Grimm wurde bewusst, dass er für die Ausbildung des Kollegen, die eigentliche Einschulung nach der Theorie, zuständig war. Es lag in seiner Verantwortung, die positiven Seiten des jungen Mannes zu stärken und ihm Sicherheit zu geben, dann würde aus ihm ein hervorragender Ermittler werden, der eventuell seine Nachfolge antreten könnte. Er musste es in den zwei verbleibenden Jahren schaffen, dem Mann den letzten Schliff zu geben. Denn Albert Eigner kam in seinen Augen für diesen Posten nicht infrage. Obwohl er vom Alter her eigentlich besser geeignet wäre. Aber Eigner war ein kaputter Typ. Kaputter als Grimm sich selbst einschätzte. Grimm hatte in den Jahren, in denen er für die Polizei tätig war, beruflich und privat einige Schrammen abgekriegt, aber keine ihn körperlich oder seelisch verstümmelnden Wunden. Bei Eigner war er sich dessen nicht so sicher. Über dessen Privatleben wusste er eigentlich nichts, außer dass er verwitwet war und irgendwo in Dietach allein ein Haus bewohnte. Und dass er ein passionierter Fischer war. Bei den gemeinsamen Ermittlungen konzentrierte er sich am liebsten auf Recherchen, auf alles Theoretische. Der Umgang mit Menschen bedeutete für ihn Stress. Also lag es nahe, ihm alles zu überlassen, was mit Computern zu tun hatte.

Sicher, auch er könnte Grimms Nachfolger werden, wenn er sich ein Team sucht, das ihn ergänzte.

»Ich schlage vor«, sagte Grimm zu Abteilungsinspektor Fiala, »den Spuren im Fall Schlader nachzugehen, die uns bisher nicht bekannt waren.«

»Es gibt neue Spuren?«, zeigte sich der junge Polizist interessiert und wartete, dass ihm der Chef Näheres mitteilte.

»Eigner hat den USB-Stick des ermordeten Richard Sturmberger ausgewertet. Es handelt sich im Wesentlichen um eine Aufzählung vieler beruflicher und privater Intrigen Schladers. Nichts wirklich Neues, außer dem Hinweis auf einen Konflikt mit einer Grün-Politikerin wegen des Abbruchs eines historisch wertvollen Gebäudes.«

»Ich erinnere mich. Brigitte Grafensteiner.«

»Du hast ein gutes Gedächtnis. Alle Achtung.«

»Danke, Chef.«

»Du kennst die Frau?«

»Sie war meine Biologielehrerin im Gymnasium. Das heißt, in der Unterstufe. Weiter bin ich leider nicht gekommen.«

»Du solltest wenigstens die Berufsreifeprüfung machen.«

»Ich habe schon daran gedacht.«

»Bei mir war es noch die sogenannte Beamtenmatura, aber die gibt es nicht mehr.«

»Alles klar. Ich werde mich darum kümmern.«

»Sonst sind die Aussichten auf einen beruflichen Aufstieg ziemlich gering.«

»Ich weiß, Chef.«

»Gut. Wo waren wir, bevor …«

»Bei Frau Professor Grafensteiner. Ihr verdanke ich

das biologische Wissen auf nicht ganz unwichtigen Gebieten.«

»So? Ich hoffe, es handelte sich um keinen unerlaubten Übergriff auf einen unschuldigen Knaben vonseiten einer überreifen Lehrkraft.«

»Alles nur theoretisch im Rahmen des Biologieunterrichts. Und so unschuldig waren wir nicht mehr in der dritten Klasse.«

»Na, dann kann ich dich zu ihr schicken. Sie ist in Frühpension, wegen Schlader, der alle möglichen Gerüchte über ihren Seelenzustand in die Welt gesetzt hat, als sie gegen ihn mobil machen wollte.«

»Gerne. Ich freue mich darauf, mit ihr zu reden. Und sonst? Hat Sturmberger sonst noch etwas Wichtiges gefunden?«

»Bemerkenswert wenig. Zumindest keinen offensichtlichen Hinweis auf den Täter.«

»Auf Schladers Mörder.«

»Auf den Menschen, der ihn getötet hat. Außer einer Andeutung, dass Schlader kokainabhängig war.«

»Es überrascht mich, dass ein Mensch wie Schlader, der stets die Schwächen anderer für seine Zwecke nutzte, ein derartiges Risiko eingehen würde.«

»Für mich ist es eine Erklärung, wo er seine beinahe unerschöpfliche Energie hernahm«, sagte Grimm. »Dieser Frage werde ich mich widmen.«

Als Grimm wieder allein in seinem Zimmer war, öffnete er weit die Fenster zum Fluss. Er brauchte frische Luft an diesem föhnig-heißen Tag. Die Bürofenster blickten glücklicherweise gegen Nordwesten, sodass die Räume während der Dienstzeit nicht von der Sonne aufgeheizt wurden. Erst am Abend streiften die letzten Strahlen der untergehenden Sonne diesen Abschnitt des Steyrer Schlosses.

Während er eine Gruppe von Touristen beobachtete, die über den Fußsteg dem Museum Arbeitswelt zustrebten, überlegte er, ob er selbst bei Schlader Anzeichen von Drogenkonsum bemerkt hatte.

Schlader war immer hellwach gewesen. Er schien nie müde zu sein, immer auf der Lauer, immer voller Ideen und Pläne, auch dienstlich. Seine berufliche Tätigkeit beschränkte sich nicht auf Intrigen und Korruption, auf seine Initiative gingen auch viele wesentliche Bauprojekte der Stadt zurück, wie Umfahrungsstraßen, Altenheime, der Neubau des Amtsgebäudes auf dem Reithoffergelände.

Dieser aktive Umgang mit dem Leben hatte Grimm stets imponiert, bis er wieder unter Schladers Räder kam, die sich unaufhörlich drehten.

Schlader war ein Besessener gewesen, der keine Ruhe gefunden hatte. Die Frage war, ob das zum Teil auf den Konsum von Kokain zurückzuführen war.

Er musste mit Wolf darüber reden. Darüber und über alles andere. Es war an der Zeit, reinen Tisch zu machen.

KAPITEL 10

Christian Wolf überlegte, ob er aufstehen und von dem Mohnsaft nehmen sollte, den ihm der Wirt auf der Tauplitzalm gegeben hatte. Es war halb drei und er fand keinen Schlaf.

Ob es an der neuen Umgebung lag? Das Bett, das er vom Vormieter übernommen hatte, war grundsätzlich in Ordnung, vielleicht etwas zu hart. Auch die Raumtemperatur passte. Durch das gekippte Fenster strömte frische Luft in das Schlafzimmer. Ein leichter Wind wehte und ließ Äste und Zweige der Bäume im Garten wiegen und tanzen. Die Bewegungen wiederholten sich als Schattenspiel auf der dem Fenster gegenüberliegenden Wand, denn draußen schien der Mond.

Wolf entschloss sich, zu keinem Hilfsmittel zu greifen, um Schlaf zu finden. Er hatte genug von Medikamenten, auch wenn es sich in diesem Fall um Drogen natürlichen Ursprungs handelte.

Die Blausäure, fiel ihm ein, mit der Richard Sturmberger getötet worden war und die sich in dem Wein befunden hatte, den er vor Lottes Haus gefunden hatte. War auch sie ein natürliches Mittel oder wurde sie synthetisch hergestellt? Hatte nicht die Großmutter in der Kindheit vor dem Genuss aufgeschlagener Marillenkerne gewarnt, weil sie Blausäure enthielten?

Auf jeden Fall kannte sich der Täter oder die Täterin mit Giften aus, wusste, dass Rizin erst nach Stunden bis

Tagen wirkte und Strychnin zu bitter war, um es einem Nahrungsmittel beizugeben. Der Täter musste entweder in der Lage sein, die Blausäure selbst herzustellen oder sich dieses Gift beschaffen zu können.

Wolf überlegte, ob er im Internet nachsehen sollte, wie man Blausäure gewinnen konnte, entschied sich jedoch dagegen. Immerhin war es Nacht, die Zeit der Ruhe und Erholung. Dafür war am Tag genügend Zeit.

Wolf, der doch eingeschlafen sein musste, erwachte mit einem Ruck, der seinen Körper erschütterte. Als er auf den Wecker blickte, war es einige Minuten nach vier Uhr.

Er spürte etwas, das ihm von der Kindheit her bekannt war, wenn ihn jemand oder etwas sehr erschreckt hatte. Dieses Gefühl hatte mit seinem Herzen zu tun, dessen Schläge er so stark wahrnahm, dass es in seinen Ohren dröhnte und rauschte.

Wolf hatte Angst. Er versuchte, tief und regelmäßig zu atmen, bekam jedoch nur schwer Luft. Er musste etwas gegen diesen Zustand der Hilflosigkeit, des Ausgeliefertseins unternehmen. Er fühlte sich wie ein kleines Kind.

Wolf machte Licht. Licht half, wenn Kinder sich fürchteten. Es bahnte den Weg zurück in die Realität, ließ böse Träume verblassen.

Aber er hatte nicht geträumt und die Angst verschwand nicht, auch nicht im hell erleuchteten Raum.

Erging es ihm wie dem Mann, der über den gefrorenen See geritten war, der, als er sich schon auf sicherem Boden befand, vor Schreck tot zusammenbrach?

Er hatte als Schüler die Ballade *Der Reiter und der Bodensee* von Gustav Schwab auswendig lernen müssen und erinnerte sich der Verse.

Der Reiter erstarret auf seinem Pferd,
Er hat nur das erste Wort gehört.
Es stocket sein Herz, es sträubt sich sein Haar,
Dicht hinter ihm grinst noch die grause Gefahr.
Es siehet sein Blick nur den grässlichen Schlund,
Sein Geist versinkt in den schwarzen Grund.
Im Ohr ihm donnerts, wie krachend Eis,
Wie die Well' umrieselt ihn kalter Schweiß.
Da seufzt er, da sinkt er vom Ross herab,
Da ward ihm am Ufer ein trocken Grab.

Wolf war tatsächlich dem Tod entronnen, hatte die schwere Krankheit knapp überlebt, die Amputation des rechten Beins verhindert, war einem Mordanschlag mit vergiftetem Wein entgangen und hatte erfahren, dass Lotte nicht seine Tochter war.

Nun konnte Wolf wieder durchatmen. Ihm wurde erstmals bewusst, welche Gefahren er überstanden hatte. Jetzt, da er das Ärgste hinter sich hatte, fand seine Seele Zeit, sich zu fürchten. Er war in einem Schockzustand gewesen, der ihn vorwärtsdrängen ließ, um die Gefahren nicht wahrnehmen zu müssen.

Wolf ging in die Küche und öffnete eine Flasche Weißwein. Im Freien, auf der Terrasse, trank er davon in kleinen Schlucken. Kaum hatte er sich gesetzt, eilte der Kater aus dem Garten auf ihn zu und legte sich zu seinen Füßen.

Die Angst hatte abgenommen, aber sie war nicht verschwunden. Sie stammte nicht nur aus der Vergangenheit, sie hatte auch mit Gegenwart und Zukunft zu tun, mit der Frage, wie es mit Lotte weitergehen sollte und ob sein Verdacht, den Mörder Schladers betreffend, tatsächlich stimmte. Wenn dies der Fall war, würde sich das schwer auf sein Leben und die Menschen, die ihm lieb waren, auswirken. Andererseits konnte er nicht tatenlos zusehen, dass weitere Morde geschahen.

Hatte nicht Frau Beranek angedeutet zu wissen, wer der Täter war? Das bedeutete Gefahr für Grimms Sekretärin.

Wolf entschloss sich, seinen Weg konsequent weiterzugehen, vor nichts und niemandem zurückzuweichen, aber auch Verständnis und Geduld zu haben, für sich und die Menschen, mit denen er zu tun hatte.

Er wollte seine Angst nicht mehr gnadenlos wegschieben. Er hatte ein Recht darauf, Angst zu haben.

Die Flasche war leer, es dämmerte, und Muz folgte Wolf in die Wohnung.

Er setzte sich an sein Notebook und wollte sich über Herstellung und Vorkommen von Blausäure informieren, als er sah, dass Grimm ihm eine Mail geschickt hatte, um halb drei.

Ich kann nicht schlafen, schrieb der Freund. *Ich muss mit dir so rasch wie möglich reden. Wann hast du Zeit?*

Wolf antwortete, dass auch er eine unruhige Nacht verbringe und dass Grimm willkommen sei.

Jederzeit, schrieb er.

Unmittelbar danach läutete Wolfs Handy.

»Ich konnte nicht schlafen, weil ich Angst hatte«, gestand Wolf seinem Freund.

»Ich weiß deine Ehrlichkeit zu schätzen«, erwiderte Grimm. »Mir geht es ähnlich. Ich habe mich in eine

Sackgasse manövriert und weiß nicht, wie ich herauskomme. Aber erzähl du zuerst.«

»Wirklich?«

»Wirklich. Ich brauche noch etwas Zeit.«

»Meine Seele verhält sich«, begann Wolf, »wie der Reiter über den Bodensee. Sie bleibt scheinbar ungerührt, was immer Schreckliches mir zustößt, um sich dann, wenn endlich etwas Ruhe eingekehrt ist, in Angst und Schrecken zu verlieren.«

»*Es siehet sein Blick nur den grässlichen Schlund, sein Geist versinkt in den schwarzen Grund*«, zitierte Grimm.

»Auch du erinnerst dich.«

»Ich vergesse zwar viel von dem, was in jüngster Vergangenheit passiert ist. An die Schulzeit kann ich mich bestens erinnern. Mach weiter!«

»Du solltest jetzt eigentlich fragen, worin der überstandene Schrecken bestand, der den Reiter außer Gefecht setzt, als er endlich sicheren Boden erreicht hat.«

»Worin bestand der überstandene Schrecken?«

»Danke, Viktor. Ich werde mich revanchieren, wenn du deine Geschichte erzählst.«

»Das kann ich brauchen. Also?«

»Der Wundstarrkrampf, die drohende Verstümmelung meines Körpers durch die Amputation meines rechten Beines ...«

»Davon hast du nie erzählt.«

»Es ist Vergangenheit. Glücklicherweise. Der Tod des jungen Lukas Keplinger, der vergiftete Wein ...«

»Und?«

»Und die Erkenntnis, dass mich meine Frau betrogen hat, dass ich nicht der Vater Lottes bin ...«

»Sondern?«

»Ich danke für deine Hebammendienste, Viktor. Wahrscheinlich mein Bruder.«

»Nein. Hör auf! Das ist verrückt. Ilse hat dich nicht mit Klaus betrogen.«

»Doch. Hat sie. Höchstwahrscheinlich.«

»Und nun?«

»Wäre ich noch ein junger Mann, würde ich Klaus töten. Aber …«

»Was ist los mit dir?«, fragte Grimm besorgt, als sein Freund nicht mehr weitersprach. »Du bist ganz bleich geworden.«

»Mir ist etwas eingefallen.«

»Willst du darüber reden?«

»Ich weiß nicht, ob ich das kann.«

»Versuch es«, ermunterte Grimm seinen Freund.

»Ich habe Klaus töten wollen, als Kind, als er mir einen Stein an den Kopf geworfen hat. Ich hatte eine mörderische Wut.«

»Aber du hast es nicht getan.«

»Ich hätte es getan, wenn Mutter nicht dazwischengekommen wäre. Sie schüttete einen Kübel Wasser über mich, als ich mich in Klaus verkrallt hatte. Ich wollte ihn erwürgen. Ich hatte mich verloren in dem Gefühl der Wut, alles um mich herum vergessen. Ein Punkt ohne Wiederkehr. Ich war auf dem Weg, ein Mörder zu werden.«

»Und dann?«

»Mutter verständigte unseren Vater, der sogleich vom Büro nach Hause kam. Sie beratschlagten, ob sie Klaus ins Krankenhaus bringen sollten, entschieden sich aber dagegen, aus Rücksicht auf mich. Ich wäre wohl in ein Erziehungsheim eingewiesen worden.«

»Und dann?«

»Dann lernte ich dich und Ilse kennen«, sagte Wolf und lächelte verlegen.

»Du kamst zu deinen Großeltern.«

Wolf nickte stumm.

»Deine Eltern wollten dich von Klaus fernhalten«, vermutete Grimm.

»Und von sich selbst. Sie lehnten mich ab, ertrugen meine Anwesenheit nicht mehr.«

»Und deine Großeltern?«

»Sie hatten kein Problem mit mir. Sie mochten Klaus auch nicht. Die Zeit bei ihnen war …«

»Ja?«

»Die schönste Zeit in meinem Leben. Bis ich zurück musste zu den Eltern. Sie wollten mich zurückhaben, bemühten sich um liebevollen Umgang mit mir, versuchten, mir klarzumachen, dass ich meine Wut unterdrücken musste, dass wir Menschen waren und keine wilden Tiere. Klaus wich mir angstvoll aus, als ich heimkam. Ich ignorierte ihn. Wir sprachen nicht miteinander.«

»Und jetzt?«

»Ich weiß nicht.«

»Du willst ihn umbringen?«

»Ich habe gelernt, meine Wut zu zähmen.«

»Indem du dich selbst lähmst.«

Wolf schwieg auf diese Feststellung seines Freundes.

»Du darfst ihn natürlich nicht töten«, fuhr Grimm fort, »aber du kannst ihn anschreien, ihm eine Ohrfeige geben, ihn ordentlich verdreschen, diesen kleinen, boshaften Affen …«

»Es ist lange her.«

»Dass Ilse dazu imstande war, will ich nicht glauben.«

»Die genauen Umstände lassen sich nicht mehr feststellen …«

»Außer du redest mit deinem Bruder.«

»Auf gar keinen Fall. Und jetzt bist du an der Reihe.«

»Aber dein Problem ist nicht gelöst.«

»Nein. Die Sache ist mir klarer geworden. Nicht alle Probleme lassen sich lösen.«

»Wirklich?«

»Wirklich. Es hat mir geholfen, darüber zu reden.«

»Aber was ist jetzt mit Lotte, was mit deiner Erinnerung an Ilse?«

»Du lässt nicht locker, Viktor.«

»Wenn du nicht mehr darüber reden willst, respektiere ich das.«

»Lotte bleibt für mich ein liebenswerter Mensch.«

»Und Ilse?«

»Der Viktor und die Ilse meiner Kindheit waren wunderbar. Ihr verkörpert für mich die Zeit bei den Großeltern, nur dass Ilse sich verändert hatte im Laufe der Jahre. Sie wurde wie ihre Mutter. Ich glaubte, damit leben zu können, weil ich noch immer die Ilse der Kindertage durchschimmern sah.«

»Durchschimmern«, wiederholte Grimm.

»Entschuldige meine blumige Ausdrucksweise. Mir fällt kein anderes Wort ein.«

»Und ich? Ich bin wohl auch für dich zu einer Enttäuschung geworden.«

»Ganz und gar nicht. Nur vom Aussehen her. Aber das trifft wohl auch auf mich zu. Du bist im Kern der liebenswerte Bub aus der Gründbergsiedlung geblieben. Ein eigenständiger Mensch, der trotzdem auf andere hört.«

»Ich höre gern auf dich.«

»Und wo liegt dein Problem?«

»In der Einsamkeit«, antwortete Grimm, ohne nachzudenken. »Ich fülle mein Haus mit Sachen an, um wenigstens etwas um mich herum zu haben. Ist das deine Katze?«

Muz war auf die Armlehne des gepolsterten Sessels gesprungen, in dem Grimm saß und beschnupperte dessen linke Hand.

»Sie gehörte Sturmberger. Ich habe sie adoptiert.«

»Vielleicht sollte ich mir auch eine Katze zulegen«, überlegte Grimm.

»Entschuldige. Ich habe dir noch nichts angeboten. Trinkst du ein Glas Bier?«

»Nein danke. Ich möchte einen klaren Kopf bewahren, wenn schon sonst alles unklar ist.«

»Gut. Dann leg los!«

»Ich beginne mit Schlader.«

»Ich habe keinen Einwand. Du bist ein freier Mensch.«

»Schlader kam mit allen seinen Schweinereien davon, weil die Menschen um ihn herum Grenzen kennen. Sie haben gelernt, wie weit man gehen kann, ohne zum Verbrecher zu werden. Er selbst kannte diese Grenzen natürlich auch, war aber in der Lage, sie ohne Hemmung zu verletzen.«

»Eigentlich der Idealzustand«, wandte Wolf ein. »Ein

freier Mensch, der von Fall zu Fall selbst entscheiden kann, wie weit er geht.«

»So gesehen, ja«, stimmte Grimm zu. »Wenn man diese Gabe, diese Freiheit, für Positives einsetzt.«

»Ja, das macht den Unterschied. Und noch etwas: Schlader muss einem ähnlichen Menschen begegnet sein, denn letztlich ist er nicht davongekommen.«

»Wie meinst du das?«, fragte Grimm nach.

»Du hast gesagt, dass er mit seinen Schweinereien davongekommen ist. Letztlich ist er nicht davongekommen«, wiederholte Wolf.

»Weil ein anderer fähig war, eine Grenze zu überschreiten, die uns alle einschränkt.«

»Ich sehe das nicht so positiv. Es erinnert mich an meine blinde Wut, in der ich Klaus umbringen wollte. Ich habe seither gelernt, dass es andere Möglichkeiten gibt, Gegner zu stoppen, zur Besinnung zu bringen.«

»Und zwar?«

»Ja, was machen wir beide denn seit Jahrzehnten? Wir klären Verbrechen auf und ziehen Übeltäter aus dem Verkehr. Das ist die legitime Methode, einen Gegner zur Strecke zu bringen.«

»Ich verstehe, was du meinst.«

»Gut. Und das hat dich nicht schlafen lassen? Deshalb bist du mitten in der Nacht zu mir gekommen?«

Viktor Grimm verneinte. »Natürlich nicht.«

»Ich möchte dich nicht drängen. Wenn du nicht darüber reden willst, ist es mir auch recht. Ich leiste dir auch schweigend gern Gesellschaft.«

»Kannst du dir nicht denken, worum es geht?«, fragte Grimm.

»Doch, ja, ich kann es mir denken. Du hast erwähnt, dass du dich einsam fühlst. Objektiv gesehen bist du es nicht. Am Tag nicht, da bist du von Kollegen umgeben, und du hast mich als Freund. Als ich mit dem Wohnmobil unterwegs war, hättest du jederzeit Urlaub nehmen und mich besuchen können. Als ich dir von meiner Suche nach einer Wohngemeinschaft erzählt habe, hättest du dich mir anschließen können. Nein, darum geht es dir nicht. Dir geht es um eine besondere Art der Beziehung.«

»Du weißt also …«

»Natürlich. Aber ich werde mich hüten, es auszusprechen.«

»Du weißt also, dass ich homosexuell bin.«

»Du warst es schon in der Kindheit, schon vor unserer ersten Begegnung mit Schlader.«

»Aber …«

»Wo liegt das Problem?«

»In meinem Beruf. Ich würde zum Gespött der Kollegen werden, wenn sie dahinterkämen.«

»Auch die wissen es. Ein unverheirateter Mann in deinem Alter …«

»Ich bin nicht der Einzige.«

»Eben. Also, wo liegt das Problem?«

»In der unwürdigen Art, in der ich …«

»Du hast dich dafür bestrafen wollen und hast Situationen gesucht, die deiner nicht würdig waren.«

»Schlader.«

»Genau.«

»Und du hast kein Problem, mein Freund zu sein?«

»Nein. Wieso?«

»Immerhin hast du mir gefallen, als wir jünger waren.«

»Schade, dass sich das geändert hat. Aber was will man machen!«

»Nein, im Ernst.«

»Ja und? Ich habe es bemerkt und es hat mir geschmeichelt.«

»Aber …«

»Es hat unserer Freundschaft Spannung verliehen.«

»Aber …«

»Ich hatte keine Angst, von dir vergewaltigt zu werden.«

»Und du?«

»Ich hab dich gemocht, wie du warst. Und das hat sich bis heute nicht geändert.«

»Danke.«

»Noch ein Problem?«

»Ich bin in meinen Ermittlungen im Fall Schlader nicht unbelastet.«

»Du bist bereit, den Mörder zu finden?«

»Natürlich.«

»Dann sehe ich kein Problem«, stellte Wolf fest.

»Ich habe Angst, dass er Material zurückgelassen hat, unsere Beziehung betreffend.«

»Bisher wurde nichts gefunden. Oder hast du etwas unterschlagen?«, fragte Wolf.

»Noch nicht. Ich weiß aber nicht, wie ich mich verhalten soll, wenn doch etwas zum Vorschein kommt.«

»Du denkst an etwas Bestimmtes, Viktor?«

»Er hat Fotos gemacht und Filme. Du weißt schon, mit dem Handy.«

»Und du hast das zugelassen?«

»Ich war ihm gegenüber hilflos.«

»Das kann ich nicht verstehen.«

»Ich auch nicht. Jetzt, im Rückblick.«

»Ich muss es auch nicht verstehen.«

»Und was soll ich tun? Den Fall aus der Hand geben, andere ermitteln lassen?«

»Nein. Wenn du etwas findest, das dich bloßstellt, dann lass es verschwinden. Du bist nicht der Mörder und es hat aller Wahrscheinlichkeit nichts mit dem Täter zu tun. Das alleinige Ziel ist es, den Fall zu klären, Licht ins Dunkel zu bringen und …«

»Danke. Ja, so werde ich es machen. Kann ich jetzt doch ein Bier haben?«

»Nichts lieber als das.«

Wolf begab sich in Begleitung von Muz zum Kühlschrank, dem er zwei Flaschen und etwas Wurst für den Kater entnahm.

»Und du? Was machst du mit deiner Wut auf den kleinen Bruder?«, fragte Grimm.

»Ich werde dem Impuls, ihn umzubringen, nicht nachgeben«, stellte Wolf fest.

»Sondern?«

»Es ist, wie es ist. Er hat mir etwas Schlimmes angetan. Ich bin wütend darüber. Das sind die Tatsachen. An sich genügt das. Ich habe es schon gesagt: Es gibt nicht für alles Lösungen.«

»Der Gedanke gefällt mir. Wenn ich das auf mein Leben anwende …«

»Lass dich nicht täuschen von meiner vermeintlichen Weisheit.«

»Ich halte das für eine sehr wichtige Erkenntnis. Die

Realität sehen, wie sie ist und nicht sofort in Hektik verfallen, etwas ändern zu müssen. Mein Haus ist voll Müll. Ich räume den Dreck weg. Übrig bleibt eine unattraktive Behausung.«

»Die du verändern kannst.«

»Wenn ich will. Ich weiß aber nicht, ob ich in dem Haus bleibe.«

»Alles klar. Was mich wundert …«

»Ja? Was ist an meinem Verhalten verwunderlich?«

»Du warst ein Gartenfreund, in der Jugend. Du hast den Garten deiner Eltern in Schuss gehalten und jetzt machst du nichts mehr mit Blumen und Pflanzen.«

»Du meinst die Wildnis rund um mein Haus.«

»Ja. Es ist mir ein Rätsel, warum du den Garten nicht pflegst.«

»Du hast recht. Das wäre eine Aufgabe für die Pension.«

»Du kannst früher damit beginnen. Du hast auch jetzt Freizeit und Urlaub.«

»Sobald dieser Fall gelöst ist.«

»Wäre nicht der Herbst die beste Zeit, Stauden und Sträucher zu pflanzen?«

»Also müssen wir bis zum Herbst unseren Fall abschließen.«

»Noch ist Sommer«, stellte Wolf fest. »Wir werden das noch im Sommer schaffen.«

»Du hast einen Verdacht.«

»Das ist aus Gründen, die ich dir nicht verraten kann, sehr heikel und ich bin mir auch nicht völlig sicher. Ich mach dir einen Vorschlag: Wir ermitteln weiter, unabhängig voneinander und schauen, was dabei herauskommt.«

»Aber du verständigst mich, wenn du dir sicher bist.«
»Ja. Du auch.«
»Du verdächtigst mich?«
»Nein. Du hast gesagt, dass du es nicht warst. Und du hast mich noch nie belogen.«
»Wirklich?«
»Du kannst nicht lügen.«
»Sei vorsichtig!«
»Du auch. Wir hören voneinander.«

Wolf bestellte am späteren Vormittag ein Taxi zum Haus seiner Tochter. Er musste endlich das Wohnmobil loswerden und sich einen Wagen kaufen. Er beschloss, sich so bald wie möglich dieser Aufgabe zu widmen. Aber das hing vom Ergebnis seines Gesprächs mit Fidi ab.

Der junge Mann war gerade beim Frühstück.

»Ich gehe auch in den Ferien erst um halb eins ins Bett«, erklärte er. »Aus Gewohnheit, von der Abendschule her. Da bin ich noch zu aufgedreht zum Schlafen und widme mich dem Zappen. Du glaubst gar nicht, Onkel Christian, auf was man da alles stößt.«

»Großonkel. Wenn überhaupt. Du kannst mich gern Christian nennen.«

»Dann nenn ich dich Wolf, wenn es dir nichts ausmacht. Das gefällt mir besser.«

»Alles klar. Ich bleibe bei Fidi.«

»Du bist gekommen, weil du mit mir reden möchtest, Wolf.«

»Über Lucy. Ja«, steuerte Wolf direkt auf das Ziel seines Besuchs zu.

»Tom mag sie nicht.«

»Wer ist Tom?«

»Mein Freund.«

»Ich verstehe. Er könnte eifersüchtig sein, weil du keine Zeit mehr für ihn hast.«

»Ja. Aber was soll ich tun?«

»Ihn nicht fallenlassen. Ein Mann braucht einen Freund.«

»Du hast Grimm.«

»Eben.«

»Tom könnte die Grafik für unser Game machen. Wenn Lucy einverstanden ist.«

»Das wäre eine gute Lösung, ihn in das Projekt einzubinden. Immerhin hatte auch der Graf von Monte Christo einen Freund, soweit ich mich erinnern kann.«

»Ich glaube schon. Du hast gesagt, dass du mit mir über Lucy reden möchtest. Was willst du wissen?«

»Erzähl mir, was für ein Mensch sie ist, was dir an ihr gefällt, was dich ärgert.«

»Nichts. Mich ärgert nichts an ihr«, protestierte Fidi.

»Interessant. Ich hatte immer irgendwelche Probleme mit den Frauen meines Lebens.«

»Sie ist schön, gescheit und wunderbar. Ganz einfach wunderbar. Nur …«

»Ja?«

»Sie ist sehr zurückhaltend. Ich darf sie nicht einmal küssen. Sie sagt, sie hatte es in der Kindheit schwer und braucht Zeit.«

»Das kann ich mir vorstellen. Bei dem Vater. Wäre es möglich, dass du mich begleitest, wenn ich sie besuche?«

»Ja schon. Aber warum willst du sie besuchen?«

»Ich arbeite mit Grimm an der Lösung des Kriminalfalles Schlader. Sie hat immerhin Vater und Mutter verloren.«

»Aber du hast sie nicht in Verdacht?«

»Hast du schon daran gedacht, dass sie einen unbändigen Hass auf ihre Eltern gehabt haben könnte? Immerhin ist ihr das Thema *Rache* wichtig.«

»Wieso Rache?«

»Würdet ihr euch sonst mit dem Grafen von Monte Christo beschäftigen?«

»Aber das ist doch nur ein Spiel.«

»Begleitest du mich zu ihr?«

»Aber du darfst sie nicht beschuldigen. Sie ist ganz bestimmt nicht die Mörderin ihrer Eltern.«

»Ich wäre froh, wenn das so stimmt. Ich habe einen Verdacht in dieser Richtung, den ich sonst niemandem gegenüber äußere, den ich aber geklärt haben möchte.«

»Und wenn sie es ist, wenn Lucy sich als Lucifer entpuppen würde, dann wäre es doch gefährlich, sie aufzusuchen.«

»Der war gut«, fand Wolf.

»Du meinst das Wortspiel mit Lucifer?«, fragte Fidi überrascht.

»Sicher. Ja, es könnte gefährlich werden. Für mich und für dich. Also, hast du Angst?«

»Natürlich nicht. Von Lucy kommt nichts Schlechtes.«

»Rufst du sie an?«

»Hallo Fidi! Ich habe Sie längst erwartet, Herr Wolf, Sie oder Ihren Kollegen von der Polizei«, begrüßte Lucy Schlader den Besuch. »Ich selbst hätte mich bereits verhaftet, als Hauptverdächtige in diesem Mordfall.«

»Sag das nicht, Lucy! Jeder weiß, dass du als Mörderin nicht infrage kommst«, sagte Fidi. »Ich hab es Wolf bereits gesagt. Und er hat noch mit niemandem sonst über den Fall geredet.«

»Ist das nicht etwas unvorsichtig, einer möglichen Mörderin zu verraten, dass ihr die Einzigen seid, die sie verdächtigen?«

»Ich habe keine Angst«, sagte Fidi.

»Und die Sache lässt sich rasch klären.«

»Wie?«, fragte die junge Frau.

»Indem Sie mir verraten«, sagte Wolf, »ob Sie Ihre Eltern getötet haben.«

»Nein. Habe ich nicht. Obwohl ich Gründe dafür gehabt hätte, gute Gründe.«

»Ich glaube Ihren Worten, Lucy. Aber helfen Sie mir, in diesem Fall weiterzukommen. Ich muss gestehen, dass Sie für mich die Hauptverdächtige waren.«

»Bin ich das nicht mehr?«

»Einigen wir uns im Moment auf die Variante, dass Sie unschuldig sind.«

»Ein ernstes Spiel«, bemerkte Fidi.

»Wie alle Spiele«, erwiderte Lucy. »Ich habe, ehrlich gesagt, Schwierigkeiten, meine Geheimnisse vor Ihnen auszubreiten, Herr Wolf. Obwohl Sie mir nicht unsympathisch sind.«

»Wollen Sie mit Fidi allein reden?«

»Das fiele mir schon leichter.«

»Und Sie sagen ihm, was er an mich weitergeben kann.«

»Ja schon, aber …«

»Es wäre mir sehr wichtig zu hören, wie es Ihnen mit

den Eltern ergangen ist, wie sich Ihr Vater Ihnen gegenüber verhalten hat, ob Sie jemanden verdächtigen, schuld an seinem Tod zu sein.«

»Und dem meiner Mutter und ihres Detektivs«, ergänzte Lucy. »Ich mache einen ganz anderen Vorschlag. Ich führe dieses Gespräch mit Ihnen, Herr Wolf, als ob Sie ein Kriminalbeamter wären. Sie können alles fragen und ich werde mich bemühen, wahrheitsgemäß zu antworten. Aber …«

»Aber?«

»Aber Fidi soll nicht dabei sein. Mit ihm werde ich später reden.«

»Ich kann gehen, wenn du das willst«, sagte Fidi.

»Ich will dir nichts verschweigen, aber ich möchte dir gegenüber andere Worte finden als einem Fremden gegenüber. Sie entschuldigen, Herr Wolf.«

»Alles klar.«

»Fidi liebe ich, das kompliziert die Lage.«

»Du liebst mich?«, strahlte Fidi. »Das hast du mir noch nie gesagt.«

»Und du, Fidi?«, fragte Wolf.

»Das sag ich ihr, wenn du nicht dabei bist, Wolf.«

»Ich verstehe. Soll ich hinausgehen?«

»Nein. Ich werde Lucy am Nachmittag besuchen und mit ihr reden.

»Tschau, Fidi.«

»Tschau, Lucy. Ich glaube an dich. Und ich liebe dich.«

»Na endlich ist es heraußen«, gab sich Wolf erleichtert.

»Kommen Sie doch mit in mein Zimmer, Herr Wolf. Es ist nicht ganz so unbequem wie der Rest des Hauses«, sagte Lucy und ging die Treppe hoch in das Dachgeschoss.

Von Lucys Zimmer aus sah man den Fluss und Siedlungshäuser am anderen Ufer der Enns.

Der kleine Raum war vollgestopft mit Büchern, die meisten davon Werke aus dem Bereich der Informationstechnologie. Wolf erkannte aber auch psychologische Fachliteratur und Belletristik in den weißen Regalen.

Vor dem Fenster stand ein Schreibtisch mit einem Notebook, zwei Druckern und einem Scanner.

»Wenn Sie etwas zu essen oder zu trinken wollen, Herr Wolf, melden Sie sich bitte.«

»Danke. Im Augenblick nicht.«

»Darf auch ich Sie etwas fragen?«, erkundigte sich die junge Frau, wobei sie Wolf mit ihren großen, dunklen Augen betrachtete, die so gar nicht zu den hellblonden Haaren passten.

»Es soll ein Gespräch werden, kein Verhör.«

»Heißt das, ja?«

»Ja, bitte, fragen Sie.«

»Sie waren einmal Journalist, aber kein Polizist. Warum ermitteln Sie gemeinsam mit Ihrem Freund in dieser Sache?«

»Grimm – der Chefinspektor – und ich haben schon in mehreren Fällen zusammengearbeitet. Das hat sich früher aus meiner Tätigkeit als Journalist ergeben, aus unserer Freundschaft seit Kindertagen und dem Umstand, dass Grimm Talente hat, die ich nicht besitze, und dass einige meiner Eigenschaften die Persönlichkeit Grimms ergänzen. Etwas kompliziert? In einfachen Worten: Grimm hat ein Auge für Details, kann sie aber nicht gewichten, während ich vor lauter Abstraktion und Vermutungen oft Wichtiges übersehe. Gemeinsam sind wir nahezu unschlagbar.«

»Weiß Grimm von Ihrem Verdacht gegen mich?«

»Nein. Ich habe das nicht erwähnt, um keinen Schaden anzurichten, der nicht mehr gutzumachen wäre.«

»Schaden?«

»Schaden für Ihre Persönlichkeit, Lucy, und Schaden für Fidi. Denn ich kann mich ja irren, was Ihre Täterschaft betrifft.«

»Danke. Das waren meine Fragen. Jetzt sind Sie an der Reihe.«

»Von uns beiden«, begann Wolf, »wissen Sie ganz sicher, ob Sie eine Mörderin sind oder nicht. Sie haben meine Frage nach Ihrer Täterschaft bereits verneint. Also frage ich jetzt, ob Sie jemand anderen verdächtigen.«

»Ich habe Überlegungen angestellt.«

»Es wäre hilfreich, wenn Sie diese mit mir teilen könnten.«

»Es muss ein Mensch sein, der meinen Vater abgrundtief hasste, dem mein Vater sehr wehgetan haben muss, also brachte er ihn um. Dieser Mensch wurde nicht von seiner Wut überwältigt, es war keine Tat im Affekt. Der Täter ist ein Profi, der sehr genau plant, der wie ein Arzt operiert.«

»Und der Tod Ihrer Mutter?«

»Alle anderen Menschen, die ebenfalls zu Tode kamen, waren Nebenfiguren, die dem Täter nicht wirklich wichtig waren, die jedoch dran glauben mussten, weil sie zu viel wussten oder weil er die Spur zu sich verwischen wollte.«

»Sie denken an einen Mann.«

Lucy nickte. »Ich kann nicht begründen, warum, aber es ist so.«

»Wie war Ihr Verhältnis zu Ihrem Vater und Ihrer Mutter?«

»Ich weiß, worauf Sie hinauswollen, aber ich bin bereit, diese Frage zu beantworten«, sagte Lucy ernst. »Ich hätte, kurz gesagt, ein Motiv, Rache an meinem Vater und auch an Mutter zu nehmen. Und ich habe den Mord an beiden in Gedanken immer und immer wieder durchgespielt. Ich habe Strategien entwickelt, wie man sie beseitigen könnte, ohne selbst in Verdacht zu geraten, auch wenn man die Alleinerbin eines beträchtlichen Vermögens ist.«

»Inklusive der Lebensversicherung des Vaters.«

»Ja. Wenn ich nicht ins Gefängnis komme, habe ich für den Rest meines Lebens finanziell ausgesorgt.«

»Sie haben den Tod der Eltern in Gedanken immer wieder durchgespielt, sind jedoch nicht tätig geworden. Weshalb?«

»Ich war … ich bin … noch nicht so weit. Ich kann mich in der realen Welt noch nicht so bewegen, wie ich mir das wünsche. Nur in der virtuellen Welt bin ich wirklich frei.«

»Deshalb Ihr Interesse an Computerspielen.«

Lucy nickte. »In anderen Worten: Ich bin nicht fähig, jemanden zu töten. Und das nicht aus irgendwelchen moralischen Gründen. Ich kann es ganz einfach nicht.«

»Aber Sie hätten Gründe gehabt, die Eltern zu hassen …«

»Ich habe sie gehasst, und ja, ich habe Gründe dafür.«

»Wollen Sie mir davon erzählen?«

»Ganz einfach: Er hat mich nicht leben lassen, hat immer alles kaputt gemacht, was mir wichtig war, und Mutter hat das zugelassen. Sie hätte den Mut aufbringen müssen, mit mir von ihm wegzugehen. Er hat mir alles genommen, was mir wichtig war. Ich durfte keine Freundinnen und keine Freunde haben. Sobald ich mich in einer Klasse eingewöhnt hatte, nahm er mich aus der Schule und versetzte mich in eine völlig fremde Umgebung. Er tötete die Meerschweinchen, die Mutter mir zum Geburtstag geschenkt hatte. Immer wenn ich einem Lebewesen – ob Mensch oder Tier – näherkam, schlug er drein. Ich wusste, dass ich mir keinen Hund, keine Katze wünschen durfte. Er hätte sie umgebracht.«

»Ein Wunder, dass Sie nicht krank wurden.«

»Ich war ein halbes Jahr in Linz, in der sogenannten Kinderpsychiatrie.«

»In welchem Alter?«

»Mit dreizehn. Ich war an katatoner Schizophrenie erkrankt.«

»Das heißt …«

»Mein Körper war so verkrampft, dass ich mich nicht mehr bewegen konnte. Ich hatte hohes Fieber und konnte und wollte nicht reden.«

»Sie wurden gerettet.«

»Zuerst mit Medikamenten, dann mit einer Therapie.«

»Und die Ärzte der Klinik wussten über die Ursachen der Erkrankung Bescheid.«

»Ich habe nichts von meinem Vater erzählt.«

»Warum nicht?«

»Er hätte mich getötet und es wie einen Unfall aussehen lassen.«

»Und was hat diese schwere Erkrankung ausgelöst? Ich meine, was war die unmittelbare Ursache?«

»Er hat mir eine Videoaufzeichnung vorgeführt.«

»Er hat Sie mit etwas gequält.«

»Ich möchte nicht darüber reden. Es tut noch immer weh.«

»Er hat Film- oder Videoaufnahmen gemacht.«

»Immer wieder.«

»Und dieses Material existiert noch.«

»Dieses Material gibt es noch.«

KAPITEL 11

Lucy führte Wolf in das ehemalige Arbeitszimmer Schladers, in dem sich dessen Safe mit angeblich belastendem Foto- und Filmmaterial befand.

»Ich kann den Tresor nicht öffnen«, erklärte Schladers Tochter. »Die Ziffernkombination ist mir nicht bekannt. Wir durften diesen Raum nicht betreten.«

»Ich werde den Chefinspektor, meinen Freund Grimm, ersuchen, den Tresor von einem Spezialisten öffnen zu lassen. In der Zwischenzeit wird Grimm Sie durch einen Mitarbeiter Tag und Nacht überwachen lassen.«

»Sie glauben noch immer, dass ich eine Mörderin bin.«

»Wenn etwas bellt wie ein Hund, wenn es Fell hat, eine Schnauze, dann handelt es sich auf jeden Fall um einen Hund, oder ein Kaninchen mit Bronchialkatarrh.«

»Ich versichere, es ist ein hustender Hase. Die Beobachtung durch einen Polizisten ist mir sogar recht. Das verringert die Gefahr, in der ich mich befinde. Der Täter könnte es auf mein Geld abgesehen haben.«

»Der Tresor verbirgt sich vermutlich hinter einem der Bilder«, lenkte Wolf das Gespräch auf ein anderes Thema.

An den drei Innenwänden hingen je zwei Gemälde, die Dr. Norbert Schladers Wirken für die Stadt illustrierten. Er stand jeweils neben einem wichtigen Bauprojekt und blickte versonnen nach rechts, Richtung Zukunft.

Die Darstellung der Bauten verriet einen technisch versierten Menschen.

»Es war ihm wichtig, seine Taten in Bildern und Filmen festzuhalten«, stellte Wolf fest. »Ich bin gespannt, was wir im Tresor finden. Verraten Sie mir, wo der Safe liegt?«

»Entschuldigen Sie, Herr Wolf. Weil es für mich klar ist, dachte ich, es wäre auch Ihnen bekannt. Der Tresor befindet sich im Fußboden, von einem Teppich überdeckt.«

»Wie haben Sie das herausgefunden?«

»Durch eine Digicam, die ich an der Gardinenstange installiert hatte, konnte ich mitverfolgen, was Vater in seinem Arbeitsraum machte.«

»Sie kennen die Zahlenkombination wirklich nicht?«

»Leider nein. Die Kamera erfasste nicht den Boden. Ich konnte anfangs nicht ahnen, wo der Tresor war und hätte des Gerät nachjustieren müssen. Aber das war nicht leicht. Vater wollte Mutter und mich fernhalten von seinem Arbeitsraum.«

»Vielen Dank. Sie haben mir mit diesen Hinweisen enorm geholfen.«

»Keine Ursache, Herr Wolf. Ich bin am Nachmittag bei Fidi im Garten. Wir werden ein intensives Gespräch führen. Ich muss ihn um Geduld und Verständnis in vielerlei Hinsicht bitten. Und wenn ich gar nicht vorankomme, werde ich wieder eine Therapie machen.«

»Sie haben erzählt, dass Sie sich in der Kinderklinik schon einmal einer Therapie unterzogen haben.«

»Eine Spieltherapie, bei der ich menschliche Situationen mit Puppen nachgestellt habe, immer auf der Hut, nicht zu viel über meinen Vater zu verraten.«

»Diese Rücksicht müssten Sie jetzt nicht mehr nehmen, wenn Sie die Therapie wieder aufnehmen.«

»Das wäre ein Vorteil. Ich bin noch am Überlegen.«

Wolf nahm telefonisch Kontakt zu Grimm auf: »Ich habe ein Anliegen. Nein, nichts Persönliches. Du musst keine Möbel in die Villa Vogelsang schleppen. Dienstlich. Ja. Im Haus Schladers befindet sich ein Tresor, der möglicherweise brisantes Material enthält, darunter Fotos und Filme, mit denen er Menschen erpressen konnte. Wir kennen den Code nicht und hoffen auf einen Profi, dem es gelingt, den Safe zu öffnen und der das Material sichtet. Es könnten kompromittierende Aufnahmen darunter sein, also sollte der Spezialist kein Steyrer sein, der die Beteiligten von Angesicht zu Angesicht kennt.«

»Danke für den Hinweis. Ich werde Ismail Öbeck aus Linz anfordern. Wir haben bis jetzt nicht mit ihm gearbeitet, weil Eigner fast jede Tür aufbringt.«

Den Abend verbrachte Wolf in seiner neuen Wohnung. Er ging von Raum zu Raum und überlegte, was er verändern wollte, um sie zu seinem Zuhause werden zu lassen.

Die dunklen, etwas angejahrten Gardinen wollte er durch neue, helle ersetzen, am besten einfarbige, um keine optische Unruhe in die Räume zu bringen. Die alten Bilder an den Wänden wollte er gegen neue austauschen, gegen Fotos, Zeichnungen und Gemälde, die mit ihm zu tun hatten. Die Bilderrahmen konnte er weiterverwenden. Sie wirkten solide und harmonierten mit der restlichen Einrichtung.

Als er ins Badezimmer kam, bemerkte er das Fehlen einer Waschmaschine. Er würde gleich am nächsten Vormittag eines der Einrichtungshäuser auf dem Tabor aufsuchen und sich nach einer Waschmaschine und einem Trockner umsehen.

Sturmberger hatte entweder jemanden gehabt, der sich um seine Kleidung gekümmert hatte, oder er hatte sie in eine Wäscherei gebracht. Das aber wollte Wolf selbst übernehmen.

Als er diese Überlegungen abgeschlossen hatte, öffnete er die Fenster und die Verandatür zum Garten, nahm ein Glas Rotwein und setzte sich ins Freie.

Aus Frau Beraneks Wohnung war das Fernsehgerät zu hören. Auch sie hatte die Fenster geöffnet. Die beiden Frauen verfolgten offenbar einen amerikanischen Krimi mit gerichtsmedizinischem Hintergrund.

Warum, überlegte Wolf, wurden so viele Filme dieser Art gedreht? Hatte das mit der Vergangenheit des Menschen als Raubtier zu tun, mit kannibalistischen Fantasien? Egal. Man musste nicht alles ergründen. Obwohl …

Obwohl es ihn schon interessierte, warum Schlader Fotos und Filme seiner Taten so wichtig gewesen waren.

Hatte nicht Lucy erwähnt, dass er sie mit Filmaufnahmen gequält hatte? Benutzte er das Material, um andere Menschen zu erpressen, sie gefügig zu machen?

Er musste sich gedulden, bis Grimm ihm über den Inhalt des Safes erzählte. Grimm. Der würde heute Nacht nicht gut schlafen können. Immerhin könnte auch er Darsteller eines dieser Filme sein. Auf seinen Linzer Kollegen mit dem türkischen Namen konnte er sich offenbar verlassen. Er wich nicht ohne Grund auf ihn aus.

Um elf ging Wolf zu Bett und schlief rasch ein, bis er gegen halb sechs mit einem Ruck erwachte. Ein Gedanke hatte ihn geweckt, der ihn auch bei vollem Bewusstsein erschreckte.

In Schladers Leben war alles Berechnung gewesen. Der Mann hatte nichts getan, ohne sich doppelt und dreifach abzusichern. Hinter jeder Handlung hatte ein Hintergedanke gelauert.

Hatte auch sein Tresor so etwas wie einen doppelten Boden? Der Mann konnte es doch nicht zulassen, dass irgendjemand den Safe öffnete oder öffnen ließ und dann Zugang zu ihn belastendem Material hatte.

Führte der Hinweis auf geheimes Material in eine perfide Falle, eine Falle, die sich für Grimm und den Linzer Polizisten als tödlich erweisen könnte? Eine Falle, die entweder Schlader selbst oder seine Tochter gestellt hatte, nachdem sie diese in einem strategischen Spiel erdacht hatte.

Er musste Grimm warnen.

An Schlaf war nicht mehr zu denken. Wolf machte Kaffee und gönnte sich Rühreier mit Toast. Orangensaft musste er auch noch besorgen.

Muz lugte vom Fenstersims mit großen Augen in das Innere der Küche. Wolf öffnete das Fenster, begrüßte den Kater und fütterte ihn.

Mit dem Tierarzt, fiel ihm ein, musste er sich über Impfungen, Entwurmung und Flohbekämpfung unterhalten. Vielleicht wusste Dr. Lemberger, wie alt Muz war.

Um sieben rief er Grimm an.

»Du bist schon wach«, stellte er fest.

»Natürlich«, antwortete Grimm. »Gegen halb neun kommt Öbeck aus Linz. Dann geht es los. Warum rufst du an?«

»Ich muss dich und diesen Herrn Öbeck vor einer möglichen Falle Schladers warnen.«

»Falle inwiefern? Meinst du die Gefährlichkeit des Materials, das sich im Safe befinden könnte?«

»Ich befürchte eine Falle, die für dich und alle anderen im Haus befindlichen Menschen tödlich sein könnte.«

»Wenn man das ernst nimmt, und ich nehme Äußerungen dieser Art ernst, sobald sie von dir kommen, muss man an einen Mechanismus denken, der beim Öffnen des Safes ausgelöst wird und …«

»Ja, Viktor, genau das ist es. Du bist wieder einmal auf der richtigen Spur. Ja, Sprengstoff. Eine Sprengstofffalle.«

»Wie gesagt, ich nehme das ernst. Du hattest viel zu oft recht mit deinen Befürchtungen.«

»Was wirst du tun?«, erkundigte sich Wolf.

»Ich werde mit dem Öffnen des Tresors zuwarten, bis ein Sprengstoffsachverständiger eingetroffen ist.«

»Das klingt vernünftig«, fand Wolf. »Und noch etwas.«

»Ja?«

»Ich möchte dabei sein.«

»Darum wollte ich dich soeben bitten.«

»Wann beginnt ihr?«

»Sobald der Experte eintrifft. Ich verständige dich.«

»Ich bin am Vormittag auf dem Tabor unterwegs. Ruf mich bitte an, sobald sich etwas tut.«

Die Einrichtungshäuser öffneten erst um neun, also hatte Wolf noch Zeit, sich im Internet nach einem Auto und nach Waschmaschine und Trockner umzusehen.

Sehr verlockend erschien ihm die Möglichkeit, einen sogenannten Jahreswagen zu erwerben, vielleicht einen kleinen Mercedes. Das waren beinahe neue Fahrzeuge zu einem erheblich reduzierten Preis, die von Firmenangehörigen abgestoßen wurden. Er fand eine Seite mit Verkaufsangeboten und speicherte diese unter den Favoriten ab.

Das Möbelhaus, das er auf dem Tabor aufsuchen wollte, bot auf seiner Homepage relativ günstige Waschmaschinen und Trockner eines ihm unbekannten Herstellers an. Als er sich die Daten notierte, wurde ihm bewusst, dass er eine Zukunft für sich sah, zumindest für die Lebensdauer der Elektrogeräte, die sich, seiner Erfahrung nach, auf etwa dreizehn, vierzehn Jahre erstreckte. Er war sicher, seine Erkrankung vollständig überstanden zu haben und rechnete nicht damit, im Zuge der Aufklärung des Falles Schlader zu Schaden zu kommen. Also hieß es, doppelt und dreifach vorsichtig und aufmerksam zu sein. Schon der Elektrogeräte und des zukünftigen Autos wegen, von Muz ganz zu schweigen.

Er musste sich auch neu einkleiden und dabei auf sportliches, praktisches Gewand achten, fand er. Als er sich im Spiegel betrachtete, gefielen ihm die dunklen, stark mit Weiß vermischten Bartstoppeln und er entschloss sich, sich nicht mehr zu rasieren. Er wollte sich einen Bart wachsen lassen, allerdings keinen Nikolobart, sondern ihn kurz halten. Dafür benötigte er einen Barttrimmer.

Wolf beobachtete misstrauisch die Drehtür, durch die er in das Einrichtungshaus gelangen sollte. Sie wirkte wie eine vertikal funktionierende Guillotine. Als er sah, dass keiner der Kunden daran zu Schaden kam, entschloss er sich, es ebenso zu wagen.

Kaum hatte er das Erdgeschoss betreten, als ihm eine geballte Ladung von Duftstoffen entgegenschlug, mit denen man offenbar den Eigengeruch der Möbelstoffe überdecken wollte.

Leicht benebelt begab sich Wolf zum Lift. Elektrogeräte wurden im ersten Stockwerk angeboten.

Wolf fragte einen der Verkäufer nach Waschmaschinen und Trocknern. Der junge Mann führte ihn zu Wolfs Überraschung nicht zu den teuren Geräten, sondern zu den preisgünstigeren. Wolf fragte sich, ob dies unter dem Einfluss seines beginnenden Bartwuchses geschah, der offenbar auf einen weniger finanzkräftigen Kunden hinwies.

»Es gibt auch kombinierte Geräte, in denen Sie waschen und trocknen können«, erklärte er, als Wolfs Handy läutete.

»Ich danke dir, dass du Rücksicht nimmst auf Fidi und seine Freundin«, meldete sich Lotte. »So sensibel habe ich dich eigentlich nie erlebt. Du wirst mehr und mehr zu einem Menschen.«

Etwas überrascht über das ambivalente Kompliment fragte Wolf: »Und was war ich bisher?«

»Der Darsteller eines Menschen. Jetzt wirst du ein echter Mensch.«

Wolf war sprachlos.

»Hab ich dich beleidigt?«, fragte Lotte in die Stille.

»Ich weiß nicht.«

»Also nochmals vielen Dank. Ich liebe dich, Ex-Papa.«

»Danke Lotte, ich dich auch. Warte einen Augenblick! Ex-Papa. Du weißt, wer dein wahrer Vater ist?«

»Ja. Wie du vermutet hast.«

Etwas verwirrt entschuldigte sich Wolf bei dem Verkäufer für die Unterbrechung und teilte ihm mit, dass er getrennte Geräte erwerben wolle, um gleichzeitig waschen und trocknen zu können.

»Dabei«, riet der Mann, »müssen Sie darauf achten, dass die Sicherung stark genug ist oder dass die Anschlüsse für Waschmaschine und Trockner getrennt abgesichert werden, sonst kommt es zu einem Kurzschluss.«

Die Geräte kosteten zusammen 598 Euro.

»Also 600 Euro«, stellte Wolf fest und erkundigte sich nach dem Preis für Lieferung und Anschluss.

»Das macht 99 Euro.«

»Also 100. Geht in Ordnung«, sagte Wolf, und der Verkäufer blickte unglücklich zu Boden.

Wolf hatte keine Ahnung, womit er ihn aus der Fassung gebracht hatte.

»Das ist zwar ein hoher Preis – ich meine für die Lieferung und den Anschluss«, entschuldigte sich der Mann, »dafür jedoch bekommen Sie exklusive Qualität.«

Wolf wusste darauf keine Antwort und schwieg.

»Aber wir kommen Ihnen gerne ein Stück entgegen, indem wir vom Gerätepreis 10 Prozent abziehen. Das macht dann mit der Lieferung 639 Euro. Wenn wir etwas abrunden, kommen wir auf 630 Euro.«

Wolf bedankte sich überrascht. Der Mann war enttäuscht gewesen, dass er nicht mit ihm gehandelt hatte.

Eigentlich hatte er das immer getan, er hatte sich immer um Prozente, um den besten Preis bemüht und fragte sich, warum ihm das nun völlig egal war. Hatte Lotte recht, dass er ein anderer geworden war? Hatte sich sein Gehirn, sein Denken, durch die Krankheit verändert?

Er wollte auf direktem Weg zum Ziel gelangen und auf die üblichen Spielchen verzichten. Dafür fehlten ihm Interesse und Geduld. Und Punkt. Mehr war da nicht, fand Wolf und fuhr im Lift nach unten, zur Gardinenabteilung, als sich Grimm über das Handy meldete.

»Teilst du den Eindruck, dass ich in letzter Zeit immer mehr zu einem Menschen werde?«, fragte Wolf.

»Wer behauptet das?«

»Lotte.«

»O doch. Natürlich. Du wirst direkt menschlich.«

»Und was war ich vorher?«

»Natürlich auch ein Mensch, aber nicht ganz echt, irgendwie an eine Puppe erinnernd.«

»Wachspuppe oder Roboter?«

»Ein Mensch, der sich allzu sehr unter Kontrolle hat.«

»Warum rufst du an, Viktor?«

»Hab ich dich jetzt beleidigt?«

»Ich hätte nicht gefragt, wenn ich keine Antwort hören wollte.«

»Gut. Die Kollegen Öbeck und Seidl sind eingetroffen.«

»Der Panzerknacker und ...«

»Und Mister Dynamit. Du kommst mit?«

»Unbedingt.«

Wolf entschied, den Vorhangkauf aufzuschieben und verließ das Gebäude durch die Drehtür Richtung Parkplatz, wo er auf Grimms Dienstwagen, einen silbergrauen Ford Mondeo, wartete.

Lucy Schlader öffnete die Tür zum Niedrigenergiehaus und bat die vier Herren ins Innere.

Der Chefinspektor begrüßte und ersuchte sie, das Gebäude zu verlassen: »Wir sind bemüht, jeden Schaden zu vermeiden. Es könnte lebensgefährlich werden.«

»Inwiefern?«, erkundigte sich die junge Frau.

»Wir werden sehen. Jedenfalls ist Vorsicht geboten«, hielt sich Grimm bedeckt. »Außer Ihnen befindet sich momentan niemand im Haus? Auch kein Haustier?«

Lucy bestätigte das.

»Gut, dann können wir beginnen«, wandte sich Grimm an die Herren Öbeck und Seidl.

Ismail Öbeck widmete sich dem im Fußboden des Arbeitszimmers verborgenen Tresor. Der kleine Mann türkischer Herkunft, der Wolf an einen schwarzen Dackel erinnerte, der krummen Beine wegen, die vermutlich auf Vitaminmangel in der Kindheit zurückzuführen waren, widmete sich mit Hingabe dem elektronischen Zahlenschloss, ohne es jedoch zu berühren. Das hatten Grimm und Wolf ausdrücklich untersagt.

»Die Safetür und das Schloss werden mit Strom versorgt«, stellte er in etwas zu perfektem Deutsch fest. »Das Öffnen stellt eigentlich kein Problem dar. In höchstens einer halben Stunde müsste das gelingen.«

»Dann suchen wir nach einer möglichen Sprengstofffalle«, sagte Grimm und bat die Herren, ihm in den darunterliegenden Keller zu folgen.

»Ich könnte mich inzwischen mit dem Schloss

beschäftigen, natürlich nur theoretisch«, schlug Öbeck vor, doch Grimm bat ihn mitzukommen: »Vielleicht gibt es auch im Keller Arbeit für Sie.«

Ismail Öbeck griff nach seinem Werkzeugkoffer und folgte Grimm, Wolf und dem Sprengstoffexperten.

Tatsächlich war der Teil des Kellers, der unter dem Arbeitszimmer Schladers lag, mit einer Stahltür und einem Zylinderschloss gesichert.

Öbeck entnahm seinem Koffer zwei Stifte, die er in den Schlüsselkanal einführte. Die Zungenspitze, die leicht aus dem Mund des Mannes ragte, verriet seine Konzentration, die nach nicht einmal einer Minute zum Erfolg führte: Die Tür war offen.

Der Chefinspektor betätigte den an der rechten Innenseite des noch dunklen Raumes angebrachten Lichtschalter und entdeckte eine Stellage mit zehn braunen Päckchen, die in durchsichtigen Kunststoff gehüllt waren. Sie trugen die Aufschrift *Ammongelit*.

»Ein Sprengstoff, der nicht mehr hergestellt wird«, meldete sich der Sachverständige, ein großer, schlanker Mann mit randloser Brille, zu Wort.

»Und das bedeutet?«, fragte Wolf.

»Eigentlich nichts«, antwortete der Fachmann trocken. »Ammongelit wurde früher in Steinbrüchen oder zum Abriss von Häusern verwendet. Wichtig für uns sind die Zünder und Sprengkapseln und natürlich der Mechanismus, der diese auslösen soll.«

Alle Anwesenden schwiegen, als Seidl die braunen Stangen mit behandschuhten Fingern berührte.

»Aha, ich verstehe. So also war das gedacht«, sagte der Mann und bat die Männer, den Sprengstoff ins Freie zu transportieren. Als sich niemand vorwagte, meinte er noch: »Es geht schneller, wenn Sie mir helfen. Das Ammongelit allein kann nicht explodieren, außer Sie rauchen dabei. Und wenn auch die Sprengkapseln draußen sind, kann der Zünder zünden, soviel er will, es hilft ihm nichts.«

Grimm nahm je ein Päckchen in die linke und die rechte Hand und entfernte sich aus dem Raum. Wolf und Öbeck folgten ihm.

Als das gefährliche Material sicher im Kofferraum von Grimms Ford verstaut war, fragte Wolf den Experten, auf welche Weise die Explosion hätte erfolgen sollen.

»Die Zünder waren mit Empfängern versehen. Sie müssen sich das wie ein Mobiltelefon vorstellen. Auf der einen Seite gibt jemand eine Telefonnummer ein …«

»Die Zahlenkombination, die das Schloss öffnet«, stellte Grimm fest.

»Genau. Der Sender empfängt dieses Signal und löst einen Impuls aus …«

»Im Falle eines Handys den Signalton.«

»Und das Haus fliegt in die Luft, zusammen mit dem Menschen, der in den Tresor eindringen wollte«, erklärte Seidl. »Der Mechanismus ließ sich natürlich unterbrechen, wenn der Besitzer selbst den Safe öffnete.«

Der erfolgreiche Sprengstoffexperte sowie Grimm und Wolf beobachteten den beamteten Safeknacker Öbeck mit gespanntem Interesse, als er einen kreisrunden Metallgegenstand auf das elektronische Schloss des Tresors legte.

»Wäre es möglich, uns zu erklären, was Sie machen, Kollege?«, bat Grimm.

»Natürlich. Allerdings weiß ich noch nicht, ob der erste Versuch erfolgreich sein wird. Ich umgehe den Code, indem ich einen Magneten benutze.«

»Das heißt«, vergewisserte sich Wolf, »man kann auf den Schlüssel verzichten, wenn man den Riegel mechanisch betätigt.«

»So in etwa, ja«, erklärte Öbeck. »Die einfachsten Lösungen sind die besten, wenn sie funktionieren. Man benötigt dazu einen starken Magneten. Dieser hier hat eine Zugkraft von 80 Kilogramm.«

Noch während der Mann sprach, ertönte ein leichter Klick und die Safetür ließ sich anheben.

Die Umstehenden gratulierten dem auf dem Parkettboden knienden Mann, der das Lob abwehrte.

Der Innenraum des im Boden eingelassenen Tresors war etwa einen Meter hoch und breit. Die Tiefe konnte Wolf nicht abschätzen, da der Safe bis zum Überquellen mit Aktenordnern, DVDs und CDs gefüllt war.

»Wir berühren vorläufig nichts«, verkündete Grimm mit bemüht fester Stimme. »Ich werde die Lage der Gegenstände fotografisch festhalten und sie nach Spuren prüfen, bevor wir sie bewegen.«

In diesem Moment klopfte Schladers Tochter Lucy an die Tür zum Arbeitszimmer.

»Ein Herr Kontrollinspektor Eigner möchte den Chefinspektor sprechen.«

Grimm stellte Augenkontakt mit seinem Freund her. Dieser schüttelte beinahe unmerklich den Kopf.

»Was gibt es, Albert?«, fragte Grimm den Eintretenden.

»Ich habe erfahren, wo du bist, und da dachte ich, ich schau vorbei.«

»Wir konnten Schladers Safe öffnen«, hielt Grimm seine Erklärung knapp und korrigierte sich umgehend. »Das Verdienst gebührt natürlich ausschließlich den Herren Öbeck und Seidl.«

»Sprengstoff?«, fragte der Kontrollinspektor und Grimm wehrte die Frage ab: »Du bekommst den Bericht, sobald sich der Staub gelegt hat. Bildlich gesprochen.«

»Und der Inhalt des Safes«, ließ der Beamte nicht locker. »Soll ich Transportbehälter organisieren?«

»Noch nicht«, sagte Grimm. »Ich sichere das Material, dann werden wir weitersehen. Ich danke dir für dein Interesse und werde dich auf dem Laufenden halten.«

Als der Kontrollinspektor keine Anstalten machte, sich zu entfernen, bat ihn Grimm, in die Dienststelle zurückzukehren, er brauche ihn im Moment nicht.

Nachdem sich der Chefinspektor von seinen Kollegen Öbeck und Seidl mit überschwänglichen Dankesworten verabschiedet hatte, zeigte er sich über Kontrollinspektor Eigners plötzlichen Arbeitseifer verwundert.

»Er möchte an deinem Ermittlungserfolg teilhaben«, vermutete Wolf. »Wird er dein Nachfolger?«

Als Grimm seinen Freund erschrocken anschaute, verbesserte sich dieser: »In sehr ferner Zukunft meine ich.«

»Ich sähe lieber Fiala in meiner Position, aber der ist zu jung.«

»Darum also wartest du noch zu. Und wie nehmen wir ihn?«

»Was? Wie meinst du das?«, fragte Grimm noch stärker verwirrt.

»Wie nehmen wir ihn, den Koffer? Du erinnerst dich doch an den Hans-Moser-Sketch mit dem Koffer.«

»Hallo Dienstmann.«

»Genau.«

»Wir besorgen uns zwei, drei Bananenschachteln und transportieren das Zeug in mein Büro.«

»Und du meinst, dass es dort sicher ist?«, erkundigte sich Wolf misstrauisch.

»Es ist abgesperrt. Das Haus wird Tag und Nacht überwacht.«

»Aber Putzfrauen haben Zutritt und die Beranek …«

»Das war noch nie ein Problem.«

»Du weißt nicht, was wir über dich finden.«

»Das macht mir tatsächlich Sorgen.«

»Also …«

»Also? Du scheinst einen Vorschlag zu haben, Chris.«

»Wir besorgen einige Behälter, füllen die Hälfte mit dem hier gefundenen Material, in die anderen geben wir Attrappen. Altpapier und sonstiges aus deinem Haus, Viktor. Die Schachteln mit dem wertlosen Zeug deponierst du in deinem Büro und untersuchst es nach Spuren von Menschen, die sich daran vergreifen. Die tatsächlichen Akten und DVDs und CDs lagern wir in meinem Wohnmobil, wo ich die Sachen für dich sichte. Und wenn du Zeit hast, hilfst du mir.«

»Aber wenn jemand dahinterkommt. Das kann mich beruflich ruinieren.«

»Kein Mensch außer uns weiß, was tatsächlich in diesem Tresor aufbewahrt wird. Du kannst immer noch auf den Müll aus deinem Haus verweisen und von einem weiteren üblen Scherz Schladers sprechen. Und niemand kommt auf die Idee, dass sich das Originalmaterial in meinem Camper befindet.«

»Ich wäge gerade ab, was schlimmer wäre: die Entdeckung peinlicher Dokumente oder Beweismittelfälschung.«

»Beziehungsweise deren Unterschlagung.«

»Ich weiß nicht, ich kann mich nicht entscheiden«, sagte Grimm achselzuckend.

»Ich rufe ein Taxi und kümmere mich um die Schachteln. Du beginnst mit der Spurensicherung.«

»Jawohl, Chef.«

»Siehst du, Viktor. Es geht ja doch etwas voran.«

»Sie könnten ins Haus meiner … in Fidis Haus mitfahren, Lucy. Ich muss etwas besorgen«, lautete Wolfs Vorschlag.

»Das ist eine gute Idee«, fand die junge Frau, die unruhig im Garten ihres Elternhauses auf und ab ging. »Haben Sie etwas gefunden?«

»Wir konnten den Tresor öffnen. Der Chefinspektor wird das Material sichten.«

»Und wenn etwas über mich dabei ist?«

»Wird das auch bearbeitet, aber völlig diskret. Niemand außer Grimm wird davon erfahren.«

»Und Ihnen.«

»Wir werden darüber schweigen.«

»Das ist wichtig«, sagte Lucy. »Ich möchte nicht an all das erinnert werden, was er mir angetan hat.«

Nachdem er Lucy in der Ufergasse abgesetzt hatte, entschloss sich Wolf, statt Pappschachteln verschließbare Plastikcontainer in einem der Baumärkte zu erwerben.

Grimm half ihm beim Einräumen des Materials, dann

schleppten sie die drei vollen Behälter zu dessen Dienstwagen. Auch die leeren Container verstauten sie im Auto und steuerten Grimms Haus an.

Wolf zeigte sich begeistert von Grimms Fortschritten bei der Entrümpelung.

»Dafür sieht man jetzt alle Schwachstellen«, klagte dieser. »Ein hässliches, schmutziges Haus ohne Atmosphäre.«

»Die Verschönerung wird der zweite Schritt«, munterte Wolf seinen Freund auf. »Aber du hast doch noch Material für die leeren Container?«

»Mehr als genug. Im Keller.«

»Wir müssen bei der Auswahl des Krempels darauf achten, dass sich keine Hinweise auf dich darunter finden. Du fährst dann in deine Dienststelle und bittest Kollegen, dir beim Tragen zu helfen, während ich mit dem Wohnmobil hierher fahre und die Kisten einlade.«

»Wo wird dein Wohnmobil stehen?«

»Vor der Villa Vogelsang. Da kann ich mich in aller Ruhe mit der Inventarisierung des Inhalts beschäftigen und du wirst zu mir stoßen, sobald du Zeit hast.«

»Ja, so werden wir das machen«, pflichtete ihm Grimm bei. »Es ist keine ideale Lösung, aber die einzige, die …«

»… die größeres Unheil verhindert. Wer weiß, was wir sonst noch finden.«

Wolf hielt gerade die ersten Entdeckungen aus den Containern in einer Datei seines Notebooks fest, als sich Lotte am Handy meldete.

»Hast du Zeit für mich?«

»Natürlich. Soll ich …«

»Ich komme zu dir. Ich muss dir etwas erzählen.«

Wolf verließ sein Wohnmobil und wartete in der Villa auf das Eintreffen Lottes.

»Ich war noch einmal bei Klaus in München«, sagte Lotte und Wolf war froh, dass sie seinen Bruder als Klaus und nicht als Vater oder Papa bezeichnete.

»Trinkst du ein Glas Wein mit mir?« fragte er sie.

»Bier wäre mir lieber. Ein Glas wird nicht schaden.«

»Im Notfall kannst du den Wagen hierlassen und ein Taxi rufen.«

»Es gibt keinen Notfall«, meinte Lotte.

»Aber du wirkst sehr ernst.«

»Ich habe immer gemeint«, erklärte Lotte, »dass an eurem schlechten Verhältnis zueinander, ich meine dich und Klaus ...«

»Ja?«

»Dass du zumindest gleich viel Schuld daran trägst.«

»Und jetzt?«

KAPITEL 12

»Jetzt seh ich das anders«, sagte Lotte ernst.

»Und zwar?«

»Klaus ist ein Arsch, ein eitler, dummer Wicht, den ich nicht zum Vater haben will.«

»Was ist geschehen?«

»Ich wollte mich mit ihm aussprechen.«

»Du hast ihm erzählt, dass er dein Vater ist.«

»Leider ja.«

»Und er hat blöd reagiert?«

»Das Erste, das er gesagt hat, war, dass er nicht zahlen wird.«

»Wofür zahlen?«, frage Wolf.

»Er hat Angst, dass du das Geld, das du für meine Aufzucht investiert hast, von ihm haben willst.«

»Aufzucht. Ich bitte dich, Lottchen!«

»Ich glaube, du hättest Anspruch darauf.«

»Ich habe mich in der Kindheit entschieden, mich mit Klaus auf keine Spiele einzulassen und ich bin seither gut damit gefahren. Ganz abgesehen davon, dass jeder für dich ausgegebene Euro oder Schilling bestens angelegt ist.«

»Danke.«

»Wie bist du auf die Idee gekommen, mit ihm zu reden?«

»Das blöde Seminar. Ich habe mir die Situation im Rollenspiel angesehen. Du weißt schon, jemand hat meine

Rolle als Tochter übernommen, jemand anderer die meines biologischen Vaters. Das Gespräch zwischen ihm und der Tochter war so aufwühlend, so berührend, dass ich mir dachte, das ließe sich in der Realität wiederholen.«

»Ich halte nichts von Psychotherapien«, sagte Wolf.

»Mein Beruf würde den Sinn verlieren, wenn ich nicht an die Möglichkeit der Verbesserung von Lebenssituationen, an Heilung glauben würde.«

»Eine Illusion. Aber lassen wir das. Jeder hat seine eigenen Ansichten.«

»Ich habe kein Problem, mir deine Meinung anzuhören, Christian. Sie interessiert mich.«

»Wirklich?« Als Lotte bestätigend nickte, fuhr Wolf fort: »Ich glaube an Verbesserungen, wenn jemand körperlich oder seelisch erkrankt ist, auch an Heilung, wenn die Erkrankung von kurzer Dauer und nicht allzu schwer ist. Zieht sich ein Leiden länger hin, lassen sich nur mehr Verbesserungen erreichen, minimale, homöopathische Schritte in Richtung der ersehnten Heilung. Wir müssen uns damit begnügen, sowohl als Betroffener als auch als …«

»Als Betreuer.«

»Du hast sicher andere Erfahrungen gemacht in der Lebenshilfe.«

»Erzähl weiter! Ich komme später dran«, munterte Lotte Wolf auf.

»Wenn ich mich als Beispiel nehme, so bin ich im Wesentlichen von meiner Tetanuserkrankung geheilt, weil sie nicht allzu lang gedauert hat, weil mein Körper vorher gesund war. Meine seelische Situation jedoch lässt sich nicht grundlegend verändern.«

»Du bist viel lockerer geworden in letzter Zeit«, warf Lotte ein.

»Kleine Schritte. Im Kern bin ich derselbe und hadere nicht mehr mit mir. Ich glaube, dass jeder, der behauptet, einen Menschen seelisch geheilt zu haben, ein selbstverliebter Naivling ist, der sich in der Rolle des Messias gefällt. Du weißt schon: *Aber sprich nur ein Wort, so wird meine Seele gesund.* So, jetzt bist du an der Reihe. Ich verspreche, dir zuzuhören.«

»Im Moment werde ich schweigen und das Gesagte und Erlebte verdauen«, sagte Lotte. »Du hast vermutlich gar nicht so unrecht. Obwohl …«

»Ja, Lottchen?«

»Obwohl ich auch die minimalen Veränderungen schätze, sowohl bei unseren Klienten als auch bei dir. Du missverstehst mich jetzt hoffentlich nicht.«

»Nein, ich verzichte darauf zu protestieren, dass du mich in einem Atemzug mit Klienten erwähnst. Auch darin liegt mehr als ein Körnchen Wahrheit. Ich verstehe, was du meinst, und ich bin in diesem Punkt deiner Meinung.«

»Wie kommst du mit deiner Wohnung voran?«

»Sehr gut. Ich fühle mich schon heimisch. Mein neuer Freund hilft mir dabei.«

»Wird Grimm dadurch nicht eifersüchtig?«

»Es handelt sich um Muz. Warte, ich rufe ihn. Wenn er in der Nähe ist, wird er sich zeigen.«

Wolf öffnete die Tür zum Garten und ließ mehrere eindringliche Muzmuzmuz-Rufe ertönen. Tatsächlich eilte die graue Perserkatze in das Wohnzimmer, schnurstracks auf Lotte zu und ließ sich von ihr streicheln.

»Ich weiß, ich habe kein Recht dazu bei meiner Figur«, stellte Lotte schließlich fest. »Aber meinst du nicht, dass Wuz besser passen würde als Muz?«

»Du meinst, er ist zu dick?«

»Unbedingt. Und sag nicht, dass das seine Haare sind. Ich habe sein Fett gespürt.«

»Ich werde am Sonntag den Tierarzt fragen, was er davon hält«, meinte Wolf.

»Am Sonntag?«

»Doktor Lemberger ist ein Bewohner der Villa. Wir treffen uns jeden Sonntagnachmittag zur Kaffeejause.«

»Und dein Mordfall?«, erkundigte sich Lotte. »Fidi hat anklingen lassen, dass du seine Freundin verdächtigst, hinter den Morden zu stehen und er ist froh, dass du so, wie soll ich sagen, zurückhaltend …«

»Du hast es mir schon gesagt. Danke. Ja, die Täterschaft Lucys ist eine Möglichkeit von mehreren, aber nicht so akut, dass man eingreifen müsste.«

»Das versteh ich nicht.«

»Zu den minimalen Änderungen in meinem Charakter zählt auch Geduld. Ich habe mich entschlossen, die Beziehung zwischen Fidi und Lucy nicht durch meine Ermittlungen zu stören.«

»Und du siehst keine Gefahr für Fidi?«, erkundigte sich Lotte. »Wenn sie eine mehrfache Mörderin wäre …«

»In dieser Hinsicht vertraue ich auf sein Gespür und auf deines.«

»Also, ich halte Lucy für eine extrem gescheite, aber auch sehr kontrollierte junge Frau, die nicht richtig leben kann. Ich glaube, dass die beiden noch immer, wie soll ich sagen …«

»Lotte, ich bitte dich, du drückst dich aus wie eine Klosterschwester. Du meinst, dass die beiden vermutlich noch nicht miteinander geschlafen haben, dass sie sich im Zustand jungfräulicher und -männlicher Unschuld befinden.«

»Brems dich ein, Papa! Wir wissen, worum es geht.«

»Du hast Papa zu mir gesagt, Lottchen. Das freut mich.«

»In der Verwirrung des Augenblicks.«

»Mir hat das klargemacht, dass du für mich die Tochter bleibst.«

»Danke. Ich muss erst mit mir ins Reine kommen, bevor ich weiß, wie …«

»Aber bei deiner Hochzeit darf ich doch weiterhin die Vaterrolle spielen?«, unterbrach sie Wolf.

»Wenn du damit meinst, dass du mich zum Traualtar führst, bestehe ich darauf.«

»Nicht nur das. Ich habe mich im Internet informiert, was zu den weiteren Aufgaben des Brautvaters zählt.«

»Und zwar?«

»Er organisiert Übernachtungsmöglichkeiten für die Gäste und holt sie ab und er übernimmt zumindest die Hälfte der Kosten.«

»Alles klar. Den Rest zahlen wir.«

»Ich dachte«, erklärte Wolf, »dass Joachims Eltern die zweite Hälfte der Kosten tragen könnten.«

»Ja, natürlich. Daran habe ich noch gar nicht gedacht. Auch Joachim hat eine Mutter und einen Vater.«

Wolf studierte im Wohnmobil den Inhalt weiterer Aktenordner und CDs, auf denen Dateien gespeichert waren.

Zum Großteil handelte es sich um Grundstückskäufe und -verkäufe, die Schlader privat vorgenommen hatte.

Mit einem dumpfen Gefühl im Magen startete er die erste DVD auf seinem Notebook und drückte nach einigen Sekunden die Stopptaste. Er wollte und konnte sich die Aufnahmen, die Schlader mit einer jungen Frau im Bett zeigten, nicht anschauen.

Grimm musste ihn dabei unterstützen und zur Sichtung des Materials auch Kollegen beiziehen. Zu zweit würden sie das nicht schaffen.

Grimm, der kurz nach halb sechs eintraf, brannte geradezu darauf, sich mit dem Material zu beschäftigen, das Schlader in seinem Safe aufbewahrt und mit Sprengstoff abgesichert hatte.

Wolf erklärte ihm, dass die DVDs vermutlich verfängliches Material enthielten und dass er sich nicht damit auseinandersetzen wolle. »Das vergiftet meine Seele«, erklärte er.

»Dann übernehme ich das«, sagte Grimm. »Kann ich dein Notebook benutzen?«

»Natürlich. Wenn du morgen dein eigenes mitbringst, kommen wir schneller voran. Ich widme mich heute den ausgedruckten Daten.«

Grimm schob eine DVD nach der anderen in den Player des Computers und betrachtete die Aufnahmen im Schnelllauf. Wolf ahnte, dass er nach Aufnahmen suchte, die ihn selbst betrafen.

»Schreib auf, was auf den DVDs drauf ist«, bat ihn Wolf. »Sonst müssen wir das noch einmal über uns ergehen lassen.«

»In Ordnung. Hast du Bier eingelagert?«

»Im Haus. Der Kühlschrank hier läuft nicht. Ich bring uns eine Flasche.«

»Nimm mehr mit!«

Gegen halb elf stieß Wolf auf eine braune Ledermappe mit der Aufschrift *Dokumente*. Sie enthielt die Geburts- und Taufurkunde Schladers, aber auch Schriftstücke, die seine Tochter, seine erste und zweite Frau betrafen. Er musste dieses Material, nachdem er es gesichtet hatte, Lucy übergeben.

Er blätterte die durchsichtigen Kunststofffolien durch, in denen sich die Urkunden befanden und beschloss, sich damit am nächsten Tag zu befassen. Für heute hatte er genug von dem Papierkram, der stickigen Luft im engen Camper und dem Bier, das Grimms und seine Arbeit begleitete.

»Ich mache Schluss für heute«, verkündete Wolf und Grimm, der sich in eine Videoaufzeichnung vertieft hatte, nickte. »Ich werde, wenn du keinen Einwand hast, durcharbeiten. Vielleicht benutze ich das Bett«, sagte er.

Wolf verabschiedete sich von Grimm und begab sich zurück in die Wohnung.

Er ging rasch zu Bett, schlief sofort ein, träumte vom Brand seines Hauses vor knapp einem Jahr und spürte erneut den Drang, davonzulaufen, davonzufahren, aus Steyr zu flüchten, vor allen Problemen seines Lebens, die nur in dieser Stadt existierten.

Als er erwachte – es war noch dunkel draußen – hatte er noch immer den Drang zu fliehen, und zwar sofort.

Er zwang sich liegen zu bleiben und in Ruhe nachzudenken, zu klären, was ihn beunruhigte.

Zwei ungelöste Probleme kamen ihm in den Sinn. Der Fall Schlader, der immer verworrener wurde, je mehr Material ihnen vorlag. Die Zahl der Menschen, die einen Grund gehabt hätten, Schlader zu erledigen, wuchs sprunghaft an.

Es gab Verdachtsmomente gegen konkrete Personen, aber nichts wirklich Zielführendes.

Wolf wusste, dass es ihm gelingen würde, den Fall zu lösen, doch belastete ihn die Spannung, die durch den Stillstand in den Ermittlungen hervorgerufen wurde. Handelte es sich um den üblichen Stillstand vor dem großen Durchbruch?

Ja, Wolf war sicher, dass die Lösung kurz bevorstand, dass er sie vor Augen hatte, aber noch nicht erkennen konnte. Weil sie zu nahe lag? Man würde sehen. Es ließ sich nicht erzwingen. Er musste geduldig bleiben.

Und das zweite Problem, das in der Luft lag und Spannung erzeugte, war die Beziehung zu seinem Bruder Klaus. Seine Existenz weiterhin zu leugnen, war keine Lösung. Er musste damit wie ein erwachsener Mensch umgehen. Und er würde auch davor nicht davonlaufen.

Wolf beschloss, am Vormittag nach München zu fahren und ein Gespräch mit Klaus zu führen, ohne Plan und Vorbedingung.

Ein winziger Schritt vorwärts in seiner menschlichen Entwicklung.

Entwicklung! Wolf überlegte, ob es dafür nicht reichlich spät war. Immerhin wurde er in einigen Monaten sechzig. Andererseits … Lotte hatte davon gesprochen, dass er ein Mensch wurde, dass er von seiner Rolle als Menschendarsteller abrückte und spontan entschied und handelte.

Einen Versuch war es wert.

Und die Mappe mit den Dokumenten würde er sich jetzt, sofort, vornehmen, um sich einen Überblick über das Material zu verschaffen.

Wolf stand auf, startete die Kaffeemaschine und setzte sich an den Küchentisch.

Auf einem Blatt Papier führte er Buch über den Inhalt der Mappe. Er würde diese Daten auf sein Notebook übertragen, sobald Grimm das Gerät freigab.

Die Ledermappe enthielt also Dokumente, Schlader und seine Familie betreffend. Besonders interessant fand er die Hinweise auf die zweite Frau, Lucys Mutter.

Als er die Schriftstücke konzentriert studierte, wurde ihm mit einem Mal alles klar. Das war er, der Durchbruch im Fall Schlader!

Aber er musste vorsichtig sein, sich eine Strategie überlegen, wie weiter vorzugehen war.

Wolf entschied, seine Entdeckung vorläufig für sich zu behalten, auch Grimm gegenüber, seine Reise nach München tatsächlich anzutreten und mit einem fertigen Plan zum Abschluss des Falles nach Steyr zurückzukehren.

Wolf hoffte, dass diese Verzögerung keinem weiteren Menschen schaden würde.

Solange sich der Täter sicher wähnte, würde er keinen weiteren Mord begehen, überlegte er. Aber hatte nicht die Beranek eine Andeutung gemacht, dass sie eine Vermutung hätte?

Er musste noch vor seiner Fahrt mit ihr reden.

Als Wolf gegen sechs Uhr Schritte im Stockwerk über sich hörte – ein Zeichen, dass Grimms Sekretärin aufgestanden war – rief er sie an und bat um ein dringendes Gespräch.

Nachdem diese Unterredung zu einem positiven Ergebnis geführt hatte, eilte er zum Wohnmobil, wo Grimm noch immer am Notebook saß.

»Hast du gefunden, was du gesucht hast?«, fragte Wolf den Freund.

»Gott sei Dank ja«, erwiderte Grimm, der überhaupt nicht erschöpft wirkte.

»Ich fahre heute nach München, um mit Klaus zu reden.«

»Du bist wirklich mutig, Chris.«

»Ich bewundere mich selbst. Deine Sekretärin lässt sich für die nächsten Tage entschuldigen. Sie bittet dich um einen Sonderurlaub, den sie mit ihrer Mutter irgendwo in den Bergen verbringen wird. Der Alten ist es zu heiß hier in der Stadt.«

»Und das lässt sie mir durch dich ausrichten?«

»Sie hat mich gebeten, dich zu verständigen. Wenn du direkt mit ihr reden möchtest … Sie ist noch im Haus.«

»Einen Teufel werde ich! Sie hat Anspruch auf den Urlaub. Nur die Umstände … Ich habe den Verdacht, dass du dahintersteckst, aus irgendeinem mir noch verborgenen Grund.«

»Sei beruhigt, Viktor. Es geschieht zu ihrem und deinem Nutzen. Sie ist jetzt meine Nachbarin, also fühle ich mich auch für sie verantwortlich.«

»Sagte Pinocchio und stieß mit der Nase gegen die Wand.«

»Und was machst du mit dem Material, das du in der Nacht gefunden hast?«, erkundigte sich Wolf.

»Ich nehme es mit nach Hause. Da ich nicht der Täter bin, soll es keine weitere Rolle in den Ermittlungen spielen.«

»Du erleichterst also die Klärung der Morde, indem du Material, das ablenken könnte, aussonderst.«

»Müssen wir so viel darüber reden? Die Situation ist doch klar!«

»Du hast recht. Bist du sonst auf etwas Entscheidendes gestoßen?«

»Noch nicht«, antwortete Grimm. »Aber ich nehme mir den Nachmittag frei und arbeite weiter.«

»Vergiss nicht zu schlafen. Ein freier Kopf denkt besser.«

»Ich bin froh, wenn du nach München fährst und mich mit weiteren weisen Sprüchen verschonst«, brummte Grimm.

»Bitte sehr«, sagte Wolf und verließ den Wohnwagen.

Grimm rief ihm nach: »Es war nicht bös gemeint.«

Gegen 17 Uhr hielt der Taxifahrer vor dem Reihenhaus in der Bruckmairstraße im Norden von München.

Wolf zückte das Handy, um seinen Besuch bei Klaus anzukündigen. Minuten später öffnete Doris Wolf.

»Klaus ist noch nicht zu Hause. Er arbeitet jeden Abend bis neun, zehn Uhr«, entschuldigte sich die noch jugendlich wirkende Frau und Wolf bemerkte beschämt, dass er ohne jedes Geschenk gekommen war. Er hatte keine Blumen für Doris und kein Mitbringsel für die drei Kinder, die ebenso wie ein schwarzer Mischlingshund und eine dreifarbige Glückskatze neugierig zum Eingang drängten.

»Komm doch herein, Christian! Ich verständige ihn, dass du da bist.«

»Ich muss etwas Geschäftliches mit ihm besprechen«, sagte Wolf. »Wenn du mir seine Nummer geben könntest, würde ich ihn vom Arbeitsplatz abholen und wenn wir das erledigt haben, kommen wir zu euch heraus.«

»Aber lasst es nicht zu spät werden«, sagte Doris Wolf und lächelte ihren Schwager freundlich an. »Die Kinder freuen sich auf dich.«

»Ich werde mein Bestes tun«, versprach Wolf.

»Handelt es sich um die Bücher eurer Mutter?«, fragte sie dann.

Wolf bestätigte das. Er wollte der sympathischen Frau nicht den wahren Grund seines Besuches verraten.

Ein Taxi transportierte Wolf über Garching, Richtung Preußenstraße, in der sich das BMW-Hauptquartier befand, in dem Klaus arbeitete. Als Wolf einen Baumarkt sah, bat er den Taxilenker, ihn auf dem Parkplatz abzusetzen.

Jetzt erst wählte er die Nummer, die seine Schwägerin ihm gegeben hatte, und vereinbarte ein Treffen mit Klaus, der dafür eine Pizzeria in der Moosacherstraße vorschlug.

»Ich muss mit dir reden.«

»Ich bin bereit«, sagte Klaus. »Bis dann.«

Im Baumarkt besorgte Wolf Geschenke für die Kinder, den Hund und die Katze sowie eine Flasche Rotwein für Doris. Klaus würde leer ausgehen. Wolf hatte keinen Grund, seinem Bruder etwas zu schenken, außer gnädigerweise sein Leben, dachte er grimmig.

Den Taxifahrer, der Wolf in die Moosacherstraße brachte, beauftragte er, die Geschenke im Haus seines Bruders in Ismaning abzuliefern.

Klaus wartete auf ihn bei einem Glas Weißwein an einem der runden Tische in dem fast leeren Lokal.

»Du brauchst keine Angst zu haben, ich habe nicht vor, mit dir zu streiten«, versuchte Wolf seinen besorgt blickenden Bruder zu beruhigen.

»Du hättest allen Grund dazu und ich kann mich nur entschuldigen, obwohl es so lange her ist. Ich wusste es nicht, bis Lotte mich damit konfrontierte. Und ich hab mich ihr gegenüber absolut idiotisch verhalten. Ich habe viel darüber nachgedacht in den letzten Tagen, bin aber zu keinem Ergebnis gekommen. Dass du mich besuchst, freut mich wahnsinnig, auch wenn es kein positiver Anlass ist. Wenigstens ignorierst du mich nicht mehr. Ich habe immer darunter gelitten, dass du …«

»Stopp, Klaus! Das ist zu viel auf einmal. Ja, ich bin verletzt, dass meine Frau mich … Blödsinn, ich möchte diese abgedroschenen Wörter nicht verwenden, sie gehen am Kern der Dinge vorbei. Ich bin verletzt und gekränkt wegen Ilse und dir, aber das muss ich mit mir selbst ausmachen. Ich bin gekommen, um dich zu Lottes Hochzeit am 6. September einzuladen, dich und deine Familie.«

»Danke. Natürlich werde ich kommen. Aber … du verstehst, Doris sollte nicht erfahren, dass ich …«

»Es war vor eurer Zeit, das sollte kein Problem sein. Sie wird doch nicht erwarten, dass du als der viel Ältere von euch beiden jungfräulich in die gemeinsame Ehe gegangen bist.«

Klaus schwieg und Wolf fuhr fort: »Gut, ich habe nicht vor, unsere Zwistigkeiten fortzusetzen. Du musst dich nicht als Lottes Vater outen und ich denke, das ist auch in Lottes Sinn. Sie hat mich gebeten, sie als Brautvater zum Altar zu führen.«

»Und du wirst das machen?«, fragte Klaus zögernd.

»Natürlich.«

»Und ich?«

»Ich bin einverstanden, dass wir uns die Hälfte der Kosten für die Hochzeit teilen, den Rest zahlen Joachims Eltern.«

»Das ist doch selbstverständlich. Ich könnte auch mehr übernehmen, nur weißt du, es wäre schwer für mich, dir alle Kosten, die du für Lotte getragen hast, rückzuerstatten, das würde mich finanziell ins Schleudern bringen.«

»Alles klar. Du musst dafür nicht zahlen.«

»Und was machen wir jetzt?«, fragte Klaus, ganz der kleine, ratlose Bruder.

»Wir werden zu Abend essen und uns dann verabschieden. Die Rechnung für das Essen übernimmst du.«

Als Wolf wieder im Zug Richtung Steyr saß, war er erleichtert. Klaus war ihm noch immer nicht sympathisch, aber er hatte das Gefühl, etwas erreicht zu haben. Beide Väter würden an der Hochzeitsfeier teilnehmen und ihr Interesse an der Tochter zeigen.

Ja, Lotte war seine Tochter und wenn sie nichts an den Dokumenten ändern wollte, dann blieb dies auch amtlich so. Jetzt hieß es, den Fall Schlader auf eine ähnlich geradlinige Weise zu lösen.

Wolf war sich fast sicher, was die Person des Täters betraf. Beweise fehlten noch und die konnte er kaum im Alleingang finden. Andererseits wollte er Grimm noch nicht einbinden, um eine menschliche Katastrophe zu verhindern, falls er sich doch irren sollte, und um seinen Freund nicht zu gefährden.

Der Täter hatte viel, nein alles, zu verlieren, und er hatte schon mehrmals gemordet, um die Spur zu ihm zu verwischen. Der Grund, warum er Schlader getötet hatte, war verständlich, auch für Wolf nachvollziehbar. Die Folgetaten verrieten einen Menschen ohne Gewissen, ohne Skrupel, einen Rächer ohne Seele.

Wolf musste mehr über die Person herausfinden, der er auf der Spur war, und er musste Beweise finden. Erst dann war es sinnvoll, gegen sie vorzugehen.

Als Wolf auf die Villa, sein neues Zuhause, zuging, entstieg der Chefinspektor dem Wohnmobil. Wolf erkannte, dass der Freund auf ihn gewartet hatte.

»Wie ist es gelaufen, in München?«, fragte er.

»Erzähl du zuerst. Was beunruhigt dich, Viktor?«

»Jemand hat in den Camper eingebrochen«, sagte Grimm, »und die Unterlagen entwendet.«

»Gibt es Spuren?«

Grimm schüttelte den Kopf. »Der Mann muss Handschuhe getragen haben.«

»Du denkst an einen Mann?«, fragte Wolf.

»Ich habe keinen Beweis, kann mir aber keine Frau vorstellen, die derart konsequent und skrupellos vorgeht.«

»Denk zurück an deine Laufbahn, an unsere gemeinsame Arbeit. Das gibt es schon.«

»Vielleicht«, brummte Grimm.

»Das heißt, der Täter vermutete Material, das ihn belasten könnte, im Wohnwagen.«

»Und nahm dieses rechtzeitig an sich. Ich bin noch nicht fündig geworden. Und du wahrscheinlich auch nicht, sonst hättest du …«

»Ich muss dir leider recht geben.«

»Es wird Zeit, mich in die Pension zurückzuziehen. Solche Fehler dürfen nicht passieren«, sagte Grimm.

»Lass dir Zeit. Ich bin zuversichtlich, dass wir diesen Fall zu einem Ende bringen.«

»Zu einem Ende, ja, da stimme ich dir zu. Die Frage ist, zu welchem.«

»Das besprechen wir morgen Abend. Ich bin ziemlich erschöpft von der Reise und muss mich für heute bei dir entschuldigen.«

»Hast du etwas erreicht?«, fragte Grimm.

»Klaus wird an der Hochzeit teilnehmen.«

»Und sonst?«

»Ich bin stolz auf mich, dass ich in Ruhe mit ihm reden konnte.«

»Und du wirst ihm nichts antun, beim Hochzeitsessen oder so? Nein, nein, keinen Mord, aber Abführmittel oder Ähnliches.«

»Was für eine blendende Idee. Das wäre eine Möglichkeit. Ich bedanke mich für deine Kreativität. Du sprühst nur so vor krimineller Energie.«

»Und du bist mir zu aufgedreht. Das ist ein schlechtes Zeichen und ich befürchte das Schlimmste für dich und …

»Und dich.«

»Du hast doch niemanden in Verdacht und willst nun im Alleingang klären …«

»Natürlich nicht. Das wäre zu gefährlich«, versicherte Wolf.

»Okay. Ich versuche, dir zu glauben. Du hast morgen Abend Zeit?«

»Wir treffen uns bei dir. Ich helfe dir beim Entrümpeln.«

»Du machst mir Angst mit deiner Hyperaktivität.«

»Welchen Raum nehmen wir uns heute vor?«, drängte Wolf seinen Freund, der nicht sehr motiviert schien, die Arbeit zu beginnen. »Was ist los? Was lässt dich zögern?«

»Du bist kaum erst genesen«, wich Grimm aus. »Ich weiß nicht, ob du der schweren Arbeit gewachsen bist.«

»Doch, bin ich«, beharrte Wolf.

»Die Schlepperei ist nicht gut für Männer in unserem Alter. Wir könnten uns einen Bruch heben.«

»Könnten …«

»Mit Erdgeschoss, Keller und Garage bin ich fertig. Im ersten Stock schaut es gar nicht so übel aus. Das könnten wir so lassen, wie es ist«, meinte Grimm. »Das Problem liegt anderswo. Ich fühle mich hier nicht mehr wohl. Mir gefällt das alles nicht.«

»Der logische nächste Schritt wäre ein Verkauf von Haus und Garten und die Suche nach einer Unterkunft, die dir zusagt. Aber dafür benötigst du ein völlig entmülltes Haus. Zeigst du mir das Obergeschoss?«

»Okay. Aber keine überflüssigen Bemerkungen, wenn ich bitten darf.«

Grimm führte Wolf über eine steile Holztreppe in das erste Stockwerk, das aus vier Räumen bestand. Einem Schlafzimmer, das von oben bis unten mit Büchern vollgeräumt war, einem Gästezimmer, in dem drei Extra-Matratzen lagerten sowie alte Zeitschriften, Kalender, Briefmarken- und Fotoalben. Ein dritter Raum enthielt drei Schränke mit Kleidern und Mänteln von Grimms längst verstorbener Mutter. Als Wolf einen der Kästen öffnete, drang ihm ein stickig-giftiger Geruch entgegen, der von Papierstreifen ausging, die dem Mottenschutz dienten.

»Du kannst das Zeug nur mehr auf die Giftmülldeponie werfen«, stöhnte Wolf. »Der Geruch ist tödlich.«

»Ich brauch die Sachen nicht mehr. Es fiel mir nur schwer, sie wegzuschaffen. Sie waren Mamas ganzer Stolz.«

»Das bist du, Viktor. Du bist Mamas ganzer Stolz. Und du musst ein glückliches Leben führen.«

»Ich war bisher recht zufrieden«, erwiderte Grimm. »Bis ich …«

»Bis du draufkamst, dass du es eigentlich nicht bist.«

»So in etwa.«

»Wer und was füllt die Leere in deinem Leben, nachdem das Gerümpel abtransportiert ist?«

»Ja, das trifft den Kern des Problems.«

»Ich denke dabei auch an Beziehungen.«

»Ich weiß.«

»Sollen wir weitermachen?«

»Ich hätte nie damit anfangen sollen. Jetzt gibt es kein Zurück.«

»Du zeigst mir noch den vierten Raum, dann schaffen wir das Zeug nach unten und verständigen die Sperrmülltruppe.«

»Zu diesem Zimmer hab ich keinen Schlüssel mehr.«

»Aber du bist Polizist und kannst jedes Schloss öffnen.«

»Ich weiß nicht.«

»Doch, Viktor, du machst sofort auf. Wenn du dich weigerst, besteht der dringende Verdacht, dass du darin eine Leiche verbirgst.«

»Leiche nicht, aber viel, das mir sehr wichtig ist«, sagte Grimm kleinlaut und schloss die Tür auf.

In dem ordentlich aufgeräumten, verdunkelten Raum lagen Kinderbücher, Comics, ein großer brauner Teddybär und Kasperlfiguren. An einer Wand lehnte ein Kinderfahrrad.

»Deine Spielsachen, die Micky-Maus-Hefte«, zeigte sich Wolf begeistert. »Ich dachte, das ist alles verloren. Das ist ein Schatz, Viktor, ein wunderbarer Schatz! Den darfst du nicht weggeben. Wo ist die Eisenbahn?«

Grimm verwies auf Schachteln, auf denen der Name *Märklin* stand.

»Und die Laterna Magica?«, fragte Wolf weiter.

»Die ist hier, mit allen Dias.«

Wolf hatte Tränen der Rührung in den Augen. »Das ist wohl die größte Freude für mich seit Langem«, sagte er.

»Wirklich?«

»Für mich gehört das zu den schönsten Erinnerungen an die Kindheit.«

»Ich habe es hier eingesperrt, als die Einsamkeit für mich begann.«

»Wie meinst du das, Viktor?«

»Als meine Eltern das Haus von Oma und Opa übernahmen und wir von der Gründbergsiedlung hierher zogen. Damit war meine Kindheit beendet und ich war allein.«

»Wir waren weiterhin befreundet«, wandte Wolf ein.

»Aber es war anders.«

»Ich schlage vor, wir lassen dieses Zimmer völlig in Ruhe und genießen, wenn wir Zeit haben, die Schätze. Ich möchte die Comics und die Bücher wieder lesen. Und die Eisenbahn in Betrieb nehmen. Aber das müssen wir uns verdienen, Viktor, durch harte Arbeit. Wir leeren die übrigen Räume. Und zwar schnell.«

»Hallo, Viktor! Bist du im Haus?«, rief eine männliche Stimme von unten.

»Eigner, bist du das?«

»Kann ich dich einen Augenblick sprechen?«

»Moment, ich komme.«

»Er könnte uns helfen, die Sachen nach unten zu schleppen«, schlug Wolf vor und folgte seinem Freund ins Erdgeschoss.

Dort wartete Kontrollinspektor Albert Eigner auf seinen Chef. Er grüßte auch Wolf flüchtig und entschuldigte sich bei Grimm: »Ich habe einen schlimmen Virus eingefangen und muss mich bei dir krankmelden. Ich weiß, das kommt nicht gelegen, jetzt, wo ich den Fall dokumentiere. Aber so viel ich erkennen kann, sind die Ermittlungen noch nicht in der heißen Phase. Und wenn ich bis dahin gesund bin, kann ich wieder mithelfen.«

»Wenn du krank bist, hast du natürlich frei«, erklärte Grimm. »Bis drei Tage ohne ärztliche Bestätigung, ab dem vierten Tag mit offizieller Meldung.«

»Ich lege mich gleich ins Bett und hoffe, in drei Tagen wieder auf den Beinen zu sein.«

»Schade«, bemerkte Wolf. »Wir hätten dringend einen kräftigen Mann gebraucht, der uns beim Entrümpeln hilft.«

»Wirklich schade«, fand auch der Kontrollinspektor und hustete vor sich hin. »Wenn das Ganze Zeit hat, kann ich mich ja noch nützlich machen, in ein paar Tagen.«

»Sie müssen sich mit der Genesung beeilen«, meldete sich Wolf zu Wort. »Wir sind uns sicher, den Fall Schlader in Kürze zum Abschluss zu bringen.«

Sowohl Albert Eigner als auch Viktor Grimm blickten Wolf überrascht an.

»Das ist aber interessant«, meinte Eigner. »Das ändert natürlich alles. Wie kommt ihr darauf? Welche neuen Erkenntnisse gibt es?«

Als Grimm ratlos schwieg, ergriff Wolf das Wort: »Es liegt eine Zeugenaussage vor, mit wichtigen Hinweisen auf die Person des Mörders, wobei man natürlich nicht verschweigen kann, dass der Mensch, der Schlader tötete, aus dringendem Grund gehandelt hat.«

»Er war ein schwieriger Zeitgenosse«, stellte Eigner fest.

»Eine sehr zurückhaltende Einschätzung«, meinte Grimm. »Er war ein durch und durch bösartiger, korrupter und gefährlicher Mensch.«

»Das stimmt«, räumte der Kontrollinspektor ein. »Die Filme zeigen sogar Übergriffe auf seine eigene Tochter.«

»Du fährst jetzt nach Hause, Albert«, versuchte Grimm die Situation wieder in den Griff zu bekommen. »Mit einem kranken Mitarbeiter kann ich ohnehin nichts anfangen. Und wenn ich dich brauche, melde ich mich.«

»Ich werde zur Stelle sein. Danke für dein Verständnis, Viktor. Ich bin dann weg.«

Grimm schwieg noch eine Weile, nachdem sein Mitarbeiter das Haus verlassen hatte, dann wandte er sich kopfschüttelnd an Wolf: »Was war das soeben? Du behauptest, wir stünden kurz vor der Lösung des Falles. Was weißt du?«

»Entschuldige Viktor, ich wollte diesen Lahmarsch auf Touren bringen. Der Mann simuliert. Der ist kein bisschen krank, der will sich nur schonen. Ein typischer …«

»Beamter, so wie ich. Ich weiß nicht, was los ist mit dir, Chris. Du bist nicht wiederzuerkennen. Du hast deine Zurückhaltung aufgegeben, bist direkt bis zur Unhöflichkeit. Mir ist das alles unheimlich.«

»Mir nicht. Komm, wir schaffen den Müll in den Garten!«

KAPITEL 13

Wolf hatte die übrigen Bewohner zur Sonntagsjause in seine Wohnung geladen und begrüßte Gerda Rettenbacher und ihren Mann sowie den Tierarzt Gustav Lemberger.

»Schön haben Sie es sich gemacht«, stellte Frau Rettenbacher fest.

»Das ist erst der Anfang. Es wird noch schöner werden«, erklärte Wolf und servierte Kaffee und Kuchen.

»Schade, dass wir nicht vollzählig sind«, bemerkte Frau Rettenbacher. »Ich weiß nicht, was mit den Beraneks los ist. Sie waren eigentlich noch nie für längere Zeit irgendwo unterwegs.«

»Sie wollten einen Verwandtenbesuch machen, haben sie mir erzählt«, meldete sich Wolf zu Wort.

»Merkwürdig, wirklich merkwürdig«, beharrte Frau Rettenbacher und schüttelte das rot gefärbte Haupt.

»Mir fehlen die beiden sehr, besonders die Mutter«, ertönte die tiefe Stimme des Tierarztes, die auf konsequenten Nikotin- und Alkoholkonsum schließen ließ.

Der graue Bart des Doktors verlieh ihm das Aussehen eines Seemanns.

»Wie geht es der Pérserkatze?«, fragte er Wolf. »Haben Sie sich aneinander gewöhnt?«

»Recht gut, eigentlich«, erwiderte Wolf. »Sind Sie der behandelnde Arzt?«

»Sozusagen. Aber Muz ist kerngesund, trotz seiner

überzüchteten Rasse. Ich bin nur für die Impfungen, für Entwurmung und Flohbekämpfung zuständig.«

»Und die Impfungen?«

»Die werden erst im Februar fällig. Ich erinnere Sie daran.«

»Wie alt ist Muz?«

»Warten Sie, das steht natürlich im Impfpass, aber ich muss zurückrechnen. Vier, fünf Jahre schätze ich.«

»Meine Tochter findet, dass der Kater zu dick ist.«

»Das bessert sich im Herbst, wenn es nicht mehr so heiß ist, dann ist er wieder mehr unterwegs«, beruhigte der Tierarzt.

»Der Kuchen ist köstlich, den haben Sie doch nicht selbst gebacken?«, mischte sich Frau Rettenbacher in das Fachgespräch.

»Leider nein, daran arbeite ich noch«, erklärte Wolf.

»Wenn ich das gewusst hätte, hätten wir etwas mitgebracht«, sagte Frau Rettenbacher. »Mein Mann war Bäcker.«

»Das war einmal, Gerda, das war einmal.«

»Aber du hast es nicht verlernt, Hermann.«

»Ich werde mich um Nachhilfestunden bemühen, Herr Rettenbacher«, sagte Wolf.

»Die werde ich mit Vergnügen geben. Meine Spezialität sind Germbäckereien. Es geht nichts über selbst gemachte Buchteln oder Dampfnudeln. Und dazu ein Bier. Mehr brauche ich nicht. Nur der alten Beranek ist das nicht fein genug. Sie serviert uns immer Kardinalschnitten, die …«

»Die ihre Tochter irgendwo kauft«, wandte Frau Rettenbacher ein. »Man müsste darauf bestehen, bei der

Herstellung zuzusehen. Sie behauptet, dass sie aus eigener Produktion stammen.«

»Ist das nicht völlig egal?«, fragte der Tierarzt.

»Natürlich«, erwiderte Frau Rettenbacher. »Man redet ja nur.«

»Schade«, wechselte Wolf das Thema, »dass in der Villa Vogelsang alle Wohnungen vergeben sind. Ich habe einen Freund, der …«

»Wir hätten noch Platz für ihn, wenn er sich mit der Mansarde zufrieden gäbe«, meldete sich Herr Rettenbacher zu Wort. »Eine an sich große Wohnung, 100 Quadratmeter, aber seit Jahren unbewohnt.«

»Wir müssten sie gründlich überholen«, erklärte seine Frau.

»Ich werde sie besichtigen, wenn Sie gestatten, und mit meinem Freund darüber reden.«

»Das wäre eine gute Lösung«, fand Herr Rettenbacher.

»Darf ich den Herrschaften zur Feier des Tages – ich meine anlässlich meiner Premiere als Gastgeber – ein Glas Sekt servieren?«

»Natürlich.« »Gern.« »Oh, Sekt, das ist eine gute Idee.« »Bier wär mir lieber.«

Dem Sekt folgten noch einige Gläschen von Rettenbachers Edelbränden, bis sich die Gesellschaft gegen halb sieben auflöste und wieder Ruhe in der Erdgeschosswohnung einkehrte.

Kurz nach acht kamen Fidi und Lucy Schlader zu Besuch. Fidi wirkte beinahe seriös in seinem grauen Anzug und dem weißen Hemd. Nur seine Hände waren schmutzig wie immer. Bis zu den Fingernägeln war die Veränderung seiner Persönlichkeit noch nicht vorgedrungen. Andererseits zeugte dieser Umstand von seinem Arbeitswillen.

Lucy, in dunklen Jeans und einem hellblauen T-Shirt, trug ihre blonden Haare offen und hatte die Lippen mit einem dunklen Lippenstift betont. Sonst bemerkte Wolf kein Make-up in ihrem jungen Gesicht.

Sie brachten ihm eine Murano-Vase, die in der Farbgebung an van Goghs Sternenhimmel erinnerte. Lucy überreichte Wolf außerdem einen Strauß blauer und violetter Astern.

Wolf bat die beiden auf die Terrasse und trank Rotwein mit ihnen.

»Was macht das Spiel?«, erkundigte er sich.

»Tom arbeitet an der Grafik. In ein, zwei Monaten müssten wir so weit sein«, erklärte Fidi.

Lucy meinte, dass man sich besser mehr Zeit nehmen sollte, um dann ein wirklich perfektes Game anbieten zu können.

»Ihr wollt es selbst vermarkten?«, fragte Wolf und streichelte den Kater, der um seine Beine strich.

»Das wissen wir noch nicht. Ich lasse mich beraten, ohne zu viel von unserem Projekt zu verraten«, sagte Lucy, die immer wieder Fidis Hand in die ihre nahm und ihm tief in die Augen blickte.

Wolf vermutete, dass sich die Beziehung der beiden weiter vertieft hatte, und er hoffte, dass das von Dauer war.

»Und Ihr Fall. Ich meine den Fall meines Vaters«, verbesserte sich Lucy. »Verdächtigen Sie mich noch immer?«

»Sie wissen selbst am besten, ob Sie schuldig sind oder nicht, und auch ich bin mir jetzt sicher, was Ihre Beteiligung an der Ermordung Ihres Vaters und der Menschen um ihn herum betrifft. Ich bin zuversichtlich, den Fall im Laufe der nächsten Woche abschließen zu können«, wich Wolf der direkten Frage Lucys aus.

»Ich verstehe«, meinte diese. »Hoffentlich gibt es keine weiteren Opfer.«

»Ich habe mir euch als Vorbild genommen und die Varianten in Gedanken durchgespielt. Wenn ich nichts übersehen habe, dürfte es zu keinen weiteren Zwischenfällen kommen.«

»Und wenn doch?«, fragte Lucy und ließ ihre dunklen Augen aufleuchten.

»Das wäre schlimm.«

»Ist es nicht riskant für Sie, wenn der Täter weiß, dass Sie ihm auf der Spur sind?«, ließ Lucy nicht locker.

»Ich habe Dokumente bei einem Rechtsanwalt hinterlegt, deren Inhalt veröffentlicht wird, wenn mir etwas zustößt.«

»Was aber«, drängte Lucy, »wenn man Sie mit einem Anschlag auf Menschen, die Ihnen nahestehen, zwingen will, dieses Material zu vernichten?«

»Sie denken an eine Entführung Lottes«, sagte Wolf nachdenklich.

»Zum Beispiel. Aber es könnte auch Fidi treffen oder Ihren Freund Grimm.«

»Oder den Kater«, warf Fidi ein und begann Muz zu kraulen.

»Das wäre möglich, aber ich schließe es aus. Die Person, die all diese Morde zu verantworten hat, weiß, dass die Sache gelaufen ist und wird einen anderen Weg wählen.«

»Sie meinen Selbstmord?«

»Oder sie stellt sich oder flüchtet.«

»Wenn sie andere Menschen mit in den Tod nimmt?«, fragte Lucy.

»Wir werden sehen«, entgegnete Wolf. »Ich hoffe auf eine ruhige Lösung des Falles. So, und jetzt reden wir über etwas anderes. Was haben Sie vor mit dem Haus Ihrer Eltern, Lucy, was planen Sie mit Ihrem Erbteil zu tun?«

»Ich werde uns ein Haus kaufen, Fidi und mir. Was wir beruflich machen, hängt vom Erfolg des Spiels ab.«

»Ich werde Grimm vorschlagen, hier in der Villa Vogelsang einzuziehen. Sein Haus würde frei werden. Wenn er es verkaufen will, sage ich es euch.«

»Oder wir bauen selbst etwas, das ganz unseren Wünschen entspricht«, wandte Lucy ein. »Geld ist genug da.«

Nachdem die beiden gegangen waren, überlegte Wolf, ob er seine Tochter warnen und in Sicherheit bringen sollte, solange der Täter frei umherlief. Schließlich griff er zum Telefon und kündigte seinen Besuch bei Grimm an.

»Es könnte sein, dass Lotte sich in Gefahr befindet«, begann Wolf das Gespräch. »Sie muss Tag und Nacht überwacht werden, und zwar von einem Profi. Ich würde es selbst machen, hätte ich eine Waffe.«

»Ich schicke Fiala zu ihr. Er wird sich ab morgen darum kümmern«, ging Grimm ohne zu zögern auf den Wunsch seines Freundes ein. »Und du erklärst Lotte, was los ist.«

Nun rief Wolf noch bei Lotte an und teilte ihr mit, dass sie die nächsten Tage von einem sympathischen jungen Polizisten bewacht würde. »Eine Sicherheitsmaßnahme. Ich muss verhindern, dass sich der Vorfall des letzten Jahres wiederholt.«

»Du meinst meine Entführung. So schnell wird mir das nicht mehr passieren. Ich habe ständig Pfefferspray bei mir.«

»Trotzdem. Aber mach dir keine Sorgen, es ist aller Wahrscheinlichkeit nach falscher Alarm.«

Nachdem Wolf das Gespräch beendet hatte, blickte ihn Grimm erwartungsvoll an, doch Wolf machte keine Anstalten, ihm den Grund seiner Befürchtung zu erklären.

»Also, so geht das nicht, Chris. Du musst mir schon verraten, wen du als Täter verdächtigst und wer Lotte gefährlich werden könnte.«

Wolf schwieg weiter.

»Dann versuche ich es mit Fragen.«

»Könntest du uns nicht Bier bringen?«, fragte Wolf.

»Im Moment nicht. Die Lage ist mir zu ernst dafür.«

»Dann fang an mit dem Verhör! Aber vorerst frage ich dich noch etwas: Du könntest, wenn du möchtest, in die Villa Vogelsang ziehen. Die Mansarden sind frei.«

»Meine Antwort dazu erfährst du später«, blieb Grimm konsequent. »Wir haben Dringenderes zu klären. Verdächtigst du die Beranek? Ihr plötzliches Verschwinden erscheint mir ziemlich mysteriös. Der ermordete Sturmberger wohnte im selben Haus wie sie. Sie hat Zugang zu allen Ermittlungsakten. Womöglich hatte auch sie unangenehme Erfahrungen mit Schlader.«

»Eine Möglichkeit, die man durchaus in Betracht ziehen muss. Allerdings hat ihr Verschwinden nichts Mysteriöses. Ich bat sie, für einige Zeit unterzutauchen, um nicht selbst Opfer unseres Mörders zu werden. Sie meint, ihn oder sie zu kennen.«

»Wo ist sie?«

»Bei einer Schwester ihrer Mutter, gemeinsam mit der Mutter.«

»Also bei ihrer Tante«, stellte Grimm fest.

»Du triffst wie immer den Nagel auf den Kopf, Viktor.«

»Ich denke, ein Bier wird uns weiterhelfen«, warf der Chefinspektor ein.

»Endlich kommst auch du zur Vernunft.«

Nach dem ersten tiefen Schluck aus dem Bierglas setzte Grimm die Befragung seines Freundes fort: »Die Beranek könnte es sein, du glaubst aber nicht daran«, stellte er fest. »Daher ergibt sich als logischer nächster Schritt, dass du Schladers Tochter in Verdacht hast. Daher deine Angst, Lotte könnte zu Schaden kommen.«

»Lucy. Ja, durchaus, sie könnte ihren Vater getötet haben. Sie hätte allen Grund dafür gehabt, ganz abgesehen von der Erbschaft. Sie ist übrigens auf der Suche nach einem Haus und ich habe ihr geraten, sich mit dir in Verbindung zu setzen. Wenn du in der Villa Vogelsang einziehst, brauchst du es nicht mehr und Lucy und Fidi hätten ein neues Zuhause.«

»Aha«, sagte Grimm nachdenklich. »Das heißt also, dass für dich auch Lucy nicht als Täterin infrage kommt.«

»Ich schließe gar nichts aus«, korrigierte ihn Wolf.

»Wenn du jetzt meinst, dass ich dich nicht durchschaue, irrst du. Ich ahne sehr wohl, wen du verdächtigst.«

»Ich denke, du solltest auf keinen Fall tätig werden, Viktor. Man sollte der betreffenden Person die Chance geben, selbst die nötigen Schlüsse zu ziehen.«

»Das ist zu gefährlich. Man muss etwas unternehmen, um weitere Opfer zu vermeiden.«

»Das haben wir schon getan. Lotte wird überwacht, die Beranek befindet sich außer Reichweite.«

»Wenn du dich verrechnest, kommt es zu einer Katastrophe.«

»Ich bin sehr zuversichtlich«, beharrte Wolf. »Der Täter weiß viel über den Fall, aber auch über alle, die irgendwie damit zu tun haben. Zu viel.«

»Du meinst, er weiß auch über mich?«

»Ich schließe es nicht aus. Wenn wir ihn zu sehr in die Enge treiben, könnte er einen letzten, verzweifelten Versuch unternehmen …«

»Was also ist dein Plan, Wolf?«

»Du nennst mich Wolf. Das überrascht mich aber. So hast du mich noch nie genannt.«

»Lenk jetzt nicht ab. Was planst du?«

»Ich werde Kontakt zu der verdächtigen Person suchen und sie …«

»Ich werde dich begleiten. Wir machen das gemeinsam.«

»Das halte ich für einen guten Vorschlag.«

»Deine Reaktion überrascht und freut mich.«

»Und jetzt die Antwort auf meine Frage!«, forderte Wolf.

»Welche Frage?«

»Ob du in die Villa Vogelsang ziehst und dein Haus verkaufst.«

»Oh, das. Ja, das kann ich mir gut vorstellen, sollten wir die Konfrontation mit dem Mörder heil überstehen. Wann schlagen wir los?«

»Ich werde uns noch absichern, indem ich ein Schriftstück mit dem Namen des Täters bei meinem Rechtsanwalt hinterlege, mit Dokumenten, die ich unter Schladers Papieren gefunden habe und die ziemlich eindeutig auf die Person des Mörders verweisen.«

»Ach, daher hast du das Wissen, das du jetzt gnädig mit mir teilst. Zeig mir das Material!«

»Ich habe die Dokumente nicht bei mir.«

»Du berichtest mir mündlich, was du entdeckt hast, Wolf.«

»Wenn du nicht mehr Wolf zu mir sagst, lege ich sofort los.«

»Das ist die Lösung«, stellte der Chefinspektor am Ende des Gesprächs mit seinem Freund fest. »Wir haben den Mörder Schladers.«

»Den Mörder von Norbert Schlader, Elisabeth Hintermayr, Richard Sturmberger, Evelyn Schlader, ganz abgesehen von dem vergifteten Wein, der für mich bestimmt war.«

»Was erwartest du dir von dem Gespräch mit ihm?«, fragte Grimm.

»Er soll wissen, dass ihm ein weiterer Mord, nämlich der an uns oder einem Menschen, der uns nahesteht, nicht weiterhelfen würde.«

»Eine gefährliche Situation, jemanden in die Enge zu treiben und abzuwarten, was geschieht«, fand Grimm.

»Es gibt mehrere Möglichkeiten, wie er reagiert. Er

könnte uns trotz der Aussichtslosigkeit seiner Lage angreifen, er könnte aufgeben und sich stellen oder flüchten.«

Wolf erwachte gegen zwei Uhr und konnte nicht wieder einschlafen. Gedanken kamen und gingen und führten ihn weit zurück in die Vergangenheit, in die Volksschulzeit, in der ihn einige sehr gute Lehrerinnen und Lehrer unterrichtet hatten. Aber es hatte auch einen Lehrer gegeben, der beinahe, nein, der tatsächlich kriminell gewesen war, ein relativ junger Mann, der die Kinder schlug, der einen Jungen in der Pause auf den Gang stellte, mit einem Zettel auf dem Pullover, auf dem geschrieben stand: *Ich darf nicht in die Klasse, weil ich stinke.*

Der Junge durfte sich nicht von der Stelle rühren und wurde von den übrigen Schülern umkreist, die den Zettel lesen und feststellen wollten, ob der Junge tatsächlich stank.

Als Wolf seinen Eltern davon erzählte, beschwerte sich sein Vater beim Direktor. Kurz darauf musste der Lehrer die Schule verlassen, weil er Geld unterschlagen hatte. Das stand damals sogar in der Zeitung.

Und ganz plötzlich fiel Wolf ein, wie der Lehrer geheißen hatte. Sein Name war Schlader gewesen. Es musste sich um den Stiefvater Norbert Schladers gehandelt haben und Wolf konnte sich vorstellen, warum Schlader ein derart schwieriger Mensch geworden war.

So ähnlich musste es dem Täter ergangen sein, denn er war, wie Wolf schien, seinem Opfer Schlader ziemlich ähnlich.

Bevor Wolf den Menschen, den er als Täter im Fall Schlader verdächtigte, telefonisch um ein Treffen bat, begab er sich am frühen Vormittag in die Rechtsanwaltkanzlei seines Schulfreundes Bernhard Rakowetz und deponierte dort die Dokumente, die ihn und Grimm gegen einen Angriff des Täters absichern sollten.

Knapp nach 14 Uhr hielten Wolf und Grimm vor dem Haus, in dem sich die verdächtige Person aufhielt und wurden in das Innere gebeten.

»Die Herren kommen aus einem bestimmten Grund?«

Wolf bestätigte das und ergänzte: »Wir haben einen Verdacht, den ich übrigens schriftlich festgehalten und mit begleitenden Dokumenten aus dem Safe des Ermordeten bei einem Rechtsanwalt deponiert habe. Dies ist die Empfangsbestätigung der Kanzlei, damit Sie sehen, dass ich nicht bluffe.«

»Wie lautet Ihr Verdacht konkret, Herr Wolf, und in welcher Weise wird er durch die genannten Dokumente erhärtet?«

»Die Dokumente verweisen auf ein sehr starkes Motiv«, meldete sich der Chefinspektor zu Wort. »Die Beweise gegen den Täter werden sich finden, sobald sich die Ermittlungen auf ihn konzentrieren.«

»Und was wollen Sie von mir?«

»Wir wollen Ihnen klarmachen, dass es eng wird für Sie und dass Sie Konsequenzen ziehen sollen«, stellte Wolf fest.

»Das heißt, Sie halten mich für die Person, die hinter Schladers Tod steht.«

»Ich halte Sie für den Menschen, der an Schlader

Rache nahm und weiter tötete, um nicht als Mörder entlarvt zu werden.«

»Mensch, Sie verwenden das Wort Mensch. Sie halten mich noch für einen Menschen.«

»Natürlich«, sagte Wolf. »Natürlich sind und bleiben Sie ein Mensch. Was Sie getan haben, liegt in den Möglichkeiten unserer Art, ansonsten wäre all das nicht geschehen.«

»Das sind beinahe pfäffische Wortspielereien.«

»Sie haben recht. Es sind überflüssige Worte.«

»Sie wollen mir also klarmachen, dass es eng wird für mich. Und was soll ich mit diesem Wissen tun?«

»Das überlassen wir Ihnen. Es gibt mehrere Möglichkeiten, die mir in den Sinn kommen.«

»Als da wären?«

»Sie stellen sich und tragen die Konsequenzen. Im Gerichtsverfahren gegen Sie könnten Sie auf die Übeltaten Schladers verweisen und hätten ein großes Publikum für diese Abrechnung.«

»Oder?«

»Sie könnten versuchen, das Steuer noch einmal herumzureißen, an das beim Rechtsanwalt hinterlegte Material zu kommen und uns zu töten.«

»Weitere Vorschläge?«

»Zu flüchten.«

»In den Tod?«

»In den Tod oder ins Ausland«, bestätigte Wolf.

»Was würden Sie tun?«

»Ich hab darüber nachgedacht, als wir hierher gefahren sind. Es ist schwer, darauf eine eindeutige Antwort zu finden.«

»Sie weichen aus.«

»Ich weiß es nicht. Ich weiß nicht, wie ich mich verhalten würde«, gestand Wolf.

»Gut. Ich danke Ihnen, dass Sie mir gegenüber ehrlich sind, dass Sie so mutig sind, mich mit Ihrem Wissen zu konfrontieren, Herr Wolf. Auch ich muss gestehen, etwas ratlos zu sein. Ich ersuche Sie um eine Nachdenkpause, um mit mir ins Reine zu kommen, die Lage zu analysieren. Ich kann Ihnen aber nicht versprechen, dass ich stillhalten werde.«

»Sie planen einen letzten Angriff?«

»Auch das zählt zu den Möglichkeiten, die ich erwäge«, sagte die Person, die Wolf und Grimm verdächtigten.

»Sie wollen mich zwingen, Ihr Henker zu sein?«

»Das wiederum überlasse ich Ihnen.«

»Ich kann jetzt nicht fahren. Das musst du übernehmen«, sagte Grimm und wollte aussteigen.

»Fahr ein Stück, bis er uns nicht mehr sieht, dann wechseln wir«, bat Wolf. »Er soll deine Erschütterung nicht merken. Schwäche ist im Augenblick nicht ungefährlich.«

Grimm, dessen Hände so zitterten, dass er kaum das Lenkrad halten konnte, bewegte seinen Ford einige hundert Meter, bis er erschöpft stoppte und Wolf den Fahrersitz einnahm.

Wolf fuhr zu seiner Wohnung in der Villa Vogelsang und bot Grimm an, sich auf der Couch im Wohnzimmer auszuruhen.

»Du hattest recht. Ich habe bis zuletzt gezweifelt, aber er ist der Mann, den wir suchen. Ich muss reinen

Tisch machen, meine eigene Verwicklung in den Fall offenbaren und Doktor Haberfellner bitten, den Fall von einem Kollegen klären zu lassen. Das Ganze wird unerträglich.«

»Lass dir Zeit! Das wird vielleicht nicht nötig sein.«

»Wie meinst du das?«

»Du wirst sehen«, vertröstete Wolf seinen Freund. »Die Dokumente jedenfalls verraten den Grund, warum er Schlader hasste. Außerdem hat er sich selbst verraten. Du erinnerst dich, dass er von Filmen sprach, die Übergriffe Schladers auf die eigene Tochter zeigten.«

»Um Gottes Willen ja. Ich hab das gehört, mir aber nichts dabei gedacht. Er konnte nur davon wissen, weil er das Material an sich gebracht hatte.«

»Er ist in meinen Camper eingebrochen«, stellte Wolf fest. »Schon vorher hat er die Daten von Sturmbergers USB-Stick entfernt und durch eine nichtssagende Wiederholung der bereits vorliegenden Ermittlungsergebnisse …«

»Ich habe neben ihm mit Sturmberger telefoniert«, unterbrach ihn Grimm entsetzt, »und das Treffen mit ihm vereinbart, zu dem es nie gekommen ist, weil er ihn getötet hat.«

»Wir müssen jetzt den Dingen ihren Lauf lassen«, sagte Wolf mit ruhiger Stimme. »Ich denke, der Fall löst sich von selbst. Entweder stellt sich Eigner oder er bringt sich um oder flüchtet. Wenn er sich stellt, ist alles klar, wenn nicht, bleibt der Fall offiziell ungelöst.«

»Nein, das geht nicht«, widersprach Grimm und sprang auf.

»Natürlich geht das«, sagte Wolf.

»Mit dir, mit deinem Gehirn, ist etwas nicht in Ordnung, seitdem du krank warst«, schrie Grimm aufgebracht.

»Mag sein, Viktor. Jedenfalls bin ich der Meinung, dass Schlader und Eigner genug Schaden angerichtet haben, man muss das nicht unbedingt fortsetzen. Du musst dich nicht opfern.«

»Ein Kollege, ein Polizist als Mörder. Allein der Gedanke ist unerträglich. Zeig mir die Dokumente, von denen du gesprochen hast!«

»Die Originale liegen, wie gesagt, beim Rechtsanwalt. Damit habe ich nicht geblufft. Ich kann dir die Kopien vorlegen«, erklärte Wolf und ging zu seinem Schreibtisch, dem er eine Mappe entnahm.

Grimm studierte die Blätter konzentriert. Als er bei der letzten Seite angelangt war, begann er wieder von vorn.

»Die Geschichte ändert sich nicht«, sagte Wolf. »Die Umstände sind und bleiben unerträglich. Albert Eigners Schwester Friederike starb vor 22 Jahren an der Überdosis eines Schlafmittels. Dabei kamen sie selbst und ein ungeborenes Kind ums Leben. Das Kind stammte aus ihrer Beziehung zu Schlader, der sie verlassen hatte. Eigner begann damals zu trinken. Seine Frau verließ ihn und heiratete Schlader, mit dem sie die Tochter Lucy hatte. Eigner war der erste Mann von Evelyn Schlader.«

»Ich kann ihn verstehen«, sagte Grimm. »Er hatte allen Grund der Welt, Rache zu nehmen.«

»Und deshalb wollen wir nicht eingreifen. Er soll selbst entscheiden, wie es weitergeht.«

»Aber …«

»Ich kann dich nicht zwingen, Viktor, nur einen Vorschlag machen.«

»Und die Beranek weiß es auch?«, fragte Grimm.

»Sie hat einen Verdacht, denn sie sah Eigner in der Villa, als er Sturmberger besuchte.«

»Und sie ist in Sicherheit, wo sie sich befindet?«

»Mit großer Wahrscheinlichkeit«, sagte Wolf. »Wir können nicht exakt voraussagen, wie sich Eigner weiterhin verhält.«

»Man sollte ihn überwachen.«

»Lass ihn! Lass ihn in Ruhe! Ich denke, der Fall löst sich von selbst.«

»Und wenn du dich irrst?«

»Lass es darauf ankommen! Wann ziehst du bei uns ein?«

»Wenn der Fall gelöst ist. Mein Gott, Wolf, du machst mir richtig Angst. Du bist ein anderer Mensch geworden.«

»Die Gesunden und die Kranken haben ungleiche Gedanken«, sagte Wolf.

»Was soll das heißen?«

»Ein deutsches Sprichwort.«

»Ja schon, aber was bedeutet es?«, drängte Grimm.

»Für mich bedeutet es, dass ich diesen Fall ohne meine Erfahrungen in den letzten Monaten nicht hätte lösen können.«

»Ohne deine Krankheit.«

Wolf nickte.

»Ich weiß nicht, ob es vernünftig ist, dir zu folgen«, sagte Grimm.

»Du wirst es sehen, Viktor.«

Am Morgen des 6. Septembers, des Hochzeitstages von Lotte Wolf und Joachim Waidinger, schlüpfte Christian Wolf in den neu erstandenen schwarzen Anzug.

Vor der Schlosskapelle stand eine kleine Gruppe von Menschen, die an der staatlichen Eheschließung teilnehmen würden. Lotte, in einem hellgrauen Kostüm, Waidinger ebenfalls grau gewandet, die Eltern Waidingers glücklicherweise etwas festlicher gekleidet, Wolf kam sich schon lächerlich vor in seinem Firmanzug.

»Schön hast du dich gemacht«, begrüßte ihn Lotte und küsste ihn. »Ich bin ganz stolz auf dich.«

»Und ich erst auf dich«, erwiderte Wolf.

»Du wirst staunen, wenn du mich in der Kirche siehst.«

Waidinger umarmte Wolf und stellte ihm seine Eltern vor. Joachim Waidinger sah seiner Mutter erstaunlich ähnlich, einer eleganten, zarten Frau Mitte fünfzig, der Vater war ein dicklicher Mensch in Wolfs Alter.

Waidinger könnte mein Sohn sein, dachte Wolf zum ersten Mal über den ehemaligen Berufskollegen, den er für einen gefährlichen Konkurrenten gehalten hatte.

Etwas zögerlich näherte sich Wolfs Bruder Klaus der festlichen Gruppe, umarmte Lotte, schüttelte Waidingers Hand und stellte sich an Wolfs linke Seite.

Musik von einer CD erklang beim Einzug in die ehemalige Kapelle des Schlosses Lamberg. Der schwarz gekleidete Standesbeamte begrüßte das Brautpaar und führte Lotte und Joachim zu einem mit weißen Rosen geschmückten Tisch, auf dem einige Dokumentenmappen lagen. Nachdem sich die beiden und die Gäste gesetzt hatten, sprach der Mann etwas vom idealen Partner, den die Brautleute ineinander gefunden hätten. Von einem wertvollen Geschenk war da die Rede, das es Lotte und Joachim ermöglicht habe, die Liebe zueinander zu entdecken, der nun Dauer, Ausdauer und Verlässlichkeit folgen müssten.

Irgendjemand im Saal war verkühlt, man hörte verhaltenes Husten.

Lotte saß gelassen wie immer an diesem amtlichen Tisch, Waidinger, der sich das dunkle Haar gegelt hatte, zitterte leicht mit dem Kopf. Er war nervös. Immer wieder blickte er auf Lotte, die seine linke Hand in ihrer Rechten hielt.

»Aus einem Du und einem Ich wird nun ein Wir«, sagte der Standesbeamte, um den beiden alles Gute für ihr künftiges Leben zu wünschen. Schließlich stellte er fest, dass sich Lotte Wolf und Joachim Waidinger entschlossen hätten, in Zukunft den gemeinsamen Familiennamen Waidinger zu tragen.

Lotte Wolf und Joachim Waidinger hätte Wolf für besser gehalten. Jeder sollte ein Ich bleiben in dem vom Standesbeamten angesprochenen Wir. Waidinger-Wolf oder Wolf-Waidinger wäre ein Kompromiss gewesen.

Aber es war Sache der beiden. Lotte blieb Lotte, ob sie nun Wolf oder Waidinger hieß.

Erstmals spürte Wolf so etwas wie Rührung und er begann, tief und regelmäßig zu atmen, um sich zu beruhigen.

Der Beamte bat nun das Brautpaar, sich zu erheben und fragte zuerst Joachim, ob es sein freier Wille sei, mit Lotte die Ehe einzugehen.

Waidinger räusperte sich und ließ ein zaghaftes Ja ertönen. Lottes Ja klang etwas kräftiger. Darauf erklärte der Beamte die beiden kraft des Gesetzes zu rechtmäßig verbundenen Eheleuten, schob einen mit weißem Samt belegten Teller mit zwei goldenen Ringen zu Lotte und Joachim und forderte die beiden auf, einander die Ringe anzustecken.

Waidinger zitterte so sehr, dass Lotte seine Hand mit ihrer Linken führte. Als sie ihm den Ring an seine Rechte steckte, glänzten Tränen in seinen Augen.

Auch Wolf musste mit Tränen kämpfen. Zum ersten Mal in seinem Leben mochte er Waidinger. Der Mann war nicht so hart und kalt, wie er ihn empfunden hatte.

Und Lotte war ruhig und sanft wie ihre Mutter.

Schade, dass sie so dick war, dachte Wolf und musste wieder lächeln.

Die beiden küssten einander sanft.

Dann war die Feier vorüber. Lotte erinnerte die Anwesenden an die kirchliche Trauung um 15 Uhr in der Pfarrkirche zu Christkindl und die anschließende Feier beim Christkindlwirt.

In der Wallfahrtskirche betrachtete Wolf den in den Hochaltar eingemauerten Fichtenstamm, in dessen Höhlung ein kleines Jesuskind aus Wachs stand. Er dachte an ein zukünftiges Kind Lottes und Joachims und betete zum ersten Mal seit sehr langer Zeit. Betete, dass die beiden tatsächlich ein Kind haben sollten. Ein Kind, das an Leib und Seele gesund war.

Als ein Kinderchor *True Love*, das Lieblingslied von Lottes Großmutter, anstimmte, begann Klaus an Wolfs linker Seite zu weinen.

For you and I have a guardian angel
On high, with nothing to do
But to give to you and to give to me
Love forever true.

Wolf drückte den rechten Oberarm seines Bruders und blickte hinauf zum Kinderchor, der sich hoch über den Feiernden vor der Orgel aufgestellt hatte. Dabei sah er auch Grimm, der von oben über die Sicherheit Lottes wachte.

Grimm als *Guardian Angel* gegen seinen Kollegen Eigner, der glücklicherweise nicht aufgetaucht war.

Am darauffolgenden Montag hörte Wolf Schritte in der Wohnung über der seinen. Ein Zeichen, dass Frau Beranek und ihre Mutter heimgekehrt waren.

Kurz darauf läutete es an seiner Wohnungstür. Grimm stand draußen mit Frau Rettenbacher und bat ihn, die Mansardenwohnung gemeinsam mit ihnen zu besichtigen.

Zwei Fischer entdeckten das scheinbar leere Boot auf dem Enns-Stausee bei Ernsthofen. Es bewegte sich langsam mit der Strömung flussabwärts.

»Ich glaube, ich sehe jemanden im Boot«, sagte der eine.

»Nein, das täuscht. Es muss sich losgerissen haben.«

»Jemand liegt im Boot. Eindeutig«, beharrte der jüngere Fischer. »Vielleicht ist ihm schlecht geworden. Wir sehen nach.«

Die beiden starteten den Elektromotor ihrer Zille und steuerten auf das Boot zu.

»Mein Gott«, rief der Jüngere, »da ist alles voll Blut. Wir müssen die Polizei verständigen.«

Sein Kollege wählte auf seinem Handy die Notrufnummer.

»Es ist Albert. Jemand muss ihn erschossen haben.«

»Ich glaube, das war er selbst. Die Waffe liegt im Boot.«

Die beiden Männer sicherten Eigners Boot mit einem Seil und fuhren zum Ufer.

ENDE

Weitere Krimis finden Sie auf den folgenden Seiten und im Internet:

WWW.GMEINER-SPANNUNG.DE

Das Neueste aus der Gmeiner-Bibliothek

Unsere Lesermagazine

Bestellen Sie das kostenlose KrimiJournal in Ihrer Buchhandlung oder unter www.gmeiner-verlag.de

Informieren Sie sich …

www … auf unserer Homepage:
www.gmeiner-verlag.de

@ … über unseren Newsletter:
Melden Sie sich für unseren Newsletter an unter www.gmeiner-verlag.de/newsletter

f … werden Sie Fan auf Facebook:
www.facebook.com/gmeiner.verlag

Mitmachen und gewinnen!

Schicken Sie uns Ihre Meinung zu unseren Büchern per Mail an gewinnspiel@gmeiner-verlag.de und nehmen Sie automatisch an unserem Jahresgewinnspiel mit »mörderisch guten« Preisen teil!